R.L.Stine
Fear Street · Vermächtnis der Angst

Alle Taschenbücher der Reihe *Fear Street*:

Ferien des Schreckens
Stadt des Grauens
Straße der Albträume
Straße des Schreckens
Geheimnis des Grauens
Rache des Bösen
Schule der Albträume
Spiel des Schreckens
Nacht der Schreie
Opfer der Nacht
Klauen des Todes
Erbe der Hölle
Freundschaft des Bösen
Stimmen der Finsternis
Nacht der Vergeltung
Mörderische Verwechslung
Gefährliches Vertrauen
Atem des Todes
Rache ist tödlich
Frosthauch des Todes
Spur des Grauens
Vermächtnis der Angst

FEAR STREET

R.L. Stine

Vermächtnis der Angst

Mix
Produktgruppe aus vorbildlich
bewirtschafteten Wäldern und
anderen kontrollierten Herkünften

Zert.-Nr. SGS-COC-001940
www.fsc.org
©1996 Forest Stewardship Council

ISBN 978-3-7855-7226-9
Veränderte Neuausgabe 2011
2. Auflage 2011
© für diese Taschenbuch-Ausgabe 2008 Loewe Verlag GmbH, Bindlach
Erschienen unter den Originaltiteln
The Surprise Party (© 1989 Parachute Press, Inc.)
und *The Boy Next Door* (© 1996 Parachute Press, Inc.)
Alle Rechte vorbehalten inklusive des Rechts zur vollständigen
oder teilweisen Wiedergabe in jedweder Form.
Veröffentlicht mit Genehmigung des Originalverlags, Pocket Books, New York.
Fear Street ist ein Warenzeichen von Parachute Press.
Als deutschsprachige Ausgabe erschienen in der Serie Fear Street
unter den Titeln *Schuldig* (© 2003 Loewe Verlag GmbH, Bindlach)
und *Tödliche Liebschaften* (© 2003 Loewe Verlag GmbH, Bindlach).
Aus dem Amerikanischen übersetzt von Sabine Tandetzke und Johanna Ellsworth.
Umschlagillustration: Silvia Christoph
Printed in Germany (007)

www.loewe-verlag.de

Schuldig

Der Mörder feiert mit …

Prolog

Wie leicht es ging. Und wie schnell.

Der Schuss krachte, als wäre ein billiger Knallkörper explodiert.

Mach's gut, Evan.

Träum was Schönes.

Es war so einfach. Und eigentlich gar nicht weiter schlimm. Besonders, wenn man nicht groß darüber nachdachte.

Wenn man die ganze Szene in den hintersten Winkel seines Bewusstseins verbannte – und stattdessen an *sie* dachte.

Sie war einfach toll.

Wie sollte er sie sonst beschreiben? Er hatte die ganze Zeit nur ihr Gesicht im Kopf. Ständig geisterte sie durch seine Gedanken und verdrängte alles andere. Manchmal hatte er das Gefühl, sie würde ihn noch verrückt machen, völlig verrückt.

Er würde alles für sie tun.

Sie war einfach wundervoll. Er wollte sie an sich drücken, sie ganz fest halten. Er wollte, dass sie bei ihm war, dass sie nur Augen für ihn hatte, dass sie das Gleiche wie er empfand.

Und jetzt war es so weit.

Er wischte den Schaft des Gewehrs an seinem Hemd ab und ging rasch den Pfad zwischen den Bäumen entlang.

Im Wald war es jetzt ruhig, unglaublich ruhig.

Die Bäume wirkten frisch mit ihren jungen Trieben. Alles war so hell und heiter.

Er ging schneller, unter seinen Stiefeln knirschten trockene Zweige und Blätter. Dann drehte er sich um und warf einen letzten Blick auf den reglosen Körper.

Würde er damit durchkommen?

Natürlich würde er das …

1

Samstagnachmittag

Meg Dalton bremste und kam mit ihrem Rad auf dem unbefestigten Weg zum Stehen. Sie atmete tief durch und lächelte. „Es riecht schon richtig nach Frühling", sagte sie.

Sonnenlicht sickerte durch die hohen Bäume, deren frische, grüne Blätter sich gerade entfalteten. Die Kirschbäume standen bereits in voller Blüte und überzogen ganz Shadyside mit weißen Tupfen.

„Es ist so wunderschön hier im Mai", dachte Meg. „Als würde man durch eine Märchenwelt fahren." Ihre Freunde zogen sie immer auf, wenn sie solche Dinge sagte. Deshalb beschloss sie, ihre schwärmerischen Gedanken lieber für sich zu behalten.

Ihre beiden Begleiter, die langsam hinter ihr hergeradelt waren, holten sie ein. „Hey, Meg, warum hältst du denn an?", rief Tony.

„Lass uns weiter zum Fluss fahren", sagte Sue, die ein Stück vor Meg anhielt und sich dann zu ihr umdrehte. „Komm schon, ich will mich bewegen. Ich muss unbedingt ein paar von den lästigen Pfunden loswerden, die ich diesen Winter zugelegt habe."

Meg starrte ihre Freundin an. Sue hatte kein Gramm zu viel auf den Rippen. Ihre Figur war perfekt. Mit ihrem kupferfarbenen Haar, den blauen Augen und dem Schmollmund sah sie aus wie eine Hollywoodschauspielerin, fand Meg.

„Ich brauche endlich ein neues Rad", sagte Tony. „Das hier ist die reinste Klapperkiste."

„Pscht!", unterbrach ihn Meg und zeigte auf die pink- und lilafarbenen Wildblumen, die am Wegrand wuchsen. „Seht mal. Ein Kolibri."

„Fahren wir jetzt endlich weiter, oder was?", fragte Sue ungeduldig. „Wenn ich gewusst hätte, dass das hier eine Naturkunde-Exkursion wird, hätte ich mir was zum Schreiben mitgebracht."

Sie schwang sich wieder auf den Sattel und radelte davon. Meg musste sich beeilen, um sie einzuholen. „Hey, wartet auf mich!", rief Tony ihnen nach. „Mit dieser alten Kiste komme ich nicht hinterher."

Als sie am Sportplatz vorbeifuhren, entdeckten sie mehrere Freunde von der High School in Shadyside. Auf der leicht abfallenden Wiese neben dem Spielfeld sonnten sich Leute, warfen Frisbees und picknickten.

„Es ist, als wären plötzlich alle aus ihren Kokons gekrabbelt, um endlich Spaß zu haben", dachte Meg. Sie wusste, dass ihre Freunde sie für diesen Gedanken bestimmt wieder ausgelacht hätten.

Meg war klein und hatte zu ihrem großen Bedauern noch keine besonders weibliche Figur. Mit ihrem runden Gesicht, den kurzen blonden Haaren und den großen blauen Augen wurde sie manchmal sogar für ein Kind gehalten.

„Tony scheint ja richtig gute Laune zu haben", sagte Sue, den Blick vor sich auf den Weg gerichtet.

„Wieso? Er hat doch den ganzen Nachmittag nichts anderes getan, als über sein Rad rumzumeckern", erwiderte Meg mit einem Seufzer.

„Aber für ihn heißt das schon, dass er gute Laune hat!", witzelte Sue.

Meg lachte gequält. Sie wusste, dass Sue mit ihrer Bemerkung über Tony recht hatte. Er war den ganzen Winter furchtbar launisch gewesen. Ständig rastete er aus und regte sich wegen irgendwelcher Kleinigkeiten auf. Manchmal auch völlig grundlos.

Zuerst dachte Meg, dass es vielleicht mit ihr zu tun hätte. Dass Tony genug von ihr hatte. Immerhin waren sie jetzt schon über zwei Jahre zusammen. Vielleicht wäre er sie am liebsten losgeworden und wusste nicht wie. Aber jedes Mal, wenn sie versuchte, mit ihm darüber zu reden, machte er ein verletztes Gesicht und schwor ihr, es sei alles in Ordnung.

„Und wie läuft's mit dir und Dwayne?", zog Meg Sue auf. Das war immer das Einzige, was ihr einfiel, um ihre Freundin zu necken.

„Dieser Schwachkopf!", stieß Sue keuchend hervor, weil sie so schnell gefahren war. „Er läuft mir wie ein liebeskrankes Hündchen hinterher und schmachtet mich mit seinen traurigen Augen an. Würg! Und dann diese engen weißen T-Shirts, in denen er immer seine Muskeln zur Schau stellt. So ein Angeber!"

„Na ja, er macht eben viel Bodybuilding. Er hat echt einen super Körper", sagte Meg.

Sue schaute sie überrascht an. Es sah Meg gar nicht ähnlich, so was zu sagen. „Kann sein, aber er ist trotzdem ein Ekelpaket. Außerdem hängt er immer mit deinem komischen Cousin Brian rum. Die beiden spielen ständig so ein Fantasy-Rollenspiel im Wald – *Dungeons and Dragons*, glaube ich. Oh …" Sue merkte plötzlich, was sie gesagt hatte. „Das soll natürlich nicht heißen, dass mit deinem Cousin was nicht stimmt. Ich …"

„Ist schon okay. Brian ist wirklich ein bisschen komisch", erwiderte Meg und lachte.

Dann radelten sie eine Weile schweigend dahin. Meg fröstelte plötzlich. Sie musste gerade daran denken, dass es heute genau ein Jahr her war. Genau vor einem Jahr hatte Brian Sues Bruder Evan gefunden.

An einem Frühlingstag wie diesem – erschossen im Fear-Street-Wald.

Meg schüttelte heftig den Kopf, als könnte sie dadurch die Erinnerung verscheuchen.

„Wenigstens kann Sue inzwischen wieder lachen", dachte Meg. „Und sie kann wieder herumwitzeln und mit ihren alten Freunden Radtouren machen."

War das ein langer Winter gewesen.

Meg fuhr etwas langsamer und ließ Tony aufholen. „Na, wie läuft's, du alter Trödler?"

„Ich glaube, meine Kette geht gleich ab", knurrte er, zog sich das braune Sweatshirt über den Kopf und band es sich um die Taille. Darunter kam ein graues T-Shirt zum Vorschein. Trotz des kühlen Winds, der vom Fluss hochwehte, schwitzte er. „Ich brauche dringend ein neues Rad", sagte er, stieg ab und beugte sich hinunter, um die Kette zu inspizieren.

Sie liebte es, wenn er etwas aufmerksam betrachtete – die Art, wie sich seine dunklen Augenbrauen senkten und sich seine Stirn kräuselte, seine konzentrierte Miene. „In den Ferien jobbst du doch wieder bei deinem Vater", sagte Meg. „Da kannst du dir bestimmt genug Geld für ein neues Rad zusammensparen."

„Na klar", schnaubte er und wischte sich die schmierigen Hände an der Jeans ab. „Ansonsten lässt mein Vater ja auch kaum Geld springen." Er stieg wieder auf sein Rad und fuhr weiter.

Sie folgte ihm auf dem gewundenen Pfad. Hinter einem lang gezogenen Feld floss schnell, aber fast geräuschlos der schmale braune Cononka River entlang. Er war leicht über die Ufer getreten, weil es diesen Winter eine Menge geschneit hatte. Meg war überrascht, als sie sah, dass sich Sue unten am Fluss am Ende des Weges mit zwei Fahrradfahrern unterhielt.

Als sie näher kam, erkannte Meg Lisa und Steve. Die ganze High School lachte über die beiden. Sie waren Tür an Tür aufgewachsen und ihr Leben lang die besten Freunde gewesen. Seit letztem Winter gingen sie miteinander – und seitdem hatten sie sich nur noch in der Wolle.

Tony und Meg erreichten die kleine Gruppe. „Wir wollten uns gerade auf den Rückweg machen", sagte Steve. „Es ist noch ganz schön kalt da unten."

„Was habt ihr zwei denn heute Abend vor?", fragte Sue Lisa.

„Keine Ahnung. Steve hat sich noch nichts überlegt", erwiderte Lisa mit einem abfälligen Grinsen, das in letzter Zeit öfter über ihr Gesicht huschte. „Ich glaube, er hat mal wieder vergessen, dass wir verabredet sind."

„Ich dachte, wir gammeln einfach ein bisschen rum oder so", murmelte Steve unbehaglich. Er wollte den Arm um Lisa legen, aber sie wich ihm aus.

„Tony und ich gehen heute auch nicht weg", sagte Meg. „Ich muss zu Hause bleiben und mit meinem Abschlussreferat für den Psychokurs weitermachen. Ich hänge jetzt schon so weit hinterher, dass …"

„Oh, das hätte ich fast vergessen. Ich habe ja große Neuigkeiten!", unterbrach Lisa sie. „Ratet mal, wer zurückkommt, um Shadyside einen Besuch abzustatten. Ellen!"

Sue zuckte zusammen und griff hastig nach dem Lenker, als ihr Fahrrad zur Seite kippte. „'tschuldigung", murmelte sie. Sie sah plötzlich sehr blass aus.

„Ellen wird bei ihrer Tante wohnen", fügte Lisa hinzu.

Niemand sagte etwas.

Alle dachten an das Gleiche – an das, was vor einem Jahr passiert war, und an Sues Bruder Evan.

Ellen und Evan waren seit der Junior High zusammen gewesen. Und Ellen, Meg und Sue waren sogar schon lange davor unzertrennliche Freundinnen gewesen.

Aber als Evan starb, brach alles auseinander.

Ellen zog kurz darauf weg. Und seitdem hatte niemand mehr etwas von ihr gehört. Bis jetzt.

„Es wird toll sein, sie wiederzusehen", sagte Meg strahlend und durchbrach die Stille. „Es ist so lange her."

„Ja, das stimmt", fügte Lisa hinzu. Sie versuchte, genauso viel Begeisterung aufzubringen wie Meg, aber es gelang ihr nicht. Sie und Ellen hatten nie viel miteinander anfangen können.

Sue sagte überhaupt nichts. Sie starrte nur mit abwesendem Blick über den Fluss.

„Vielleicht sollten wir eine Party für Ellen geben", schlug Meg vor und sah Tony dabei an. Aber der schaute weg.

„Ja, toll", meinte Lisa.

„Warum überhaupt?", fragte Sue scharf.

„Na, um ... äh ... um sie hier zu begrüßen", antwortete Meg. Sie war von der Feindseligkeit in Sues Stimme überrascht. „Und um ihr zu zeigen, dass wir sie immer noch mögen."

„Evan ist tot", murmelte Sue, ohne jemanden anzusehen.

„Aber wir müssen Ellen zeigen, dass wir sie nicht dafür verantwortlich machen", sagte Meg, erstaunt über die starken Gefühle, die sie plötzlich überfielen. Ihr war gar nicht klar gewesen, wie sehr sie Ellen das ganze Jahr über vermisst hatte.

„Ich denke nicht …", begann Sue. In dem böigen Wind war ihre Stimme kaum zu verstehen.

„Also, ich finde die Idee mit der Party cool", unterbrach Lisa sie und stieg wieder aufs Rad. „Wie wär's mit einer Überraschungsparty? Ihr kennt Ellen doch. Sie würde wahrscheinlich gar nicht aufkreuzen, wenn sie es vorher wüsste. Ich helfe euch gerne bei den Vorbereitungen. Am besten fange ich gleich an, allen davon zu erzählen!"

„Ich bin dabei", sagte Steve.

Meg warf einen Blick zu Tony. Er starrte auf den Boden. „Tony, alles in Ordnung?"

„Ja. Klar."

„Was hältst du von der Idee mit der Party?"

„Find ich gut."

„Wir müssen jetzt los", sagte Lisa und fuhr mit ihrem Rad den Weg hoch. „Bis dann!"

Meg, Sue und Tony sahen ihnen nach, bis sie hinter den Bäumen verschwunden waren. „Ich denke, wir sollten uns auch auf die Socken machen", meinte Sue. Sie sah immer noch bleich und mitgenommen aus.

„Ich glaub's ja wohl nicht!", schrie Tony los.

Beide Mädchen zuckten erschrocken zusammen. „Tony, was ist denn?"

„Ich hab einen Platten!" Er hob das Rad mit beiden Armen in die Luft.

„Tony, nicht …", sagte Meg.

Einen Moment lang sah es aus, als wollte er das Rad zu Boden schleudern, aber dann überlegte er es sich anders und stellte es langsam wieder ab.

„Tony, es ist doch nur ein platter Reifen. Warum schiebst du nicht nach Hause und …"

„Fahrt schon mal vor", murmelte er. „Wir sehen uns dann später."

Da er es anscheinend ernst meinte, stiegen die beiden Mädchen auf ihre Räder und fuhren davon.

„Was ist denn mit dem los?", fragte Sue.

„Ich weiß auch nicht", seufzte Meg. „Manchmal rastet er einfach aus." Sie hätte zu gerne gewusst, was mit ihm los war. Es war doch nicht normal, wegen einem Platten auszurasten, oder?

An diesem Abend in ihrem Zimmer versuchte Meg, sich auf ihr Referat zu konzentrieren, aber ihre Gedanken wanderten immer wieder zu Ellen. Der großen, schlaksigen, blonden, gut aussehenden Ellen. Meg fragte sich, ob sie sich wohl verändert hatte.

Die Überraschungsparty war eine tolle Idee. Meg sah Ellens erstaunte Miene schon förmlich vor sich. Wie glücklich würden sie sein, alle wieder vereint.

Das Telefon klingelte.

Dankbar für die Unterbrechung, griff sie zum Hörer.

„Hallo, Meg?" Ein gedämpftes Flüstern. Als würde der Wind ins Telefon blasen.

„Wer ist da?", fragte sie, während sich ein merkwürdiges Gefühl in ihrem Bauch breit machte. „Die Verbindung ist furchtbar schlecht."

„Hier ist ein Freund." Wieder dieses Flüstern.

Wer konnte das sein?

„Ich warne dich. Vergiss die Party für Ellen."

„Hey, Moment mal ...", rief Meg. Sie war verblüfft über den schrillen Klang ihrer Stimme. Über die Angst, die in ihr aufstieg. Und die Wut.

„Es ist mein Ernst. Mein tödlicher Ernst. Keine Party für Ellen! Zwing mich nicht, dir zu beweisen, *wie* ernst ich es meine."

„Wer ist denn da? Was für ein blöder Witz ..."

Sie hörte ein Klicken. Und dann wieder das Freizeichen.

Wütend legte Meg den Hörer auf. Im Zimmer herrschte nun Stille. Aber die flüsternde Stimme blieb und wiederholte in ihrem Kopf die bedrohliche Nachricht. Das Flüstern wurde lauter und lauter, bis sie beide Hände auf die Ohren presste, um die unheimliche Stimme zum Schweigen zu bringen.

2

Samstagabend

Meg saß an ihrem Schreibtisch und starrte das Telefon an, bis es vor ihren Augen verschwamm. Wie fühlte sie sich?

Erschrocken? Nein.

Wütend? Ja, das schon eher. Wütend und beleidigt.

Hatte der Anrufer wirklich gedacht, er könne ihr mit diesem blöden, heiseren Geflüster Angst einjagen?

„Wer immer es war, er hat wahrscheinlich zu viele schlechte Horrorfilme gesehen", dachte Meg. Wie bescheuert! Die Mädchen in diesen Filmen waren doch immer nur kreischende Angsthasen. Kaum bekamen sie einen unheimlichen Anruf, waren sie sofort völlig aufgelöst und zu Tode erschrocken.

Aber das hier war das wahre Leben und kein blöder Film. Offensichtlich kannte dieser anonyme Anrufer Meg nicht besonders gut. Okay, sie war vielleicht klein und sah sehr jung aus. Aber sie ließ sich nicht so einfach rumschubsen. Sie war störrisch wie ein Maulesel. Jedenfalls sagte ihre Mutter das immer. Und Meg betrachtete es als Kompliment.

Doch ihr Herz klopfte wie wild. „Okay", gestand sie sich ein, „vielleicht bin ich ein ganz klein bisschen aufgeregt."

Meg griff zum Hörer und wählte Tonys Nummer. Bei ihm war besetzt.

So was Blödes. Mit wem telefonierte er denn?

Sie wollte mit jemandem reden. Mit ihren Eltern? Nein. Die würden gleich wieder einen Riesenaufstand machen. Wahrscheinlich würden sie sofort die Polizei rufen und ihr die Party verbieten.

Bestimmt wollte ihr jemand aus der Schule mit diesem Anruf nur einen fiesen Streich spielen.

Wieder wählte sie Tonys Nummer. Es war immer noch besetzt.

Sie legte auf und versuchte es bei Lisa. Die hob nach dem ersten Klingeln ab und fauchte: „Wo bleibst du?"

„Was?"

„Steve?"

„Nein, hier ist Meg."

„Oh, Meg. Entschuldige. Ich dachte, es wäre Steve. Er ist schon wieder zu spät dran. Ungefähr eine Stunde."

„Tut mir leid", sagte Meg.

„Du kannst doch nichts dafür", beteuerte Lisa hastig. Sie klang mächtig sauer. „Ich versuch's einfach mal positiv zu sehen. Vielleicht ist er ja von einem Laster überfahren worden und taucht deswegen nicht auf."

„Stimmt. Nimm's locker." Meg lachte.

„Und was machst du so? Wartest du auf Tony?"

„Nein. Wir gehen doch heute nicht weg. Ich müsste mich dringend an mein Referat für Psycho setzen."

„Aber ..."

„Ich hab eben einen unheimlichen Anruf bekommen."

„Wirklich?" Lisa klang plötzlich interessiert. „War es so ein Typ, der ins Telefon gestöhnt hat? Das ist mir mal passiert. Mann, war das widerlich!"

„Nein. Der Kerl hat geflüstert." Meg bereute schon, dass sie Lisa von dem Anruf erzählt hatte. Sie würde nur wieder endlos Witze darüber reißen. Mit ihrem lockeren Mundwerk machte sie sich über alles lustig. Nie nahm sie irgendwas ernst.

„Was hat er denn geflüstert?", fragte Lisa. „Zärtlichkeiten?"

„Nein. Er hat mir gesagt, dass ich die Party für Ellen vergessen soll."

„Er hat *was*?"

„Du hast richtig gehört. Er hat mich davor gewarnt, diese Party zu organisieren."

„Tja ... wen kennen wir denn alles, der Partys hasst?"

„Ich weiß nicht. Die Stimme hab ich nicht erkannt. Es war so ein heiseres Flüstern. Ich könnte nicht mal sagen, ob es ein Junge oder ein Mädchen war."

„Ich wette, es war Steve", sagte Lisa. „Er würde alles tun, um nicht rechtzeitig bei mir sein zu müssen."

Das sollte natürlich ein Witz sein, aber Meg lachte nicht. Sie war genervt, weil Lisa die Sache nicht ernster nahm. „Es war irgendwie unheimlich", sagte sie zu ihr. „Wie vielen Leuten hast du eigentlich schon von Ellen und der Party erzählt?"

„Einer Menge", antwortete Lisa. „Nachdem ich im Park über euch gestolpert war, bin ich ins Einkaufszentrum gefahren. Da hab ich einen Haufen Leute aus der Schule getroffen. Und dann hab ich noch ein paar angerufen, während ich hier rumgesessen und auf du-weißt-schon-wen gewartet habe. Hey! Es hat geklingelt! Das ist er wahrscheinlich. Ich muss mich beeilen. Bis später, Meg." Sie legte auf, bevor ihre Freundin sich verabschieden konnte.

Meg musste grinsen. Lisa meckerte immer über Steve und machte ihn ständig runter. Aber wenn es klingelte, flitzte sie los. Sie war total verrückt nach ihm.

Ohne es zu merken, hatte Meg wieder Tonys Nummer gewählt. Diesmal ertönte das Freizeichen. „Hallo?"

„Hi, Tony. Ich bin's."

„Oh, hi." Er klang merkwürdig, irgendwie zerstreut und ganz durcheinander.

„Ich hab eben einen richtig unheimlichen Anruf bekommen. Irgendjemand hat mich davor gewarnt, die Party für Ellen zu geben."

„Mich auch!", rief Tony.

„Was?"

„Ja. Bei mir hat gerade jemand angerufen, der so komisch geflüstert hat. Ich glaube, es war ein Typ. Aber ich kann es nicht genau sagen. Es hätte auch ein Mädchen sein können."

„Und was hat dieser Jemand gesagt?"

„Ich sollte nicht bei der Party mithelfen. Er meinte, ich könnte sowieso nicht mitfeiern, wenn sie stattfinden würde. Weil ich dann nämlich im Krankenhaus wäre."

„Da spielt uns doch nur jemand einen dummen Streich, oder?"

„Ich weiß nicht, Meg. Wer immer es war, er klang so, als würde er es ziemlich ernst meinen."

„Ach, komm schon. Glaubst du wirklich?" Meg war enttäuscht, weil Tony das Ganze nicht auf die leichte Schulter nahm. Sie hatte mehr Gelassenheit von ihm erwartet. Sie wollte, dass er ihr sagte, es sei nur ein dummer Streich gewesen, dass sie das Ganze einfach vergessen solle. Warum klang er eingeschüchterter als sie?

„Was glaubst du, wer es war, Meg?"

„Ich weiß nicht. Vielleicht jemand aus der Schule, der Überraschungspartys bescheuert findet."

„Kann sein." Tony klang nicht sehr überzeugt. „Aber wir kennen niemanden, der so was Blödes machen würde. Was wäre, wenn ... also, wenn ..."

„Wenn *was*, Tony?", fragte Meg ungeduldig.

„Ich weiß nicht. Vielleicht sollten wir die Sache doch ernst nehmen. Du weißt schon, die Polizei anrufen oder so."

„Was? Spinnst du?", rief Meg wütend. „Ich würde nie im Leben ..."

„Ich mach mir doch bloß Sorgen um dich. Das ist alles", unterbrach er sie. „Ich möchte nicht, dass dir irgendein Irrer wegen dieser blöden Party was Schreckliches antut."

„Das ist keine blöde Party", brüllte Meg. „Es ist eine Überraschungsparty für Ellen. Für meine beste Freundin. Und ich werde mich von so einem widerlichen Anruf nicht davon abhalten lassen, das zu tun, was ich mir vorgenommen habe."

Nach einer langen Pause stimmte Tony ihr zu. „Okay, du hast recht. Ich war wohl zu ängstlich."

„Tut mir leid. Ich wollte dich nicht anschreien", sagte Meg und zwang sich, ihre Lautstärke runterzuschrauben.

„Soll ich ... äh ... soll ich vielleicht rüberkommen und dich ein bisschen trösten?", fragte Tony. Es hörte sich eher nach einer Bitte als nach einer Frage an.

Meg lachte. „Nein. Eigentlich dürfte ich nicht mal mit dir telefonieren. Ich müsste dringend an meinem Psychoreferat sitzen."

„War das ein *Ja*?"

„Nein. Das war ein eindeutiges *Nein*."

„Aber du hast *Ja* gemeint, stimmt's?"

Meg lachte wieder. Es war schön, mal wieder mit Tony rumzualbern. „Ich meinte *Nein*. Wirklich."

„Du brauchst doch ein bisschen Trost, oder?"

„Nein. Lass mich in Ruhe. Ich brauche ein bisschen Zeit zum Schreiben. Ich ..."

„Glaubst du wirklich, dass du dich jetzt auf dein Referat konzentrieren kannst?"

„Ja. Kann ich."

„Du hast *Ja* gesagt. Ich hab's genau gehört!"

Meg lachte. „Ich sagte *Nein*."

„Aber du hast *Ja* gemeint."

„Na ja ... vielleicht."

„Vielleicht? Ein *Vielleicht* reicht mir schon", rief Tony glücklich. „Ich bin gleich bei dir."

„Okay", sagte Meg und war genauso glücklich wie er.

3

Montagnachmittag

Meg legte ihr Geschichtsbuch vor sich auf den Tisch und blickte sich in dem großen Stillarbeitsraum um, in dem die Schüler unter Aufsicht ihre Hausaufgaben machen sollten. Was war das für ein Lärm dahinten? Sie stellte fest, dass es nur Steve und sein Freund David aus dem Turnerteam waren, die auf einem der Tische komische Verrenkungen machten.

Ganz vorn im Raum stand ein kleines Pult für die Aufsicht, an dem im Moment niemand saß. Mrs Frankel kam immer zu spät, sodass Steve und David genug Zeit hatten, ihre Späßchen abzuziehen.

„Hi", sagte Sue und winkte Meg flüchtig zu, während sie zu ihrem Platz in der Reihe hinter ihr ging.

„Hi", antwortete Meg und durchwühlte auch schon ihre Tasche nach den Einladungskarten, die sie für die Party gekauft hatte.

„Dieser blöde Mathelehrer hat immer noch nicht kapiert, dass das Schuljahr schon fast zu Ende ist", beschwerte sich Sue. „Er hat heute Morgen noch mal mit einer ganz neuen Unterrichtseinheit angefangen. Das wäre doch wirklich nicht nötig gewesen!"

„So 'n Pech", murmelte Meg. Eigentlich wusste sie gar nicht, wo Sues Problem lag. Sie wusste nur, dass ihre Freundin die Schule, Mathe und allgemein jede Art von Arbeit hasste. Sue kam nie in den Hausaufgabenraum, ohne über irgendwas zu meckern.

„Wie findest du die?", fragte Meg und hielt die Packung mit den Einladungskarten hoch.

„Was ist das?", fragte Sue, während sie dunkelroten Lippenstift auf ihren vollen Lippen verteilte.

„Einladungskarten. Für Ellens Party. – Ist das eine neue Lippenstiftfarbe?"

„Ja, die hab ich in einer Zeitschrift gesehen. Wie findest du sie?"

„Sehr ... äh ... auffallend."

„Meg, bist du sicher, dass diese Party eine gute Idee ist?" Sue ließ den Lippenstift in ihre Tasche fallen und suchte nach einem Taschentuch.

„Keine Ahnung. Ich glaube schon. Es wäre doch nett, Ellen dadurch zu zeigen, dass wir sie immer noch mögen. Schließlich waren wir drei immer die besten Freundinnen. Und Ellen war so lange mit Evan zusammen, dass sie schon fast zu eurer Familie gehört hat."

Meg bereute ihre Worte sofort. Sue warf ihr einen bitteren Blick zu. Sie tupfte sich mit dem Taschentuch die Lippen ab und sagte keinen Ton. Erst als Meg sich schon wieder umgedreht hatte, meinte sie: „Wie willst du denn Einladungen verschicken, wenn du noch gar nicht weißt, wo die Party stattfinden soll?"

„Ich hatte eine super Idee", sagte Meg. „Du weißt doch, dass die Firma meines Vaters gerade das alte Halsey Manor Herrenhaus saniert hat. Er meinte, wir könnten dort feiern, wenn wir versprechen, hinterher alles wieder perfekt aufzuräumen."

„Das alte Herrenhaus im Fear-Street-Wald?", rief Sue überrascht. „Puh! Es ist aber ganz schön unheimlich da. Warum willst du denn ..."

„Das Haus ist fast komplett renoviert worden. Von innen ist es so gut wie neu. Und überleg doch mal, wie cool es ist, wenn keine Erwachsenen in der Nähe sind."

Ohne Erwachsene zu feiern, fand Sue auch gut. Aber nicht in der Fear Street. Während sie noch protestierte, kam Mrs Frankel in den Raum und forderte alle auf, ruhig zu sein und mit den Hausaufgaben anzufangen.

Meg drehte sich wieder zu ihrem Pult um und öffnete die Packung mit den Einladungskarten. Sie begann, die erste auszufüllen. Die Gespräche über Ellen brachten eine Flut von Erinnerungen zurück. Schöne Erinnerungen. Seit sie sich in der Grundschule kennengelernt hatten, hatten sie viele aufregende und glückliche Stunden miteinander verbracht.

Doch wenn sie jetzt an Ellen dachte, wanderten ihre Gedanken unwillkürlich zu der Tragödie vom letzten Jahr zurück. Ellen und Evan waren schrecklich ineinander verliebt. Und dann war Evan von einem Moment zum anderen tot. Und alles hatte sich geändert.

Sicher, Evan konnte manchmal ganz schön verrückt sein. Eigensinnig und impulsiv wie er war, hatte er sich immer irgendwelchen Ärger eingehandelt. Aber er konnte auch sehr liebenswert sein, voller Spaß und Lebensfreude.

Sein Tod war immer noch unvorstellbar.

Meg sah sich in dem großen Raum um. So ziemlich jeder hier hatte mit dem tragischen Unfall oder mit Evan zu tun gehabt.

Sie sah von Gesicht zu Gesicht. Da war Sue, Evans Schwester. Sie schien einen Teil ihres Lebens verloren zu haben, als Evan starb. Früher hatte sie sich für alles begeistern können, war temperamentvoll und immer für einen Spaß zu haben gewesen. Evans Tod hatte dazu geführt, dass sie sich zurückzog und von ihren Freunden abkapselte. Sue schien sich dazu zu zwingen, niemanden mehr zu brauchen, damit sie durch einen Verlust nicht noch einmal so verletzt werden konnte.

Tony saß ziemlich weit hinten und schrieb eifrig etwas in ein Heft. Er und Evan waren die dicksten Freunde gewesen. Tony hatte Evan bewundert und zu ihm aufgesehen. Wegen Evans draufgängerischer Art, weil es ihm egal war, was die Leute von ihm dachten, und weil er einfach tat, worauf er Lust hatte. Tony wünschte sich, so zu sein wie Evan. Aber er hatte zu viele Komplexe, litt zu sehr darunter, nicht so viel Geld zu haben, und es war ihm viel zu wichtig, von den anderen akzeptiert zu werden. Tony hatte versucht, nach außen hin cool zu wirken, als er von Evans Tod erfahren hatte. Aber beim Begräbnis war er zusammengebrochen und hatte hemmungslos geschluchzt. Seitdem war er unberechenbar und launisch.

Auf der gegenüberliegenden Seite des Raums saß ihr Cousin Brian. Mit seinem welligen blonden Haar, den blauen Augen und seinem Grübchenlächeln sah er aus wie ein Unschuldsengel. Aber Meg wusste, dass Brian ein seltsamer Typ war, der meistens für sich allein blieb. Er verbrachte den größten Teil seiner Zeit damit, *Dungeons and Dragons* zu spielen, mit seinem Freund Dwayne rumzuhängen und über die Krieger und Zauberer der vierten Ebene rumzufaseln. Und dafür interessierte sich Meg nicht die Bohne.

Brian und Evan waren nicht befreundet gewesen. Aber Brian war an diesem schrecklichen Tag auch im Fear-Street-Wald unterwegs gewesen. Er hörte den Schuss und kam angerannt. Hinterher erzählte er allen, er hätte Evan tot auf dem Boden gefunden, neben ihm Ellen, die nur weinte und kein einziges Wort herausbrachte.

Was hatte Brian damals allein im Fear-Street-Wald gemacht? Niemand wusste es. Aber Brian hatte sich durch Evans Tod ebenfalls verändert. Er schien sich noch mehr mit diesen seltsamen Fantasyspielen zu beschäftigen. Seine Noten, die bis dahin hervorragend gewesen waren, begannen sich zu verschlechtern.

„Ein Junge stirbt im Wald, und so viele andere Leben sind davon betroffen", dachte Meg.

Sie wusste nicht, wen sie am meisten bemitleiden sollte. Vielleicht Ellen. Arme Ellen. Wenn sie Evan doch nur davon hätte abhalten können, in den Fear-Street-Wald zu gehen!

Es wurde gemunkelt, dass er wegen einer Wette die Nacht dort verbringen wollte. Aber mit wem hatte er gewettet? Er wollte es Ellen damals nicht verraten. „Ich brauch mal wieder ein bisschen Nervenkitzel", sagte er, schnappte sich das Jagdgewehr seines Vaters – nur für alle Fälle – und stürmte los. Ellen bat ihn, das Gewehr nicht mitzunehmen. Doch er hörte nicht auf sie.

Sie ging nach Hause, machte sich aber entsetzlich viele Sorgen. Deswegen kehrte sie zur Fear Street zurück und suchte im Wald nach ihm. Dort hörte sie den Schuss, den tödlichen Schuss, der alles veränderte. Ellen folgte dem Knall, bis sie schließlich Evan fand, der mit dem Gesicht nach unten auf der Erde lag. Sein linker Schuh hatte sich in einer Baumwurzel verfangen.

Er war bereits tot. Offensichtlich war er über die Wurzel gestolpert, und dabei musste das Gewehr losgegangen sein.

Ein paar Minuten später tauchte Brian auf und fand die beiden. Obwohl er selbst unter Schock stand, schaffte er es, Ellen aus dem Wald zu bringen und Hilfe zu holen.

Ein tragischer Unfall. Ellen war nicht in der Lage gewesen, mit irgendjemandem darüber zu reden. Nicht einmal mit ihren besten Freunden. Kurz darauf war ihre Familie weggezogen. Und niemand hatte seitdem etwas von ihr gehört – bis jetzt.

„Vielleicht können wir alle wieder gute Freunde sein", dachte Meg optimistisch.

„Meg! Meg!" Eine Stimme riss sie aus ihren Gedanken.

Sie sah auf. Mrs Frankel hatte sie gerufen. „Das muss ja ein wirklich spannendes Kapitel sein, das du da liest. Ich habe dich schon ein paarmal aufgerufen."

Meg spürte, wie ihr Gesicht heiß wurde. Sie wusste, dass sie jetzt knallrot anlief. „Entschuldigung."

„Im Sekretariat liegt eine Nachricht für dich. Das hatte ich ganz vergessen, dir auszurichten."

Meg ließ die Einladungskarten auf dem Tisch liegen und ging mit hochrotem Gesicht zur Tür. Wer hatte eine Nachricht für sie hinterlassen? Kam sie von ihren Eltern? War jemand krank geworden?

Sie machte die Tür hinter sich zu und joggte den Flur entlang. „Hi, Meg. Hast du schon gehört, dass Gary mit Krista Schluss gemacht hat?" Das war Lisa, die auf dem Flur herumlungerte.

„'tschuldige, Lisa. Ich ruf dich nachher an", antwortete Meg. „Ich hab's ziemlich eilig." Lisa schien sich zu wundern, dass sie keine Lust hatte, sich den neuesten Klatsch anzuhören. Aber Meg lief einfach weiter zum Sekretariat.

Als sie außer Atem und mit einem nervösen Gefühl im Bauch eintrat, saß niemand am Empfangstresen. „Ist jemand hier?", rief sie. Keine Antwort. Schließlich tauchte die Schulsekretärin aus einem der hinteren Büros auf. Sie war erstaunt, Meg dort zu sehen.

„Man hat mir gesagt, hier wäre eine Nachricht für mich", sagte Meg.

Die Sekretärin schürzte die Lippen und schüttelte den Kopf. Sie sah einen Stapel rosafarbener Mitteilungszettel durch, die auf ihrem Schreibtisch lagen. „Nein. Für dich ist nichts dabei."

„Sind Sie sicher?", hakte Meg nach. „Mrs Frankel hat mich hierhergeschickt."

„Tut mir leid. Da muss es sich wohl um ein Missverständnis handeln."

„Ein Missverständnis. Ah, ja. Das wird's wohl sein. Danke", sagte Meg. Sie drehte sich um und verließ den Raum. Eigentlich war sie erleichtert. Denn wenn im Sekretariat eine Nachricht auf einen wartete, bedeutete das selten etwas Gutes. Aber warum hatte sie jemand dorthin bestellt, wenn es gar keine Nachricht gab?

Meg blieb bei Lisa stehen und unterhielt sich ein paar Minuten mit ihr. Sie hatte es nicht besonders eilig zurückzukommen. Jetzt würde sie sowieso nichts mehr von ihren Hausaufgaben schaffen. Und die Einladungen konnte sie auch nach der Schule schreiben.

„Was machst du heute Nachmittag?", fragte sie Lisa. „Hast du Lust, rüberzukommen und mir ein bisschen bei den Einladungen zu helfen?"

„Ich kann nicht", sagte Lisa, während sie einen Stift in die Luft schnipste und wieder auffing. „Wir haben ein Redaktionstreffen für die neueste Ausgabe der Schülerzeitung. Schließlich warten alle schon sehnsüchtig darauf, oder?" – Aber ich helfe natürlich trotzdem gerne bei den Partyvorbereitungen", fügte sie hastig hinzu.

„Ellen und ich waren nicht besonders gut befreundet, aber ich hab sie immer gemocht."

Sie unterhielten sich noch ein paar Minuten. Dann ging Meg zurück in den Stillarbeitsraum.

Mrs Frankel sah nicht einmal auf. Sie hatte den Kopf tief über die Arbeiten gebeugt, die sie gerade korrigierte. Meg setzte sich auf ihren Platz. Sie blickte sich einen Moment im Raum um, schaute auf ihre Uhr und dann auf den Tisch.

Die Partyeinladungen!

Irgendwer hatte sie in winzige Schnipsel zerschnitten. Wer tat so was Gemeines?

Meg fuhr herum und sah Sue an. Doch die blickte nicht mal von ihrem Buch auf.

„Hey!"

Endlich bemerkte Sue sie. Sie legte einen Papierschnipsel an die Stelle, wo sie aufgehört hatte zu lesen, und klappte das Buch zu.

„Sag mal, hast du gesehen, ob jemand an meinem Pult war?"

„Nein", flüsterte Sue, den Blick auf Mrs Frankel gerichtet. „Aber ich war auch gar nicht hier. Ich hab mir dieses Buch aus der Bibliothek geholt und bin erst vor einer Minute zurückgekommen."

Meg schaute sie prüfend an. Natürlich hatte sie ein schlechtes Gewissen, weil sie ihre Freundin verdächtigte. Sie wusste, dass Sue nicht besonders glücklich über die Party für Ellen war, aber so was würde sie doch nie tun, oder?

Sie wollte Sue gerade die zerschnittenen Einladungskarten zeigen, als ihr plötzlich der seltsame Anruf wieder einfiel, den sie Samstagabend bekommen hatte.

War der komische Anrufer vielleicht hier mit ihr in diesem Raum? War es Sue?

Nein. Natürlich nicht. Was für eine blöde Idee!

Aber wer war es dann?

Sie sammelte die Schnipsel der Einladungskarten ein und schmiss sie in ihre Tasche. Dann suchte sie darin nach ihrem Stift. Noch zehn Minuten bis zum Klingeln. Sie konnte ja schon mal eine Liste all der Dinge machen, die sie noch für die Party besorgen musste.

Irgendwer gähnte lautstark und alle lachten. Als Meg ihr Ringbuch öffnete, klopfte es leise an der Klassentür. Eine Mitarbeiterin der Schulverwaltung kam herein, übergab Mrs Frankel einen Notizzettel und verschwand wieder.

„Meg, komm doch bitte noch mal zu mir nach vorne", rief Mrs Frankel kurz darauf.

Was war denn jetzt schon wieder?

Sie klappte das Ringbuch zu und ging zu Mrs Frankels Pult. „Für dich scheint noch eine Nachricht im Sekretariat zu liegen", sagte Mrs Frankel beunruhigt.

„Sind Sie sicher?", fragte Meg.

„Was diese Schule angeht, kann man nie sicher sein", erwiderte sie trocken. „Aber du solltest besser mal nachschauen gehen."

Meg flitzte zum zweiten Mal den Gang hinunter. „Vielleicht hat die Sekretärin die erste Nachricht gefunden", dachte sie. Und tatsächlich, als sie ins Sekretariat kam, hatte die Schulsekretärin einen langen weißen Umschlag für sie. „Ich nehme an, den hat jemand für dich hinterlassen", sagte sie. „Ich habe ihn auf dem Empfangstresen gefunden. Aber ich habe nicht gesehen, wer ihn dort hingelegt hat."

Meg dankte ihr und nahm den Umschlag mit in den Flur. Er war fest zugeklebt, und sie brauchte eine Weile, um ihn aufzureißen. Sie zog ein weißes liniertes Stück Papier heraus und faltete es auseinander.

Die Worte darauf waren in schlampigen Blockbuchstaben mit rotem Buntstift hingeschmiert.

Meg, ich beobachte dich. Vergiss die Party! Ich will dir nicht wehtun – zwing mich nicht dazu.

4

Später am Montagnachmittag

„Hey, Sue, warte mal! Ich muss mit dir reden!"

Sue drehte sich in dem überfüllten Schulflur um und schwang sich ihren vollgestopften Rucksack über die Schulter. „Geht nicht. Ich bin spät dran. Hab einen Zahnarzttermin."

Meg drängelte sich durch eine Gruppe lachender Schüler und beeilte sich, ihre Freundin einzuholen. Es hatte geklingelt, bevor Meg zur Stillarbeit zurückkehren konnte. Sie war auf der Suche nach Tony, weil sie ihm den Drohbrief zeigen wollte. Aber sie konnte ihn nirgends entdecken.

„Sue, warte doch!"

„Ich kann echt nicht. Ruf mich heute Abend an, okay?" Sue drehte sich um und verschwand um die Ecke.

„Hey, hast du Sue gesehen?" Das war Dwayne. Er ragte plötzlich vor Meg auf. Alles, was sie im ersten Moment von ihm sah, war ein blaues T-Shirt, das sich stramm über seine muskulöse Brust spannte.

„Er ist so groß und kräftig, dass er überhaupt nicht mehr wie ein Schüler aussieht", dachte Meg. Vielleicht war er ja fünf- oder sechsmal sitzen geblieben. All die Stunden, in denen er Hausaufgaben hätte machen sollen, hatte er wahrscheinlich mit Bodybuilding verbracht.

„Du hast sie knapp verpasst", sagte Meg kühl. Sie mochte Dwayne nicht, und die Vorstellung, dass er und Sue ein Paar werden könnten, mochte sie noch weniger. Sie war froh, dass Sue das genauso sah. Meg hatte sogar etwas dagegen, dass Dwayne mit ihrem Cousin Brian rumhing, aber daran konnte sie nichts ändern.

„Wenn du sie siehst, sag ihr, ich hab was für sie!", rief Dwayne über den Lärm im Flur hinweg.

„Was denn?", fragte Meg.

Als Antwort zwinkerte er ihr übertrieben zu und setzte ein breites, schmutziges Grinsen auf. Dann lachte er und trabte davon, als hätte er gerade den besten Witz der Welt gerissen.

„Ist der widerlich!", dachte Meg. „Sue muss ihm endlich sagen, dass er sich ein für alle Mal vom Acker machen soll."

Sie holte ihre Sachen aus dem Stillarbeitsraum und lief dann zu ihrem Spind im ersten Stock. „Hey, Tony!" Er stand neben seinem Spind, stützte sich mit einer Hand gegen die Wand und starrte auf ein Blatt Papier, das er in der anderen Hand hielt.

Als er aufblickte, bemerkte sie seine besorgte Miene. „Oh, hallo Meg." Er blickte wieder auf das Blatt.

Sie ließ ihren Rucksack auf den Boden fallen und nahm ihm das Blatt aus der Hand. Die Nachricht darauf war ebenfalls in dicken roten Blockbuchstaben geschrieben. „Du hast auch einen bekommen?", fragte sie erstaunt. Nachdem sie seinen Brief gelesen hatte, beugte sie sich hinunter, zog ihren aus der Schultasche und zeigte ihn Tony.

Auf seinem stand: *Sorg dafür, dass diese Party nicht stattfindet – oder du bist ein toter Mann! Ein Freund.*

„Den hab ich in meinem Spind gefunden", sagte Tony, nachdem er Megs Brief gelesen und ihn ihr zurückgegeben hatte. Er war ziemlich eingeschüchtert. „Wer könnte das getan haben?"

„Keine Ahnung", sagte Meg und schüttelte den Kopf. „Ich hab keinen blassen Schimmer."

„Hältst du das immer noch für einen dummen Streich?", fragte Tony. Er nahm ihr den Brief aus der Hand und knüllte ihn zu einem Ball zusammen.

„Nein, ich glaube nicht. Aber wer sollte diese Party verhindern wollen?"

Tony zuckte die Achseln. Er nahm sein braunes Sweatshirt aus dem Spind und zog es sich über den Kopf. „Wir wissen nicht, wie ernst es diesem Unbekannten tatsächlich ist", sagte er und fuhr sich mit den Händen durch die Haare.

„Wie meinst du das?"

„Ich meine, wie weit wird er gehen, um uns davon abzuhalten? Will er uns wirklich etwas antun?"

Meg starrte Tony an und sah die Furcht in seinen Augen. „Das ist doch lächerlich", sagte sie sanft. Aber inzwischen war sie sich nicht mehr so sicher. Bis jetzt hatte sie überhaupt keine Angst gehabt. Sie war nur wütend gewesen, dass ihr jemand so einen blöden Streich gespielt hatte. Doch als sie jetzt die Furcht in Tonys Gesicht sah, wurde auch ihr ein bisschen mulmig.

„Ich denke, wir sollten die Party vergessen. Wir können uns doch auch einfach so mit Ellen treffen und Spaß haben, ohne eine Riesenüberraschungsparty mit hundert Leuten zu veranstalten, oder?"

„Darum geht's doch gar nicht", sagte Meg scharf. „Wir können einfach nicht zulassen, dass dieser Idiot uns rumschubst. Wenn wir eine Party feiern wollen, dann werden wir auch eine feiern. Wir leben schließlich in einem freien Land, oder?"

„Aber irgendjemand will unbedingt verhindern, dass

diese Party stattfindet", beharrte Tony. Er hob den zusammengeknüllten Brief auf und warf ihn von einer Hand in die andere.

„Das ist mir egal", schnaubte Meg. „Das ist mir total egal!" Sie wurde immer wütender. „Wir werden diese Party feiern! Und wir werden rauskriegen, wer versucht, uns Angst einzujagen!"

„Meg, bitte ..." Er packte sie fest an der Schulter, lockerte seinen Griff dann aber wieder. „Wir sollten beide noch mal gut darüber nachdenken, bevor wir uns entscheiden, was wir machen wollen."

„Nein, ich habe mich schon entschieden", sagte Meg stur und machte sich los. Sie war sauer, weil Tony so leicht nachgeben wollte. „Hat er Angst um mich oder um sich selbst?", fragte sie sich.

Dann kam ihr ein anderer Gedanke. Was war mit Sue? Hatte sie auch irgendwelche komischen Anrufe oder Drohbriefe gekriegt?

Nein.

Das hätte sie ihr bestimmt erzählt.

Aber Sue war doch genauso an der Party beteiligt wie Meg und Tony. Warum wurde sie dann nicht bedroht?

„Jemand hat meine Einladungskarten zerschnitten", sagte sie nach einer Weile.

„Was?"

„Ich hatte sie mit im Stillarbeitsraum. Dann wurde ich ins Sekretariat gerufen, und als ich zurückkam, waren sie in winzige Fetzen zerlegt."

„Hat Sue nicht direkt hinter dir gesessen?"

„Doch. Aber sie sagte, sie wäre zwischendurch in die Bibliothek gegangen. Sie hat nicht gesehen, wer es war."

„Komisch", murmelte er und dachte angestrengt nach. „Ich hab gar nicht mitgekriegt, dass sie den Raum verlassen hat."

„Hast du nicht?"

„Nein. Ich war die ganze Zeit da. Und Sue auch."

„Das ist echt komisch." Meg lehnte sich gegen die Spinde. „Tony, du glaubst doch nicht, dass Sue …"

„Ich weiß nicht. Am Anfang war sie doch gegen die Party, oder? Aber ich glaube nicht, dass sie …"

„Nein, natürlich nicht. Sie ist doch meine beste Freundin."

Nachdenklich griff Meg nach dem Brief und las ihn noch einmal. Sahen die dicken Blockbuchstaben so aus, als wären sie von einem Mädchen geschrieben worden?

Meg spürte, wie ihr ein Schauer über den Rücken lief. Sie hatte plötzlich das Gefühl, dass sie und Tony beobachtet wurden. Alarmiert blickte sie auf.

Ja. Jemand starrte sie von der anderen Seite des Flurs an.

Ihr Cousin Brian. Und sein Gesichtsausdruck war ziemlich unheimlich. Wie lange beobachtete er sie schon?

5

Montagabend

„Meg, was machst du denn da oben?"

„Hausaufgaben, Mum!", rief Meg. „Wenn ich mein Referat nicht rechtzeitig abgebe, krieg ich eine Fünf."

Meg arbeitete natürlich gar nicht an ihrem Referat. Sie grübelte fieberhaft nach und schaute auf das Blatt Papier, das vor ihr auf dem Schreibtisch lag. Bisher stand dort nur die große Überschrift: *Liste der Verdächtigen.*

Sie kritzelte *Nummer 1* auf das Blatt und daneben den Namen *Brian*.

Und unter *Brian* schrieb sie: *Warum?*

a) Weil er Tony und mich so komisch angestarrt hat.
b) Weil er weggerannt ist, als er gemerkt hat, dass wir ihn gesehen haben.
c)

Meg knabberte an ihrem Bleistift herum. Warum? Warum? Warum? Aus welchem Grund könnte Brian Ellens Party stoppen wollen?

Sie durchkämmte ihr Gedächtnis nach einem Hinweis. Brian und Ellen. Brian und Ellen ... Nichts. Null. Ihr fiel überhaupt nichts ein.

Brian und Ellen waren nur Bekannte und nicht mal richtig befreundet. Warum sollte er etwas gegen sie haben?

Schließlich war er derjenige gewesen, der Ellen genau vor einem Jahr geholfen hatte. An diesem Tag im Fear-

Street-Wald, als Brian sie völlig aufgelöst neben Evans Leiche gefunden hatte.

Evan.

Ellen und Evan.

Hatte Evans Tod etwas damit zu tun?

Meg nahm den Bleistift aus dem Mund und schrieb: *Zwischenfrage: Hasst jemand Ellen wegen Evan?*

Dann setzte sie den zweiten Namen auf ihre Liste der Verdächtigen: *Sue.*

Und auch unter *Sue* schrieb sie: *Warum?*

a) *Evan war ihr Bruder. Vielleicht macht sie Ellen für das verantwortlich, was passiert ist.*
b) *Sue war im Stillarbeitsraum, als die Einladungskarten zerschnitten wurden.*
c) *Sue war von Anfang an gegen die Party.*
d) *Sue hat sich verändert, seit Evan tot ist.*

Den letzten Satz strich sie mit dicken schwarzen Linien wieder aus. Das war nicht fair, beschloss Meg. Sie hatten sich *alle* verändert, seit Evan tot war.

„Aber Sue ist meine beste Freundin", dachte Meg und klopfte nervös mit dem Bleistift auf der Tischplatte herum. „Sie würde mir doch bestimmt keine Angst einjagen, oder?"

Oder etwa doch?

War Sue ehrlich zu ihr, was die Party und Ellen anging?

„Ich weiß es nicht", sagte Meg und merkte gar nicht, dass sie es laut ausgesprochen hatte. Sie beschloss, dass Sues Name erst mal auf der Liste bleiben musste.

Ihre Augen kehrten zu dem Blatt Papier zurück. Er-

staunt stellte sie fest, dass sie als *Nummer 3* schon einen Namen hingeschrieben hatte, ohne dass es ihr bewusst geworden war: *Ellen.*
Warum war Ellen eine Verdächtige?

a) Es konnte sein, dass jemand aus der Schule sie angerufen und ihr von der Party erzählt hatte.
b) Ellen hatte Partys noch nie gemocht.
c) Sie hatte sich nie bei ihren alten Freunden gemeldet. Vielleicht wollte sie sie gar nicht wiedersehen.
d) Sie hatte nie ein Wort darüber verloren, warum ihre Familie so plötzlich aus Shadyside weggezogen war.

„Ja, auch Ellen gehört auf die Liste der Verdächtigen", beschloss Meg. Aber wie hätte sie Tony und ihr die Drohbriefe mit den roten Druckbuchstaben unterschieben können? Sie war doch momentan gar nicht in Shadyside.

Eine Freundin. Vielleicht hatte sie jemanden in der Schule, der ihr half.

Also waren es möglicherweise *zwei* Leute, nach denen Meg suchen musste.

Sie schrieb *Nummer 4* auf die Liste. Gab es einen vierten Verdächtigen?

Ihr fiel niemand ein. Also kritzelte sie einfach mal *Dwayne* hin.
Warum?
„Weil ich ihn nicht ausstehen kann."
Das Telefon klingelte.
Meg starrte es an und zögerte, den Hörer abzunehmen.

„Vielleicht sollte ich es einfach klingeln lassen", dachte sie.

Aber sie wusste, dass sie das nicht schaffen würde. Wenn das Telefon klingelte, musste sie einfach rangehen. Sie konnte es nicht aushalten, nicht zu wissen, wer dran war.

Also ließ sie es noch einmal klingeln, atmete tief durch und nahm dann ab. „Hallo?"

„Hallo, Meg."

„Tony?"

„Alles in Ordnung bei dir? Geht's dir gut?"

„Tony, was meinst du damit? Du klingst ja schrecklich!"

„Ich ... ich hab mir Sorgen um dich gemacht. Ich ... also ... ich glaube, heute Abend hat mich jemand verfolgt."

„Was?", fragte Meg entsetzt.

„Irgendwer ist mir nach Hause gefolgt. Ich war bei meinem Vater an der Tankstelle und hab ihm geholfen. Und weil er den Wagen hatte, bin ich zu Fuß nach Hause gegangen. Es war ganz seltsam. Ich hab die ganze Zeit einen Schatten gesehen. Aber jedes Mal, wenn ich mich umgedreht habe, war niemand da."

„Und?"

„Und dann waren plötzlich Schritte hinter mir. Ich hab angefangen zu rennen. Und die Schritte wurden auch schneller."

„Bist du sicher, dass da wirklich jemand war?"

„Klar bin ich sicher", fauchte er beleidigt. „Ich bin doch nicht verrückt."

„Entschuldige, Tony. Schrei mich nicht so an. Ich wollte doch nur wissen ..."

„Hör mal, Meg, diese Sache wird langsam ziemlich unheimlich. Ich glaube, dieser geheimnisvolle Unbekannte meint es ernst."

„Ist dir gar nichts aufgefallen?"

„Nein. Ich bin einfach gerannt. Ich wollte nur noch nach Hause. Und jetzt hör auf, mich zu löchern, okay?"

„Tut mir leid. Aber bitte brüll mich nicht an."

„Ich hab dich sofort angerufen, weil ich dachte, sie hätten dich vielleicht auch verfolgt."

„Nein. Ich bin okay. Wirklich."

„Diese Party, Meg. Ich weiß nicht."

„Was soll das heißen?"

„Ich meine, ist die Party den ganzen Stress wert?"

„Ja, denn jetzt geht's mir ums Prinzip", sagte Meg.

„Ums Prinzip? Jemand hat mich verfolgt, Meg! Ich hab richtig Angst. Und ich bin nicht bereit, für eine Party mein Leben zu riskieren."

„Aber verstehst du denn nicht?", rief sie ungeduldig. „Es ist nicht einfach nur eine Party. Wenn jemandem so viel daran liegt, dass sie nicht stattfindet, muss noch mehr an der Sache dran sein. Da läuft noch was anderes, Tony. Und wir müssen rausfinden, was es ist."

„Das macht dir wohl Spaß, was?", sagte er mit einem bitteren Unterton. „Du bist ja eine richtige kleine Nachwuchsdetektivin. Gib's zu, du findest das doch aufregend."

„Irgendwie schon", räumte Meg ein. „Aber vor allem gefällt es mir nicht, mich von jemandem rumschubsen zu lassen, der glaubt, er könne mir vorschreiben ..."

„Ich steige aus", unterbrach Tony sie.

„Was?"

„Ich steige aus. Du hast mich schon verstanden."

„Wobei denn?"

„Bei der Party. Und bei … uns beiden."

Meg spürte einen heftigen Stich in der Brust. Das kam so … so unerwartet.

„Meinst du das ernst?"

„Auf Wiedersehen", sagte er ruhig und legte auf.

Wütend knallte Meg den Hörer auf die Gabel. „Tony reißt doch nur wieder die Klappe auf, ohne vorher nachzudenken", versuchte sie sich zu beruhigen. „Natürlich meint er es nicht ernst. Er will doch wegen dieser Sache nicht mit mir Schluss machen."

Oder etwa doch?

Er hatte sich ganz schön verängstigt angehört. Meg horchte in sich hinein, ob sie auch Angst hatte. Nein, stellte sie fest. Kein bisschen. Sie war viel zu wütend, um Angst zu haben. Die Party würde sie auf keinen Fall aufgeben. Und Tony erst recht nicht.

„Ich werde rausfinden, wer uns droht, und ich werde rausfinden, warum", sagte sie laut.

Meg nahm den Hörer ab und begann, Tonys Nummer zu wählen. Aber dann überlegte sie es sich anders. „Ich lasse ihm besser Zeit, sich zu beruhigen. Dann melde ich mich wieder bei ihm."

Sie würde einfach nicht akzeptieren, dass er mit ihr Schluss gemacht hatte. Niemals. Meg merkte, dass sie sich so doll auf die Unterlippe gebissen hatte, dass sie blutete.

Wie sollte sie sich jetzt auf ihr Referat konzentrieren? Unmöglich. Aber was sollte sie jetzt tun?

Meg blickte auf ihre Liste. *Nummer 3: Ellen.*

Es gefiel ihr nicht, dass Ellen auf der Liste stand. Schließlich war es ihre Party.

„Ich werde sie anrufen."

Der Gedanke schoss ihr ganz plötzlich durch den Kopf. Was für eine gute Idee!

„Ich rufe sie an und erzähle ihr, wie sehr ich mich auf ihren Besuch freue."

Meg spürte auf einmal einen dicken Kloß im Hals. Und ein Gefühl der Furcht breitete sich in ihrem Bauch aus. Nein. Es würde nicht schwierig werden. Es würde ganz leicht sein, sich mit Ellen zu unterhalten. Schließlich waren sie mal die dicksten Freundinnen gewesen.

„Ich hätte sie schon viel früher anrufen sollen", schimpfte sie mit sich. „Warum habe ich all die Monate darauf gewartet, dass sie mich anruft?"

Sie wählte Ellens Nummer. Es klingelte, das dumpfe Tuten schien von weit her zu kommen. Nach dem dritten Klingeln nahm Ellen ab. „Hallo?"

„Ellen? Ich bin's. Meg."

„Meg? Ich glaub's ja nicht. Hi!", quietschte Ellen. Sie schien total begeistert, von ihr zu hören. Meg stieß einen unterdrückten Seufzer der Erleichterung aus. Sie fühlte sich gleich viel besser.

„Wie geht's dir denn so?"

„Super. Echt super. Und dir?"

„So weit ganz okay", erwiderte Meg. „Irgendwie komisch, deine Stimme zu hören. Es ist so lange her."

„Ich weiß", sagte Ellen schuldbewusst. „Eigentlich wollte ich dir mal schreiben oder so. Aber ich hatte immer so viel zu tun und …"

„Wie ist denn deine neue Schule?"

„Ganz in Ordnung. Aber es ist total anders als in Shadyside. Ich erzähl's dir, wenn wir uns sehen. Ich komme nämlich demnächst vorbei, weißt du."

„Ja. Deswegen rufe ich auch an. Ich wollte dir sagen, wie sehr ich mich darauf freue."

„Ich werde bei meiner Tante Amy wohnen. Hoffentlich können wir eine Menge Zeit zusammen verbringen."

„Das hoffe ich auch, Ellen. Ich vermisse dich nämlich", platzte Meg heraus. Es war ein gutes Gefühl, mit ihrer alten Freundin zu sprechen. Sie waren so vertraut, als hätte sich überhaupt nichts verändert.

„Ich vermisse dich natürlich auch."

„Möchtest du irgendwas Besonderes machen, wenn du kommst?", fragte Meg. Sie sprach schnell und atemlos vor Aufregung.

„Nein, eigentlich nicht. Ich lasse es einfach auf mich zukommen. – Wie geht's Tony?"

„Gut. Er ist immer noch der Alte."

„Seid ihr beiden noch zusammen?"

„Ja." Jedenfalls bis vor zwei Minuten. Aber warum sollte sie Ellen jetzt von ihrem Streit erzählen?

„Ich bin so froh, dass du angerufen hast, Meg. Ich kann's gar nicht erwarten, dich zu sehen."

„Ja, mir geht's genauso."

Sie tauschten noch ein paar Minuten lang Neuigkeiten aus. Dann beschloss Meg, lieber Schluss zu machen, bevor das Gespräch so teuer wurde, dass ihr Vater sich wieder aufregte. Ellen versprach, sich sofort zu melden, wenn sie in Shadyside war. Dann legten sie auf.

Meg fühlte sich richtig gut. Was für ein lockeres Gespräch! Ellen klang genauso wie früher. Und sie hatte sich so gefreut, dass sie angerufen hatte.

Meg griff zum Bleistift und wollte Ellens Namen von der Liste streichen. Aber dann stockte sie.

Ellen hatte so begeistert, so glücklich geklungen.
Zu begeistert.
Zu glücklich.
Das sah ihr gar nicht ähnlich.
Es war alles so gezwungen gewesen, so falsch.
Das war nicht die Ellen, die sie kannte.
Was versuchte sie zu verbergen?

6

Dienstagabend

Lisa verdrehte genervt die dunklen Augen und seufzte. „Steve und ich streiten uns die ganze Zeit. Das ist einer der Hauptgründe, warum wir nie Spaß haben. Wir sind viel zu sehr damit beschäftigt, darüber zu diskutieren, warum wir uns nicht vertragen. Wir kommen überhaupt nicht dazu, es uns mal gut gehen zu lassen."

Meg trank einen Schluck Diätcola aus ihrer Getränkedose. Dann ließ sie sich auf der großen Ledercouch ein Stück nach unten rutschen und hielt die Dose mit beiden Händen in ihrem Schoß. „Ich mag dieses Zimmer", sagte sie nach längerem Schweigen und ließ ihren Blick durch den Raum schweifen. Über die dunklen Holzpaneele an den Wänden, die deckenhohen Bücherregale mit dem eingebauten Riesenfernseher in der Mitte und die Glastüren, die sich zur Terrasse und zum Garten öffneten. „Wir haben nicht so ein tolles Wohnzimmer."

„Du versuchst doch nicht etwa, das Thema zu wechseln, oder?", fragte Lisa mit einem schiefen Grinsen.

Meg lächelte. „Ich weiß gar nicht, was ich sagen soll. Tony und ich kommen im Moment auch nicht besonders gut miteinander klar. Wir haben uns wegen Ellens Party ziemlich heftig gestritten. Er hat Angst vor den Drohungen. Aber ich hab ihm gesagt, dass ich mich nicht von irgendeinem durchgeknallten Idioten von meinen Plänen abhalten lasse."

„Vielleicht hat Tony recht", sagte Lisa und schwang ihre langen Beine über die Lehne des Ledersessels. „Wenigstens macht Tony sich Sorgen um dich. Wenn mich jemand bedrohen würde, würde Steve wahrscheinlich nur sagen: *Ach ja, und was gibt's heute Abend im Fernsehen?*"

Meg lachte. Lisa hatte ihren Freund perfekt nachgemacht. „Vielleicht solltest du nicht so streng mit Steve sein", sagte sie. „Er ist echt ein netter Kerl. Vielleicht erwartest du einfach zu viel von ihm. Ihr beide seid zusammen aufgewachsen. Er wohnt direkt nebenan. Ist doch klar, dass du ein bisschen selbstverständlich für ihn bist."

Lisa trank den letzten Schluck aus ihrer Dose und zerdrückte sie mit der Hand. „Hey, Meg! Ich wollte doch gar keine klugen Ratschläge von dir. Ich wollte mich nur mal ausheulen."

Beide Mädchen lachten.

„Aber ich habe mal wieder nur an mich gedacht", sagte Lisa und warf die leere Dose quer durchs Zimmer in den Papierkorb, der neben dem Schreibtisch stand. „Hey, zwei Punkte!" Ihre Miene wurde wieder ernst. „Du bist rübergekommen, um mir von den schrecklichen Sachen zu erzählen, die dir passiert sind, und ich rede nur von Steve und mir. Tut mir leid. Dabei hast du *echte* Probleme. Weißt du, vielleicht solltest du die Polizei anrufen."

„Klar, Lisa", schnaubte Meg und setzte sich mit einiger Anstrengung auf. Das Sofa war so weich, dass sie tief in die Polster gesunken war. „Ich werde zur Polizei gehen und sagen, dass jemand in der Schule meine Partyeinladungen zerschnitten hat. Das wird garantiert den ganzen Laden aufmischen. Wahrscheinlich setzen sie eine komplette Polizeitruppe auf den Fall an. Und vielleicht auch ein Sondereinsatzkommando!"

„Was machst du bloß mit deiner Haut?", fragte Lisa unvermittelt.

„Was?"

„Mit deiner Haut. Sie sieht so glatt aus. Wie Babyhaut."

„Hä? Lisa ..." Megs Hand fuhr unwillkürlich zu ihrem Gesicht.

„Dein Gesicht sieht immer aus, als ob du dich gerade gewaschen hättest. Wie frisch geschrubbt."

„Ich glaube, jetzt bist du diejenige, die das Thema wechseln will", knurrte Meg.

„Nein, entschuldige. Ich war nur mit meinen Gedanken woanders." Lisa stand auf und streckte sich. Dann ging sie zu den Glastüren und sah nach draußen. „Weißt du, Meg, vielleicht solltest du diese Überraschungsparty einfach abblasen. Damit wärst du all deine Probleme los."

„Aber das will ich auf keinen Fall", protestierte Meg weinerlich. „Ellen ist mir total wichtig. Ich möchte ihr unbedingt zeigen, dass wir sie immer noch mögen. Und ..."

„Und?"

„Jetzt bin ich neugierig. Ich will rausfinden, warum jemand diese Party unbedingt verhindern will."

„Wie meinst du das?"

„Das ist nicht nur ein dummer Streich. Irgendwer hat einen triftigen Grund, die Party platzen zu lassen. Aber was könnte das sein?"

Lisa starrte hinaus in die Dunkelheit. „Vielleicht hat es irgendwas mit Evan zu tun."

„Ja, daran hab ich auch schon gedacht. Wie bist du darauf gekommen, Lisa?"

„Ich weiß auch nicht. Wenn ich an Ellen denke, fällt mir Evan wahrscheinlich automatisch ein. Erinnerst du dich? Ellen und Evan. Wir haben von den beiden immer in einem Atemzug gesprochen. Aber Evan ist jetzt schon ein Jahr tot. Was könnte er mit jemandem zu tun haben, der die Party verhindern will?"

„Keine Ahnung. Das ist mir ein totales Rätsel. Aber eins, das ich lösen möchte. Und deswegen werd ich diese Party auch nicht ausfallen lassen. Wenn ich jetzt aufgebe, werden wir nie rauskriegen, was hier eigentlich läuft."

„Hast du denn irgendeine Idee, wer versuchen könnte, dir und Tony Angst einzujagen?"

„Schon, aber versprich mir, dass du nicht lachst", sagte Meg vorsichtig.

„Du kennst mich doch", antwortete Lisa.

„Deswegen sollst du es mir ja auch versprechen."

„Okay. Ich versprech's. Aber nur mit gekreuzten Fingern."

„Also, ich habe eine Liste der Verdächtigen aufgestellt."

„Und?"

„Na ja, Nummer eins auf der Liste ist Brian."

Lisa setzte sich kerzengerade hin. „Brian? Warum Brian? Er ist doch dein Cousin, oder?"

„Ja. Aber das schließt ihn als Verdächtigen nicht aus. Er gehört vielleicht zu meiner Familie, aber er ist trotzdem ein bisschen abgedreht. Ständig hängt er mit Dwayne rum und spielt diese komischen Fantasy-Rollenspiele."

„Hm, ich weiß nicht", zweifelte Lisa. „Wen hast du denn noch auf der Liste?"

„Sue."

„Was?" Lisas dunkle Augen leuchteten vor Überraschung auf.

„Sue sitzt im Stillarbeitsraum direkt hinter mir. Sie hätte die Einladungskarten problemlos zerschneiden können. Als ich sie danach gefragt habe, sagte sie, sie hätte nichts gesehen, weil sie in die Bibliothek gegangen sei. Aber Tony war auch im Raum. Und er sagt, dass Sue gar nicht rausgegangen ist."

„Und was ist mit dem Anruf und dem Drohbrief?"

„Das hätte auch Sue sein können", sagte Meg, die schon etwas weniger überzeugt klang.

„Aber, Meg, sie ist doch deine beste Freundin, stimmt's?"

„Stimmt. Ich weiß, die Idee ist verrückt, Lisa. Aber Sue hat sich verändert, seit Evan gestorben ist. Und sie schien von Anfang an etwas gegen diese Party zu haben."

Lisa seufzte und schüttelte den Kopf. „Dein Cousin und deine beste Freundin. Wer steht noch auf der Liste – deine Eltern?"

„Ach, komm, Lisa. Ich …"

„Keine sehr überzeugenden Verdächtigen, Meg. Warum sollte Sue versuchen, dich so einzuschüchtern? Warum sollte sie dir nicht einfach sagen, dass …"

„Weiß ich auch nicht. Ich hab irgendwie ein blödes Gefühl bei ihr, das ist alles. Vielleicht macht sie Ellen für Evans Tod verantwortlich. Vielleicht hat sie vor irgendwas Angst, was auf der Party passieren könnte. Ich weiß es nicht. Ich …"

„Na, dann frag sie doch."

„Was?"

„Du hast mich schon verstanden", sagte Lisa, sprang auf und begann, unruhig auf und ab zu laufen. „Immerhin ist sie deine beste Freundin. Du willst doch nicht deine beste Freundin auf der Liste der Verdächtigen stehen lassen, oder? Also, geh hin, und frag Sue, ob sie etwas damit zu tun hat. Frag sie, warum sie gegen die Party für Ellen ist. Rede mit ihr. Ganz ehrlich. Dafür hat man doch Freunde, oder nicht?"

„Äh ... ich glaube, da bin ich genau wie du", murmelte Meg und zog ihr Sweatshirt glatt. „Eigentlich will ich gar keine guten Ratschläge. Ich will nur ein bisschen jammern."

Meg verabschiedete sich von Lisa und lief nach draußen zum Auto. Die kühle Luft belebte sie. „Vielleicht hat Lisa recht", dachte sie. „Ich sollte morgen mal mit Sue sprechen." Sie rutschte hinter das Steuer des kleinen Toyotas ihrer Mutter und fuhr nach Hause, während sie in Gedanken immer wieder durchging, was sie ihrer Freundin sagen wollte.

Sie fuhr die Auffahrt hoch und hielt kurz vor der Garage an. Die Lampe über dem Garagentor warf nur ein schwaches gelbes Licht auf das Haus.

Meg wollte gerade aus dem Wagen steigen, doch plötzlich erstarrte sie und sog erschrocken die Luft ein. Dieser Schatten auf der Veranda – der war doch sonst nicht da, oder?

Wartete dort jemand in der Dunkelheit auf sie?

7

Mittwochabend

Meg ließ sich wieder in den Sitz zurückfallen und starrte den Schatten an der Hauswand an. Er bewegte sich nicht.

Ihre Finger umklammerten den Zündschlüssel. Ihr erster Impuls war, den Wagen wieder zu starten, zurückzusetzen und schnell wegzufahren.

Aber vielleicht war das ja auch Tony, dort auf der Veranda. Wie oft hatte er schon vor der Tür auf sie gewartet, ohne zu klingeln oder reinzugehen? Bestimmt tausend Mal.

Vielleicht war er gekommen, um sich bei ihr zu entschuldigen.

Sie zog den Schlüssel aus dem Zündschloss und öffnete langsam die Autotür.

Aber wenn es nicht Tony war?

Vielleicht war es dieser Kerl, der sie angerufen hatte. Der Typ, der Tony verfolgt hatte.

Der Schatten bewegte sich nicht.

Wie konnte ein Mensch nur so regungslos stehen bleiben?

„Wer ist da?", rief sie und war überrascht, dass ihre Stimme eher ärgerlich als ängstlich klang.

Stille.

„Hallo. Ist da jemand?"

Stille. Der Schatten verharrte bewegungslos.

„Tony, bist du das?"

Es war unmöglich für einen Menschen, sich so lange nicht zu rühren.

Meg stieg aus dem Wagen und schlich leise über den feuchten Rasen zur Veranda. Sie spürte, wie die Angst langsam in ihr hochstieg und ihr die Kehle zuschnürte.

Ihre Turnschuhe machten leise, patschende Geräusche im hohen Gras. „Warum tue ich das?", fragte sie sich. „Warum laufe ich nicht weg?"

Sie blieb vor der Veranda stehen. „Wer ist da?", rief sie mit zitternder Stimme.

Und dann lachte sie erleichtert auf.

Der Schatten stammte von einem Stapel großer Blumentöpfe, die ihr Vater gegen das hölzerne Geländer gelehnt hatte.

„Meg, jetzt drehst du langsam durch", sagte sie zu sich und stieß einen tiefen Seufzer aus.

Dann ging sie ins Haus hinein und schloss die Tür sicherheitshalber hinter sich ab.

Donnerstagabend

Meg stocherte mit ihrer Gabel in der quietschorangen Masse auf ihrem Teller herum. Sollten das etwa Käsemakkaroni sein?

Aus irgendeinem Grund war es in der Cafeteria ziemlich leer. Vielleicht hatten die anderen mitgekriegt, was es zu essen gab.

Die Fenster an der gegenüberliegenden Wand standen offen, denn es war ein herrlich warmer Frühlingstag. Die blechernen Klänge der Schulband, die draußen auf dem Sportplatz immer wieder den gleichen Marsch übte, gingen allen auf die Nerven.

Meg zupfte die Ärmel ihrer weißen Bluse zurecht.

Dann nahm sie einen zaghaften Bissen von ihren Käsemakkaroni. Sie schmeckten nach überhaupt nichts.

Als sie aufschaute, entdeckte sie Sue, die mit einem Tablett auf ihren Tisch zusteuerte. Beim Blick auf ihren Teller verzog sie angewidert das Gesicht.

„Oh, Mann", dachte Meg und atmete tief durch. Sie wusste, dass es nicht einfach werden würde, mit Sue zu reden. Aber sie wollte es jetzt hinter sich bringen.

„Was soll denn das sein?", fragte Sue mit einem misstrauischen Blick auf ihren Teller. Sie ließ ihr Tablett auf den Tisch knallen und schob sich mit lautem Scharren einen Stuhl zurecht.

„Sieht aus wie dieses Schaumstoffzeugs, das man zum Ausstopfen von Paketen braucht", antwortete Meg.

Sue stocherte mit der Gabel in ihrem Essen herum, genau wie es Meg getan hatte. „Hey, ich glaube, es hat versucht, meine Gabel zu beißen!"

Meg lachte nicht. Sie schaute Sue unverwandt in die Augen, als würde sie darin die Antwort auf ihre ungestellte Frage finden.

„Was ist denn mit dir los?", fragte Sue und ließ ihre Gabel aufs Tablett fallen. „Du bist heute ja noch merkwürdiger als sonst."

„Ich ... ich muss dich was fragen", sagte Meg leise.

„Na, dann tu's doch. Frag! Aber mach nicht so ein düsteres Gesicht."

Meg hatte gar nicht gemerkt, dass sie so finster geguckt hatte. Sie hatte die Sache eigentlich ganz locker angehen wollen, aber das klappte jetzt natürlich nicht mehr. „Ich weiß, es ist lächerlich, aber ich muss dich das einfach fragen."

„Mach schon", drängelte Sue.

Meg holte tief Luft. Sie spürte, wie sie rot wurde. „Hast du mich neulich Abend ziemlich spät angerufen und mir außerdem einen Drohbrief geschickt?"

„Was?"

„Hast du? Ich hab nämlich einen Anruf und einen Brief bekommen und ..."

„Und worum ging es?" Sue sah total verwirrt aus.

„Jemand droht mir. Und warnt mich davor, die Party für Ellen zu organisieren."

„Du denkst, *ich* würde dich bedrohen?"

Meg merkte, dass sie einen Fehler gemacht hatte. „Nein, ich ..." Sie überlegte krampfhaft, was sie sagen konnte, um alles wieder klarzustellen.

„Meg, was wirfst du mir eigentlich vor?" Sues Stimme stieg um mehrere Oktaven. Ihre Hände umklammerten die Tischkante.

„Ich werfe dir überhaupt nichts vor. Ich hab doch bloß gefragt", rechtfertigte sich Meg. „Ich wollte nur, dass du mir sagst, dass du nichts damit zu tun hast. Das ist alles."

„Okay, ich war's nicht", schnaubte Sue. Ihre anfängliche Überraschung verwandelte sich jetzt in Ärger. „Warum sollte ich dich auch bedrohen, verdammt noch mal?"

„Ich weiß es nicht", sagte Meg kleinlaut. „Jedenfalls hat irgendwer schreckliche Drohungen ausgestoßen. Jemand hat Tony verfolgt, und ... ich ... ich bin ziemlich aufgeregt, Sue."

„Ich verstehe nicht, warum du mir so was vorwirfst. Ich dachte immer, wir wären Freundinnen und würden uns gegenseitig vertrauen. So was würde *ich* dir nie vorwerfen. Aber ich schätze, da sind wir wohl verschieden. Sehr verschieden. Verschiedener, als ich dachte." Die letzten Worte stieß sie abgehackt hervor. Sie war kurz davor, einen Wutanfall zu kriegen.

„Sue, du verstehst das völlig falsch. Ich wollte doch nur …"

Aber Sue stand mit verkniffener Miene vom Tisch auf, drehte sich um und verließ mit langen, schnellen Schritten die Cafeteria.

Meg saß wie erstarrt da und schaute ihr hinterher. Sie kam sich so gemein vor.

„Vielen Dank für den tollen Rat, Lisa", dachte sie. „Jetzt habe ich es mir mit allen Freunden verdorben. Mit Tony und mit Sue."

Aber Moment.

War Sues Reaktion nicht ein bisschen übertrieben? Warum hatte sie gleich einen hysterischen Anfall gekriegt? Normalerweise brannte ihr nicht so schnell die Sicherung durch. Versuchte sie damit vielleicht, von der Tatsache abzulenken, dass sie doch hinter diesen Drohungen steckte? Hatte sie so eine Show abgezogen, damit Meg aufhörte, ihr unangenehme Fragen zu stellen?

Nein. Meg kannte Sue. Ihre Überraschung und ihre Wut waren echt. Sie tat nicht nur so.

Und sie hatte auch allen Grund dazu, geschockt und sauer zu sein.

Meg hatte sich wie eine Idiotin benommen. Jetzt würde Sue vielleicht nie wieder mit ihr sprechen. Warum sollte sie auch?

Und wo war Tony? Warum war er so eigensinnig? Wusste er denn nicht, dass sie ihn jetzt brauchte?

Nach einer Weile merkte Meg, dass sie Hunger hatte.

Sie schob das Tablett zur Seite und griff zu der braunen Papiertüte in ihrem Schoß. Meg brachte sich immer noch etwas zu essen von zu Hause mit, weil die Portionen in der Cafeteria meistens zu klein waren.

Sie fing an, die Tüte aufzumachen.

„Komisch", dachte sie. „Da tropft ja etwas durch."

Aber was konnte das sein? Sie hatte doch nur ein Sandwich und einen Apfel eingepackt. Das musste …

Vorsichtig steckte sie ihre Hand in die Tüte. Sie spürte etwas Feuchtes, Klebriges. Und Dickflüssiges.

„Oh!"

Als sie ihre Hand herauszog, kippte sie die Tüte um. Eine dunkelrote Flüssigkeit quoll heraus und spritzte über ihre weiße Bluse und auf ihren Rock. Meg hob die Hand vor die Augen. Sie war mit einer warmen Flüssigkeit bedeckt, die ihr Handgelenk hinunterlief und von ihrem Arm auf das Tablett tropfte.

„Es ist Blut!", rief sie panisch. „Meine Essenstüte ist voller Blut!"

8

Donnerstagabend

Meg konnte sich einfach nicht auf ihr Referat konzentrieren. Sie starrte auf ihren Schreibtisch, ohne etwas wahrzunehmen. Stattdessen sah sie die ganze Zeit ihre klebrige, tropfende Essenstüte vor sich, die anscheinend nur mit roter Farbe gefüllt gewesen war. Dann Sues Gesicht. Dann das tropfende Blut. Dann wieder Sues Gesicht – ihren verletzten, geschockten Blick.

„Ich muss mich entschuldigen", sagte Meg laut. Sie wollte nicht, dass Sue sauer auf sie war. Hielt es nicht aus, sich so schuldig zu fühlen … so mies.

Es hatte fast den ganzen Nachmittag geregnet, und die Luft roch noch immer frisch und nass. Kleine Wasserpfützen auf dem Pflaster reflektierten das gelbliche Licht der Straßenlaternen. Meg ging mit schnellen Schritten und sprang über die größeren Pfützen.

Als sie bei Sues Haus ankam, wusste sie immer noch nicht genau, was sie sagen wollte. Sie wollte natürlich um Verzeihung bitten, wusste aber, dass ihre Freundin auch kalt und hart sein konnte. Besonders seit dem letzten Jahr. Wahrscheinlich würde sie lange bitten müssen. Aber was hatte sie für eine Wahl?

Ein Stück von der Straße zurückgesetzt, thronte das Haus von Sues Familie über einer großen, sorgfältig geschnittenen Rasenfläche. Eine riesige, alte Trauerweide überragte die Einfahrt wie ein Wächter aus alten Zeiten. Die Vorderfront des Hauses lag völlig im Dunkeln, aber Meg wusste, dass die Familie sich meistens hinten im Wohnzimmer oder in der Küche aufhielt.

Ein paar Sekunden nachdem Meg geklingelt hatte, öffnete Sue die Tür. Sie sah nicht gerade begeistert aus. „Oh, du bist es."

„Ich bin gekommen, um mich vor dir auf die Knie zu werfen", sagte Meg und versuchte vergeblich, das Zittern in ihrer Stimme zu unterdrücken. „Ich wollte mich entschuldigen. Ich würde alles tun, um mein Verhalten rückgängig zu machen. Echt. Ich fühl mich schrecklich."

„Komm rein", sagte Sue und öffnete die Tür ein Stück weiter. Ihre Stimme klang tonlos und unfreundlich.

Sue führte sie in den dunklen Salon und knipste eine Stehlampe aus Messing an. Dann ließ sie sich auf einem schmalen, antiken Zweiersofa nieder, das mit rotem Samt bezogen war.

Meg konnte den Salon nicht ausstehen. Zum Teil weil die Möbel so elegant und ungemütlich waren. Und zum Teil wegen der großen Fotografie von Evan, die in einem dunklen Rahmen mitten an der Wand hing. Es war unmöglich, sich in diesem Raum aufzuhalten, ohne immer wieder sein Foto anzustarren. Und das fand Meg noch unangenehmer als die harten, mit Schnitzereien verzierten Stühle.

Es war keine typische Aufnahme von Evan, denn er trug ein dunkles Jackett und eine Krawatte. Offenbar war er gerade von irgendeinem Familienfest gekommen, von einer Hochzeit vielleicht. Sein blondes Haar, das normalerweise wild und störrisch abstand, war ordentlich zurückgekämmt, und sein Blick wirkte ausdruckslos. Auf seinem Gesicht lag ein gezwungenes Lächeln, das Meg sonst noch nie bei ihm gesehen hatte.

Sie nahm an, dass seine Eltern ihn so in Erinnerung

behalten wollten – nicht wie er wirklich war, ein Unruhestifter und wilder Typ, sondern so, wie er auf dem Foto aussah – zivilisiert und gut erzogen.

Doch immer wenn Meg diese Aufnahme betrachtete, musste sie an Evans andere Seite denken. Als würde etwas in ihr sich gegen dieses falsche Bild wehren und ihr stattdessen die Erinnerungen an den echten Evan zurückbringen, mit all seinen Fehlern und Problemen.

Ihr fiel plötzlich ein Abend im Hobbykeller bei Sue ein. Sie waren alle dort gewesen – Sue, Ellen, Meg, Tony und Evan. Tony und Evan spielten an dem großen Tisch in der Mitte des Raums Billard. Die Mädchen versuchten, ein Tischtennisdoppel mit nur drei Leuten hinzukriegen.

Meg konnte die Geräusche im Raum wieder hören, die Rufe, das laute Gelächter, das Klacken, mit dem der Tischtennisball gegen die Schläger prallte, das helle Klicken, wenn er über den gefliesten Boden hüpfte, und das dumpfe Geräusch, wenn die Queues die bunten, glänzenden Billardkugeln anstießen.

Evan war an diesem Abend in einer besonders gereizten Stimmung. Er hatte am Nachmittag mit einem der Familienautos einen Kleinlaster gerammt, und Tony lachte ihn deswegen aus. „Es war nicht meine Schuld, Mann", behauptete Evan. Er versenkte eine Billardkugel in einem Eckloch und grinste Tony selbstzufrieden an.

„Du knallst einem anderen hinten rein, und dann ist es nicht deine Schuld?", fragte Tony höhnisch.

„Genau. Dieser blöde Laster war viel zu langsam. Ich konnte echt nichts dafür. Er war einfach zu lahm!"

Tony lachte und schoss daneben.

„Und um ihn ein bisschen schneller zu machen, hast du ihm einen kleinen Schubs gegeben, was?", murmelte Ellen.

„Einen kleinen Schubs, der dein Auto zu Schrott verarbeitet hat!" Tony ließ sich laut lachend auf den Boden fallen.

„Ihr seid also beide gegen mich, was?", knurrte Evan und starrte Ellen böse an. Plötzlich war der Spaß vorbei.

„Nein, Evan. Tony und ich …"

„Sei still!", rief Evan und knallte sein Queue mit voller Wucht gegen den Billardtisch. „Ihr findet das wohl irre lustig, was? So ein bescheuerter Brummifahrer wird immer langsamer und zwingt mich dazu, ihm hinten reinzufahren, und ihr beide findet das zum Totlachen!"

„Komm schon, Alter …", begann Tony und hob die Hände, als wollte er sich ergeben.

„Hau ab!", schrie Evan. Er hob sein Queue wie ein Schwert und ließ es gegen Tonys Billardstock sausen. Evan drosch mit wildem Blick immer verrückter auf Tonys Queue ein und forderte ihn heraus, mit ihm zu fechten.

„Evan, hör auf!", rief Ellen.

Aber Evan ignorierte sie. Er und Tony standen jetzt am Billardtisch und droschen mit grimmiger Entschlossenheit aufeinander ein. Meg erinnerte sich noch gut an Tonys Gesichtsausdruck. Für ihn war das alles ein großer Spaß. Er amüsierte sich bestens.

Aber Evan war es offenbar ernst, er wollte unbedingt gewinnen. Schnell wurde allen klar, dass Evan und Tony richtig kämpften. Ihre Billardstöcke schlugen krachend gegeneinander. Die beiden Jungen bewegten sich wie zwei Fechter durch den Raum und schlugen wie wild um sich.

Evan lief knallrot an. Er machte ein finsteres Gesicht, und seine Augen waren zu schmalen Schlitzen zusammengekniffen. Plötzlich ließ er sein Queue mit voller Wucht niedersausen. Es krachte laut.

Tony sank auf dem Boden zusammen. Blut strömte aus einer Wunde am Kopf und durchnässte sein Haar.

Evan schaute nicht mal zu Tony hinunter, sondern musterte stattdessen sein Queue. „Ich glaube, ich hab es kaputt gemacht", sagte er ganz betroffen.

Ellen beschimpfte ihn mit schriller Stimme. „Wie konntest du Tony das antun?"

Meg konnte sich noch gut an den überraschten Ausdruck auf Evans Gesicht erinnern. Er hatte überhaupt nicht kapiert, was er getan hatte. Dann blickte er nach unten, und er war plötzlich ganz betroffen. Besorgt beugte er sich über Tony. „Hey, bist du okay? Das war ein Unfall. Mir ist irgendwie der Arm ausgerutscht."

„Schon okay", murmelte Tony benommen und lächelte zu seinem Freund auf. Er würde Evan immer alles verzeihen.

Meg und Sue beschlossen, Tony in die Notaufnahme des Krankenhauses zu bringen. Als sie das Haus verließen, konnten sie immer noch hören, wie Ellen unten im Keller Evan anbrüllte, er solle doch endlich zugeben, dass es kein Unfall gewesen sei.

Es war eine schreckliche Nacht. Aber man wusste vorher nie, worauf man sich bei Evan einstellen musste. An manchen Abenden war er total witzig und der gutmütigste Typ auf der ganzen Welt. An anderen Abenden rutschte ihm der Arm aus, und Leute wurden ernsthaft verletzt.

„Du starrst ja die ganze Zeit das Foto an", sagte Sue vom Sofa aus.

Ihre Worte brachten Meg wieder zurück in die Gegenwart. „Ja, ich weiß."

„Es ist eine komische Aufnahme, nicht wahr?", sagte Sue und schüttelte den Kopf.

„Auf jeden Fall sieht er nicht aus wie Evan", erwiderte Meg mit einer gewissen Traurigkeit.

Sie saßen sich eine ganze Weile schweigend gegenüber. Schließlich sagte Meg: „Du musst mir verzeihen, Sue. Es tut mir schrecklich leid. Ich war gar nicht ich selbst. Glaub mir. Seit ein paar Tagen stehe ich total neben mir. Neulich zum Beispiel, da hab ich den Schatten von ein paar Blumentöpfen auf der Veranda gesehen und hätte mir vor Schreck fast in die Hose gemacht. Ich war sicher, dass mir jemand auflauert."

„Arme Kleine", sagte Sue ohne Mitgefühl. „Und wann willst du dich nun vor mir auf die Knie werfen?"

„Vergib mir, und ich tue alles, was du willst. Ich mein's ernst. Ich würde sogar Gary fragen, ob er mit dir ausgehen will."

„Okay. Ich bin nicht sauer auf dich", stöhnte Sue. „Aber wage es bloß nicht, Gary irgendwas zu fragen."

„Ja, aber ich ..."

„Versprochen?"

„Versprochen", sagte Meg. Sie rutschte auf ihrem Stuhl hin und her und fühlte sich schon ein wenig erleichterter. „Und du nimmst meine Entschuldigung an?"

„Ja. Sicher. Ich hab ein bisschen heftig reagiert. Das

tut mir auch leid." Sue kam zu ihr herüber und nahm sie kurz in den Arm. „Und jetzt erzähl mir von diesen Drohungen. Ich kann mir das einfach nicht vorstellen", sagte sie ungläubig.

Meg erzählte ihr von dem Anruf und dem Brief und davon, dass Tony verfolgt worden war. „Oh, das hätte ich ja beinahe vergessen. Ich habe übrigens mit Ellen gesprochen", sagte sie, froh, das Thema wechseln zu können. „Ich habe sie angerufen. Sie klang echt super. Und sie freut sich darauf, zurückzukommen und alle zu treffen."

„Das ist toll", erwiderte Sue. „Ich muss zugeben, dass ich mit der Party unrecht hatte. Es ist eine gute Idee."

„Danke. Dann hilfst du mir also bei den Vorbereitungen?"

„Na klar", sagte Sue mit einem Achselzucken. „Oh, bevor ich es vergesse", fügte sie hinzu, „Mike wird dieses Wochenende hierherkommen. Wir werden ihn wohl einladen müssen, auch wenn er Ellen nicht besonders gut kennt."

Mike war Sues Halbbruder. Nachdem ihre Mutter gestorben war, hatte ihr Vater wieder geheiratet, und kurz darauf war Mike zur Welt gekommen. Meg hatte ihn bis jetzt noch nicht oft gesehen, weil er irgendwo aufs Internat ging.

„Kein Problem", meinte Meg. „Mike ist echt süß."

„In letzter Zeit sieht er Evan immer ähnlicher, es ist richtig unheimlich", sagte Sue nachdenklich. „Und was glaubst du, wer die Party platzen lassen will?", wechselte sie dann hastig das Thema. Obwohl es nun schon ein Jahr her war, vermied sie es immer noch, über Evan zu reden.

„Ich hab keine Ahnung", seufzte Meg und rutschte auf dem ungemütlichen Stuhl hin und her. „Das macht mich noch ganz wahnsinnig."

„Es muss jemand sein, der Ellen richtig hasst", sagte Sue und schüttelte den Kopf. „Hey, vielleicht hat es auch nichts mit Ellen zu tun. Vielleicht ist es in Wirklichkeit jemand, der *dich* hasst." Sie lachte. Diese Vorstellung schien sie unheimlich witzig zu finden.

Meg war geschockt. Auf den Gedanken war sie noch gar nicht gekommen. „Was? Wer könnte das sein?"

„Ich weiß nicht. Vergiss es", sagte Sue schnell. „War 'ne blöde Idee. Irgendwer will verhindern, dass diese Party stattfindet. Irgendwer will uns von diesem Wiedersehen abhalten. Aber warum?"

„Wovor hat dieser Mensch Angst?", murmelte Meg und dachte angestrengt nach. „Hmmm ... Angst, dass wir über ihn reden? Angst, dass ein Geheimnis ans Licht kommt? Angst, dass Ellen uns irgendwas erzählt?"

„Schon möglich." Sue trommelte mit den Fingern nervös auf dem antiken Couchtisch herum und starrte nachdenklich ins Leere. „Also, wer könnte ein Geheimnis haben, von dem keiner etwas erfahren darf?" Ihr Gesicht nahm plötzlich einen harten Ausdruck an. „Brian!", rief sie.

Meg starrte sie überrascht an. „Brian?" Sie dachte an ihre Liste mit den Verdächtigen. Brian stand dort immer noch auf Platz eins. „Wie kommst du auf ihn?"

„Na ja ... er ist irgendwie komisch. Und er ist noch komischer geworden seit ... seit damals. Hast du dich nie gefragt, was Brian im Wald zu suchen hatte und warum er Evan zufällig gefunden hat, nur Sekunden nachdem ... nachdem ..." Sie konnte es nicht aussprechen.

„Sue, du glaubst doch nicht, dass Brian etwas damit zu tun hat."

Sue sah Meg in die Augen. „Es wäre doch möglich, oder?"

„Ja, aber ..." Meg wusste, dass ihr Cousin Brian irgendwie seltsam war. Aber sie hatte es immer für Zufall gehalten, dass er damals im Wald gewesen war. In ihrer typisch naiven Art wäre sie nie auf den Gedanken gekommen, dass er etwas mit Evans Tod zu tun haben könnte.

„Ich glaube, ich muss ihm das auf den Kopf zusagen", meinte Meg.

„Aber versuch, dich ein bisschen geschickter anzustellen als bei mir", sagte Sue spitz.

Die beiden Mädchen lachten. Meg war richtig froh, dass sie zu Sue gekommen war. Jetzt konnte sie nach Hause gehen und sich vielleicht besser auf ihr Referat konzentrieren.

Sie verabschiedete sich von Sue und joggte über das nasse Pflaster nach Hause. Ihr fiel auf, dass es geregnet haben musste, während sie bei Sue gewesen war. Denn die Straße war ganz nass, und Ströme von Wasser ergossen sich durch den Rinnstein in die Gullys.

Als sie aufsah, blickte sie in die Scheinwerfer eines Wagens, der mit großer Geschwindigkeit auf sie zufuhr. Von seinen Reifen spritzten Regenwasserfontänen auf.

Meg rannte weiter und hielt sich dabei dicht am Bordstein. Aber sie blieb wie erstarrt stehen, als ihr klar wurde, dass das Auto einen Schlenker gemacht hatte und jetzt direkt auf sie zuschoss.

Es schien sogar noch zu beschleunigen.

Sie hatte keine Zeit, sich zu bewegen, keine Zeit, aus dem Weg zu springen.

Wie versteinert riss sie schützend die Hände hoch und schrie auf, als der Wagen mit dröhnendem Motor auf sie zuraste.

9

Später am Donnerstagabend

Der Fahrer lenkte den Wagen an den Bordstein. Sein Herz schien im Rhythmus der Scheibenwischer zu hämmern. Er stellte den Motor ab. Die Scheibenwischer blieben mitten auf der Windschutzscheibe stehen, aber sein Herz schlug hektisch weiter. Er machte keine Anstalten auszusteigen, denn er wusste nicht, ob er laufen konnte. Er starrte durch die Scheibe und wartete darauf, dass er sich ein bisschen besser fühlte – normaler.

Vielleicht würde er sich nie wieder normal fühlen.

Wo war er?

Er sah sich um. Es dauerte eine Weile, bis er sich erinnerte. Er stand vor dem Haus seines Cousins Mark. Und er saß in Marks Wagen, den er sich an diesem Morgen geliehen hatte. Er wollte ihn gerade zurückbringen, als er Meg die Straße entlanglaufen sah. Und dann ...

Hatte er Meg überfahren.

Nein, hatte er nicht.

Aber beinahe.

Was hatte er sich dabei gedacht? Was war in diesem Moment in ihm vorgegangen? Er merkte, dass er schwitzte. Schweißperlen rollten ihm über die Stirn. Sein T-Shirt war klatschnass. Sein ganzer Körper schien zu glühen und fühlte sich heißer an als jemals zuvor.

Er hatte Meg beinahe überfahren. Er war genau auf sie zugefahren und hatte das Gaspedal durchgedrückt.

Selbst durch das Dröhnen des Motors hörte er ihren Schrei.

Sah das Entsetzen in ihrem Blick.

Sah, wie sie schützend die Arme hochriss.

Sah, wie sie zur Seite sprang und aufs Pflaster stürzte.

Erst in diesem Moment schlug er das Lenkrad hart ein und schoss mit quietschenden Reifen an ihr vorbei. Mit heftigen Lenkbewegungen dirigierte er das Auto zurück auf die Straße. Dann raste er davon und warf keinen Blick zurück.

Vielleicht würde er sich nie wieder normal fühlen.

Er hatte Meg doch nur erschrecken wollen.

Das war alles. Er wollte ihr zeigen, dass er es ernst meinte, dass jetzt Schluss war mit solchen harmlosen Scherzen wie unheimlichen Anrufen, Drohbriefen oder blutgefüllten Essenstüten.

Als er sie auf der Straße gesehen hatte, wusste er nicht mehr, was er tat. Er erinnerte sich nur noch, warum er nicht zulassen durfte, dass die Party stattfand. Sehr gut sogar.

Er hätte sie töten können. Dabei wollte er ihr nur Angst einjagen.

Er hatte schon einmal getötet. Jetzt hätte er es beinahe wieder getan.

„Ich drehe durch", dachte er. „Ich drehe total durch."

Aber diesmal hatte er Glück gehabt. Sie war im letzten Moment zur Seite gesprungen. Sie war in Sicherheit. Ihr war nichts passiert.

Vielleicht hatte er sie jetzt so heftig erschreckt, dass sie die Party ausfallen ließ. Dann wäre alles wie früher, nicht wahr?

Dann würde er sich endlich wieder normal fühlen.

Er würde nur noch an den anderen Mord denken müssen. Jeden Tag. Für den Rest seines Lebens.

Wütend schlug er seinen Kopf gegen das Seitenfenster.

„Reiß dich zusammen, Mann. Reiß dich verdammt noch mal zusammen.

Du hast ihr doch nur ein bisschen Angst eingejagt.

Du musst sie verunsichern, damit sie diese Party sausen lässt.

Du hast keine Wahl. Du kannst nicht zulassen, dass die Party stattfindet. Dass alle sich wiedersehen. Dass Ellen zurückkommt und erzählt …

… dass sie erzählt, was letztes Jahr geschehen ist."

Meg zog ihre durchnässten, schlammverschmierten Klamotten aus und warf sie mitten in ihrem Zimmer auf einen Haufen. Dann beeilte sie sich, unter die heiße Dusche zu kommen.

Abgesehen von einem Bluterguss an der Schulter war weiter nichts passiert. Wenn sie jetzt bloß noch ihre Hände und Beine dazu bringen könnte, das Zittern einzustellen, und ihr Herz aufhören würde, wie verrückt zu schlagen!

Eine schöne, heiße Dusche würde ihr sicherlich helfen. Meg war froh, dass ihre Eltern früh ins Bett gegangen waren. Sie hätte keine große Lust gehabt, ihnen zu erklären, warum sie ausgesehen hatte, als wäre sie kopfüber in eine Schlammpfütze gesprungen.

Wie sollte sie das auch erklären?

Sie wusste ja selbst nicht genau, was eigentlich passiert war.

Sollte sie die Polizei anrufen?

Aber was konnte sie ihnen erzählen?

Hatte das Auto wirklich einen Schlenker gemacht, um genau auf sie zuzufahren? Oder hatte der Fahrer nur für einen Moment die Kontrolle verloren?

Wegen des kurzen, heftigen Schauers war die Straße nass und rutschig gewesen. Vielleicht war der Fahrer ins Schleudern geraten. Vielleicht hatte er sie überhaupt nicht gesehen. Vielleicht regte sie sich unnötig auf.

Unnötig?

Sie wäre beinahe getötet worden!

Meg schauderte. Das heiße Wasser, das über ihren Körper strömte, wärmte sie nicht.

Sie trocknete sich schnell ab und zog ihren wärmsten Pyjama an, weil sie immer noch zitterte. Dann sammelte sie die Sachen auf, die sie auf den Boden geworfen hatte, und stopfte sie in den Korb mit der schmutzigen Wäsche.

Was würde ihr jetzt guttun?

Tony.

Sie wählte seine Nummer. Es klingelte zweimal, dreimal, immer wieder.

„Mach schon, Tony. Wo bist du?"

„Allo?"

„Tony?"

„Nein. Hier is sein Va-Vater."

Sie erkannte Mr Colavitos gedämpftes Gestammel. Also hatte er auch diesen Abend mal wieder in der Eckkneipe verbracht. Das war nichts Neues. Er verbrachte *jeden* Abend in der Eckkneipe.

„Ich bin's, Mr Colavito, Meg."

„M-Meg?" Es klang, als müsse er sich erst erinnern, ob er den Namen schon mal gehört hatte.

„Ja. Meg. Ist Tony zu Hause?"

„Nein. Bis jetz noch nich. Ich glaub, er is irgenwo hin-hingegangen."

Toll. Sehr hilfreich, wie üblich. „Oh, ich verstehe. Na ja, dann ... danke. Bitte entschuldigen Sie, dass ich Sie geweckt habe."

„Scho-schon okay."

Meg legte auf. Mr Colavito schien heute noch mehr getrunken zu haben als in letzter Zeit. Tony sprach nicht viel darüber. Aber sie wusste, dass es ihm Sorgen machte.

Nachdenklich starrte sie das Telefon an. Wo konnte er um diese Zeit sein? Morgen war doch wieder Schule!

Sie sandte einen stummen Ruf aus: „Tony, ich brauche dich. Ruf mich an! Ruf mich an, Tony! Hörst du mich?" Sie konzentrierte sich mit aller Kraft auf ihre Nachricht.

Plötzlich schoss ihr ein unangenehmer Gedanke durch den Kopf.

Er war doch nicht etwa mit einer anderen unterwegs, oder?

Tony eilte mit schnellen Schritten durch die Straßen und merkte nichts von Megs verzweifeltem Hilferuf. Er war noch weit von zu Hause entfernt. Seine Turnschuhe waren genauso durchnässt wie der Saum seiner Jeans. Er musste durch einige Pfützen gelaufen sein, ohne es zu merken. Er konnte es gar nicht erwarten, endlich nach Hause zu kommen und sich trockene Klamotten anzuziehen.

Bis auf das Wasser, das von den Blättern tropfte, und das Geräusch, das seine Sohlen auf dem Pflaster machten, war es totenstill.

Plötzlich hörte er ein dumpfes, gleichmäßiges Wummern. Es kam aus der Auffahrt eines Hauses ein Stück die Straße hinunter. Scheinwerfer mit weißem grellem Licht, die auf dem Dach befestigt waren, erleuchteten die gesamte Auffahrt des Hauses taghell.

Er ging weiter, bis er den Typen erkannte, der mitten in der Nacht Basketball spielte. Es war Brians Kumpel Dwayne, mit dem er immer *Dungeons and Dragons* spielte. „Hey!"

Dwayne sah nicht auf. Er dribbelte auf das Netz zu, warf, traf daneben, fing den Ball auf und dribbelte die Auffahrt wieder hinunter. „Hab dich schon auf hundert Meter gerochen, Tony", war seine nicht gerade freundliche Antwort.

Tony rannte über den Rasen des Nachbargrundstücks auf Dwayne zu, wartete auf seine Chance und knöpfte ihm den Ball ab. „Hey, Tony, du verseuchst meinen Ball, Mann!"

„Jetzt schau mal gut zu, Dwayne", sagte Tony und machte einen riskanten Wurf. Er traf. Der Ball berührte nicht mal den Rand des Korbs.

„Reiner Glückstreffer", höhnte Dwayne.

„Was machst du eigentlich mitten in der Nacht hier draußen?", fragte Tony und sah zu den grellen Scheinwerfern auf.

„Ich werf nachts gerne ein paar Körbe, Mann", sagte Dwayne, dribbelte vorwärts und machte einen Korbleger. Er fing den Ball auf und legte noch einen Wurf nach. „Und wo kommst du jetzt her, Tony?"

„Von dahinten", antwortete er ausweichend.

Dwayne dribbelte im Kreis um Tony herum und ließ seine Muskeln spielen.

„Und, wie geht's so? Wie läuft's mit Sue?", fragte Tony und grinste.

„Nicht besonders", antwortete Dwayne ernst und donnerte den Ball mit voller Wucht gegen die Garagenwand. „Die Wahrheit ist, sie will nicht mal mit mir ausgehen."

„Das ist hart, Mann", sagte Tony und jagte den Ball die Auffahrt hinunter.

„Ich versteh das einfach nicht", seufzte Dwayne. „Aber ich weiß, dass ihr Bruder mich gehasst hat."

„Evan?"

„Er konnte mich auf den Tod nicht ausstehen. Ständig hat er mir gesagt, ich soll die Finger von seiner Schwester lassen. Er wusste, dass ich in sie verliebt bin, und meinte, ich sollte ihr bloß nicht zu nahe kommen. Sonst würde er dafür sorgen, dass ich es bereue."

„Ach?" Tony dribbelte mit dem Basketball auf den Korb zu. Das hatte er gar nicht gewusst. Evan hatte mit ihm nie über Dwayne gesprochen.

„Weißt du, was, Mann?", sagte Dwayne mit einem breiten Grinsen auf dem blassen Gesicht. „Als sie Evan erschossen im Wald gefunden haben, war das eine richtig gute Nachricht für mich. Ich hab mich gefreut. Das hieß, dass ich mich endlich auf seine Schwester stürzen konnte."

Tony spürte, wie die Wut in seiner Brust seinen ganzen Körper durchflutete.

„Evan war mein bester Freund!"

Er schrie so laut, dass ihm der Hals wehtat.

Dann holte er aus und knallte Dwayne den Basketball mit voller Wucht in den Magen.

Dwayne stieß ein überraschtes Stöhnen aus. Tony begann zu rennen und rutschte dabei auf dem nassen Asphalt aus. Er war schon drei Häuser entfernt, als Dwayne ihm hinterherbrüllte: „Was ist denn mit dir los, du Pfeife?" Aber er machte keine Anstalten, ihn zu verfolgen.

Tony rannte weiter und legte noch einen Zahn zu.

Er rannte durch mehrere Straßen, bevor er stehen blieb. Er war schweißüberströmt, fühlte sich aber sehr viel besser.

Eigentlich fühlte er sich sogar richtig gut.

Er konnte es nicht leiden, wenn irgendwer etwas Schlechtes über Evan sagte. Es machte ihn furchtbar wütend.

Evan war ein toller Typ gewesen.

Und Dwayne war ein hirnloser Vollidiot.

Tony konnte es nicht ertragen, dass jemand wie Dwayne sich hinstellte und sagte, er sei froh über Evans Tod. Ihm war gar nichts anderes übrig geblieben, als den Basketball nach ihm zu werfen. Er hatte Dwayne bestrafen müssen.

Und Tony fühlte sich jetzt gut. Er fühlte sich sogar so gut, dass er den restlichen Weg nach Hause rannte. Ohne einmal anzuhalten.

10

Freitagabend

Meg warf ihren Füller hin und zerknüllte das Blatt, auf das sie nur ein paar unzusammenhängende Sätze für ihr Psychoreferat geschmiert hatte. „Ich sollte jetzt bei Tony sein", dachte sie. „Es ist Freitagabend. Ich sollte hier nicht alleine rumsitzen und so ein langweiliges Referat schreiben."

Was wollte Tony ihr eigentlich beweisen? Dass er genauso dickköpfig war wie sie? Warum hatte er sie nicht angerufen?

Sie sprang vom Schreibtisch auf. „Ich werde zu ihm rüberfahren", dachte sie laut. „Jetzt sofort."

Dann sagte sie ihren Eltern Bescheid, dass sie zu Tony wollte, nahm sich die Autoschlüssel vom Bord neben der Tür und fuhr zu dem kleinen Reihenhaus, in dem Tony und sein Vater wohnten.

Während sie darüber nachdachte, was sie ihm alles sagen wollte, und sich vorstellte, wie sie sich wieder vertrugen, parkte sie am Kantstein und stürmte die Stufen zur Tür hinauf.

Die Tür schwang auf, bevor sie überhaupt klopfen konnte. Tonys Vater trat heraus, das Baseballcap, das er immer trug, tief in die Stirn gezogen. Er war genauso überrascht wie sie. Meg war immer wieder erstaunt, wie sehr er und Tony sich ähnelten. Mr Colavito wirkte wie eine schmächtigere, grauhaarige Ausgabe seines Sohnes.

„Hallo. Wie geht's?", sagten beide gleichzeitig.

„Ich ... äh ... ich wollte nur einen kleinen ... äh ...

Spaziergang machen", stammelte Mr Colavito und wurde ein wenig rot. Was hieß, dass er auf dem Weg zu seiner Eckkneipe war.

„Ist Tony zu Hause?"

„Nein."

„Nein?"

„Nein. Tut mir leid. Kann ich irgendwas für dich tun? Bist du okay?"

„Ja. Ich … alles in Ordnung. Wissen Sie, wo er ist?"

Mr Colavito trottete die Stufen hinunter. Meg blieb an seiner Seite.

„Er ist mit diesem Brian unterwegs. Das ist doch dein Cousin, nicht wahr?"

„Brian? Ja. Was machen die beiden?"

Seit wann wollte Tony denn was mit Brian zu tun haben?

„Sie sind verschwunden, um irgend so ein Spiel zu spielen." Mr Colavito ging mit raschen Schritten. Er hatte es eilig, in die Kneipe zu kommen.

„*Dungeons and Dragons*?"

„Genau. Das ist es. Glaube ich jedenfalls. Tony meinte, ich solle mir keine Sorgen machen. Er würde nicht so spät nach Hause kommen. Du kannst ja später noch mal versuchen, ihn anzurufen." Er stürmte weiter und verschwand um die Ecke.

Langsam stieg Meg wieder in ihren Wagen, noch verwirrter als vorher. Tony stand doch gar nicht auf diese Fantasy-Rollenspiele. Und Brian konnte er noch nie leiden. Warum um alles in der Welt sollte er plötzlich an einem Freitagabend mit Brian verschwinden, um so ein blödes Rollenspiel zu machen?

Waren sie in den Fear-Street-Wald gegangen? Dorthin

verzogen sich Brian und Dwayne doch immer zum Spielen. Würde Tony wirklich mit Brian in diesen unheimlichen Wald gehen, nach allem, was dort passiert war?

Meg überlegte, noch eine Weile durch die Gegend zu fahren, um bessser nachdenken zu können. Aber sie war plötzlich so furchtbar müde. Also beschloss sie, sich auf den Heimweg zu machen und ging dann auch gleich ins Bett.

Sie brauchte über eine Stunde, um einzuschlafen. Als sie endlich eingenickt war, hatte sie seltsame, bedrohliche Träume, in denen sie hinter irgendwelchen Menschen herjagte, die sie nicht mal kannte.

Das Klingeln des Telefons weckte sie auf. Einen Moment lang dachte sie, sie würde noch träumen.

Wie in Zeitlupe griff sie zum Hörer. „Hallo?", meldete sie sich mit verschlafener Stimme.

„Hallo, Meg. Sind Brian und Tony bei dir?"

„Nein. Wer ist denn da?"

„Tonys Vater."

„Oh, hallo. Entschuldigung. Ich hatte schon geschlafen. Ich …"

„Sie sind nicht bei dir?" Seine Stimme klang fremd und sehr angespannt. Er sprach übertrieben deutlich, als hätte er getrunken und versuchte, es zu verbergen.

„Nein. Natürlich nicht."

„Es ist jetzt mitten in der Nacht", sagte Mr Colavito. „Brians Mutter hat mich angerufen. Er ist noch nicht nach Hause gekommen und Tony auch nicht. Hast du eine Ahnung, wo sie hingegangen sein könnten, um dieses komische Spiel zu spielen?"

„Na ja … äh … ich weiß nicht genau. Vielleicht in den

Fear-Street-Wald?" Meg zwang sich, wach zu werden. Was ging hier vor? Warum klang Mr Colavito so besorgt?

„Ich werde die Polizei anrufen", sagte er. „Tony und Brian sind verschwunden."

11

Freitag, nach Mitternacht

Meg war jetzt hellwach. Durch ihren Kopf spukten schreckliche Bilder von Tony und Brian im dichten, unheimlichen Wald, in dem schon so viele rätselhafte Tragödien stattgefunden hatten.

„Tony, was machst du dort?", dachte sie. „Was willst du mitten in der Nacht mit Brian in diesem Wald?"

Sie musste Tony suchen. Sie musste sich davon überzeugen, dass alles in Ordnung war. Leise schlich Meg zu ihrem Schrank und zog eine Jeans heraus. Während sie versuchte, sich im Dunkeln anzuziehen, stolperte sie und stieß gegen den Schreibtisch. Die Schreibtischlampe landete mit einem unglaublich lauten Knall auf dem Boden.

„Was war das?", hörte sie die Stimme ihrer Mutter aus dem Nebenzimmer.

Ein paar Sekunden später kam ihr Vater aus dem Schlafzimmer geschlurft, um nachzusehen. Er machte das Licht im Flur an und warf einen Blick in ihr Zimmer.

„Meg, wo willst du hin? Wie spät ist es denn?" Er sah aus wie ein Bär, der gerade aus dem Winterschlaf erwacht war. Verschlafen blinzelte er sie an.

„Ziemlich spät, Dad. Aber ich muss noch mal weg."

„Wo willst du hin?", wiederholte er und wuschelte sich durch das strubbelige schwarze Haar. Er sah ganz verwirrt aus.

„Äh … na ja … Tony ist verschwunden, weißt du."

„Verschwunden? Was soll das heißen? Wo ist er hin?"

„Ich glaube, in den Fear-Street-Wald."

Ihr Vater dachte eine Weile darüber nach. Meg zog sich in der Zwischenzeit einen dicken Wollpullover über den Kopf.

„Habe ich das richtig verstanden? Du willst um diese Zeit in den Fear-Street-Wald?" Ihr Vater wurde langsam wach.

„Ja. Ich muss. Ich glaube, Tony und Brian sind heute Abend dort hingegangen. Und jetzt werden sie vermisst."

Er bemühte sich zu verstehen, was Meg ihm erzählte. Aber es ergab für ihn natürlich keinen Sinn. „Tut mir leid. Ich lasse dich auf keinen Fall mitten in der Nacht in den Wald."

„Aber, Tony ... Dad, bitte ... ich muss dorthin! Brian hat mir mal die Höhle gezeigt, in der er immer *Dungeons and Dragons* spielt. Ich glaube, ich würde sie wiederfinden. Die Polizei wird nicht wissen, wo sie ist. Ich könnte ihnen helfen."

Ihr Vater dachte darüber nach und strubbelte sich dabei durch die Haare. „Na gut. Aber ich komme mit. Warte einen Moment." Er verschwand im Schlafzimmer.

Meg stand im Flur. Sie konnte hören, wie er ihrer Mutter alles erklärte und gegen die Möbel stieß, als er sich im Dunkeln anzog. Sie dachte kurz daran, einfach zum Wagen zu laufen und alleine wegzufahren. Aber irgendetwas hielt sie davon ab. Sie war froh, dass er mitkam.

Denn die Gefahren, die im Fear-Street-Wald lauerten, waren nicht nur Gerüchte. Es verschwanden tatsächlich Menschen in diesen dunklen Hügeln, die sich Meile um

Meile hinter der Fear Street erstreckten. In der Zeitung standen Berichte über seltsame Unglücksfälle. Bäume, die ohne jeden erkennbaren Grund umstürzten. Scheue Tiere, die plötzlich mit unglaublicher Wildheit angriffen.

Aber das vielleicht Beunruhigendste an diesen ausgedehnten Wäldern war die Tatsache, dass sich dort keine Vögel hinwagten. Sie fraßen keine reifen Beeren, gruben nicht nach Würmern in der lockeren Erde und bauten keine Nester in den Bäumen.

„Fertig?" Mr Dalton erschien in einem dicken, karierten Wollhemd und Cordhosen im Flur. „Ich hole nur noch ein paar Taschenlampen. Du kannst mir dann auf dem Weg die ganze Geschichte erzählen."

Doch es gab nicht viel zu erzählen. Während sie durch stille, leere Straßen zur Fear Street fuhren, berichtete Meg, dass Tony und Brian losgegangen waren, um *Dungeons and Dragons* zu spielen. Und von dem Anruf, den sie von Tonys Vater bekommen hatte.

Als sie in die Fear Street einbogen, schien der Nachthimmel noch dunkler zu werden. Doch Meg merkte, dass es nur an den Bäumen lag, die über die Straße hingen. Sie kamen an dem alten Friedhof vorbei und folgten der schmalen, kurvigen Straße bis zum Ende.

Blitzende blaue Lichter signalisierten, dass die Polizei bereits da war. Zwei Streifenwagen parkten am Waldrand. Die Lichter auf ihren Dächern, die sich lautlos drehten, wirkten wie ein stiller Alarm, der Megs Herz schneller schlagen ließ. Die Angst, die sie bisher unterdrückt hatte, schnürte ihr nun die Kehle zu.

Bevor ihr Vater richtig angehalten hatte, sprang sie aus dem Wagen und lief über den feuchten Boden. Gegen das grelle blaue Licht anblinzelnd, versuchte sie, die Szene zu überblicken.

„Oh. Hallo." Beinahe hätte sie Tonys Vater über den Haufen gerannt, der an einem Streifenwagen lehnte und nun um sein Gleichgewicht kämpfte. Seine Augen wirkten rot und wässrig.

Er zeigte in den Wald. „Die beiden sin irgenwo da drin. Die Polissisten ham Fußspurn endeckt. Sie wern sie schon findn." Es war deutlich zu merken, dass er etwas getrunken hatte. Meg musste sich anstrengen, um ihn überhaupt zu verstehen.

Brians Eltern, Megs Tante und Onkel, kamen mit besorgten Gesichtern herübergelaufen.

„Meg, du hättest nicht kommen müssen", sagte ihr Onkel und drückte ihren Arm, als wollte er sich vergewissern, dass sie wirklich da war. „Ich bin sicher, Brian und Tony sind völlig ... Oh. Hallo."

Megs Vater war gerade mit finsterer Miene hinter ihr aufgetaucht. Er schien sich nicht sehr wohl in seiner Haut zu fühlen. „Irgendeine Spur von ihnen?"

„Noch nicht. Aber sie sind da drin", sagte Megs Tante, deren Stimme nur ein Flüstern war.

„Wir wissen auch nicht, warum Brian so verrückt nach diesem Spiel ist", fügte ihr Mann hinzu. „Vielleicht hat er einfach das Zeitgefühl verloren. Das ist ihm in letzter Zeit häufiger passiert."

„Das wird's wohl sein", sagte Megs Vater, doch er klang nicht sehr überzeugt. Er blickte hinüber zu Mr Colavito, der immer noch mit schwimmenden Augen an einem Polizeiwagen lehnte. Megs Vater runzelte die Stirn und erinnerte sich dann plötzlich wieder an die Taschenlampen, die er dabeihatte.

„Lasst uns gehen. Wir können der Polizei helfen, nach den Jungen zu suchen." Er hielt Brians Vater eine Taschenlampe hin.

Er wollte danach greifen, aber seine Frau zog ihn zurück. „Nein. Bleib bei mir. Die Polizisten haben gesagt, wir sollen hier bleiben und uns nicht auf eigene Faust auf die Suche machen."

„Ich werde hier nicht untätig rumstehen", knurrte Megs Vater ungeduldig. „Mir haben sie davon nichts gesagt."

„Ich komme mit", sagte Meg. „Ich weiß, wo sie immer spielen."

Mr Dalton zögerte einen Moment, aber als er Megs verzweifelte Miene sah, ließ er sich erweichen. „Na gut. Aber bleib ganz dicht bei mir, hast du mich verstanden?"

Meg nickte, machte die Taschenlampe an und folgte deren schmalem Lichtstrahl in den Wald. Der Boden war mit trockenen, braunen Blättern und herabgefallenen Zweigen bedeckt. Bei jedem Schritt gab es ein raschelndes Geräusch, das durch den Wald zu hallen schien. Meg blieb kurz stehen, weil sie dachte, jemand würde sie verfolgen. Aber es war nur das Knirschen ihrer eigenen Schritte auf dem blätterbedeckten Boden.

„Irgendjemand sollte den Jungen mal richtig den Marsch blasen", schimpfte ihr Vater vor sich hin. „Sie haben kein Recht, uns alle derartig in Angst und Schrecken zu versetzen."

Meg sagte gar nichts. Sie dachte an Evan. Und daran, dass Brian den toten Evan damals im Wald gefunden hatte.

Ihr Vater wandte sich nach links. Meg konnte das Licht seiner Taschenlampe zwischen den Bäumen flackern sehen. Ganz in Gedanken versunken, merkte sie gar nicht, dass sie sich in verschiedene Richtungen bewegten.

Sie fröstelte. Die Luft war feucht und kalt. Heute Nacht kam es ihr hier im Wald überhaupt nicht wie Frühling vor.

„Tony!", rief sie laut. Ihre Stimme klang ganz fremd. Wie die von einem dieser hysterischen Mädchen aus einem Horrorfilm. „Bestimmt ist jemand hinter mir her", dachte sie.

Nein!

Sie musste aufhören, sich selbst verrückt zu machen.

„Tony! Tony!" Ihr war ganz egal, wie sie sich anhörte. Sie wollte ihn bloß finden.

Irgendetwas flitzte hinter dem breiten Stamm eines alten Ahornbaums vorbei. Etwas – oder jemand?

„Tony? Brian? Seid ihr da?"

Nein. Es war nur ein Waschbär, der sich aus dem Lichtkreis ihrer Taschenlampe schlich und in der sicheren Dunkelheit verschwand.

Ohne weiter darüber nachzudenken, folgte Meg dem Tier weiter in den Wald und versuchte, es wieder mit ihrem Lichtkegel einzufangen. Erst als ihr plötzlich klar wurde, dass sie vom Weg abgekommen war, blieb sie stehen und ging ängstlich in die entgegengesetzte Richtung zurück, während sie mit der Taschenlampe um sich herum leuchtete.

„Dad?"

Wo war er?

Sie hatte sein Licht die ganze Zeit aus dem Augenwinkel beobachtet. Aber jetzt konnte sie es nicht mehr sehen.

„Dad? Hey, Dad?"

Keine Antwort.

Sie war zu weit gelaufen, als sie diesem blöden Waschbären gefolgt war. Und jetzt war sie allein. Zumindest bis sie ihren Vater wiedergefunden hatte. Oder bis sie über Tony und Brian stolperte.

„Tony? Tony? Kannst du mich hören?"

Wo war die Polizei? Wo waren die blitzenden Lichter? Wie weit war sie schon gelaufen? In welche Richtung sollte sie gehen?

Meg drehte sich einmal um sich selbst. Nichts außer tiefer Schwärze. „Tony? Brian?"

Sie erklomm einen niedrigen Hügel und rutschte auf den feuchten Blättern aus. Der Fear-Street-Wald war nicht flach. Hügel und tiefe Gräben machten das Wandern schon am Tage nicht ganz ungefährlich. Und bei Nacht war es unmöglich, nicht zu stolpern oder zu fallen. „Tony? Dad?"

Stille.

„Ich lasse mir keine Angst einjagen", dachte Meg trotzig. Aber was war das für ein merkwürdiges Gefühl in ihrer Kehle? Warum fühlten sich ihre Beine so wackelig an. Und warum hämmerte ihr Herz wie verrückt?

Nein. Sie würde sich keine Angst einjagen lassen. Wenigstens nicht noch mehr, als sie sowieso schon hatte. „Dad?" Ihre Stimme klang ganz piepsig. Sie versuchte, lauter zu rufen, aber es ging nicht. Ihr Mund war völlig ausgetrocknet. „Dad? Tony?"

Wo waren die beiden?

Wo war sie?

Zögernd machte sie einen Schritt vorwärts und drehte sich dann um. Sie folgte dem Strahl ihrer Taschenlampe zwischen den Bäumen hindurch. Ein hohes, dichtes Gebüsch aus blühendem Unkraut sah aus wie ein Mann, der sich zu ihr herüberbeugte. Meg wandte sich hastig ab und spürte, wie ihr ein Angstschauer den Rücken hinunterlief. Wieder ging sie ein paar Schritte. Aber in welche Richtung sollte sie nur weiterlaufen? Sie ließ den Lichtstrahl immer wieder panisch im Kreis herumwandern.

Zaghaft ging sie weiter. Unter ihren Füßen knackten trockene Zweige. Ein graues Tier flatterte durch den Lichtkegel ihrer Taschenlampe.

„Tony? Dad? Kann mich irgendjemand hören?"

Sie blieb stehen.

Aber das Knacken war immer noch da.

Sie fuhr herum. „Wer ist da?"

Stille.

Hatte sie sich das nur eingebildet? Es hatte wie Schritte geklungen.

Meg ging weiter. Hinter ihr krachte ein morscher Zweig so laut wie ein Gewehrschuss.

Sie erstarrte. Da war doch jemand. „Tony? Bist du das? Brian?" In einem großen Bogen schwang sie die Taschenlampe langsam durch die Luft. Niemand zu sehen.

War es die Polizei? Ihr Vater? Nein. Die hätten ihr ja geantwortet.

Schlich noch jemand anders durch den Wald – ein Fremder?

Meg begann, schneller zu gehen. Aber die Schritte hinter ihr wurden auch schneller. Sie versuchte, sich auf

Zehenspitzen möglichst lautlos über den unebenen Boden zu bewegen.
 Doch wer immer sie verfolgte, er war schneller.
 „Ohhh!"
 Eine Hand packte sie von hinten grob an der Schulter.

12

Freitag, nach Mitternacht

Die Taschenlampe wurde ihr aus der Hand geschlagen. Sie segelte in einen hohen Blätterhaufen, der ihr Licht schluckte. Meg versuchte, sich zu befreien. Aber der feste Griff der Hand verstärkte sich, je mehr sie kämpfte. Meg schnappte keuchend nach Luft. Der scharfe Schmerz in ihrer Schulter breitete sich zunächst in ihrem Arm und dann in ihrem ganzen Körper aus.

Der Griff um ihre Schulter wurde immer schmerzhafter. Sie spürte einen heißen Atem an ihrer Wange.

„Ich habe dich gewarnt – vergiss die Party!"

Die Worte waren geflüstert, aber sie dröhnten wie Donner in ihren Ohren.

Mit einer verzweifelten Kraftanstrengung riss Meg sich los. Sie taumelte vorwärts – und schrie auf, als sie fiel. Im Reflex hob sie beide Hände, um sich an etwas festzuhalten. Aber da war nichts.

Sie stürzte in einen steilen Graben – mit dem Gesicht voran. Ihr Kopf schlug gegen etwas Hartes, einen Felsen oder einen Baumstumpf.

Bevor sie bewusstlos wurde, blitzten Lichter im Rhythmus des pochenden Schmerzes durch ihren Kopf.

Als Meg wieder zu sich kam, hatte sie wahnsinnige Schmerzen im Kopf und in der Schulter. Sie wusste nicht, wo sie war. Sie blickte sich um und suchte nach der Zimmerdecke, ihrer Kommode, ihrem Schreibtisch. Aber sie war nicht in ihrem Bett.

Sie lag auf feuchtem Boden, in einem faulig riechenden Haufen aus verrottenden Blättern und Unkraut.

Als sie sich aufsetzte, pochte ihr Kopf stärker. Jetzt erinnerte sie sich wieder.

„Hey …" Meg versuchte zu rufen, aber es kam nur ein Flüstern heraus. Mit zitternden Händen zupfte sie sich einige Zweige aus dem Haar. Ein Blatt klebte in ihrem Nacken. Sie nahm es ab und spürte dabei eine Welle von Übelkeit über sich hinwegschwappen. Sie atmete tief durch und kämpfte gegen ein heftiges Schwindelgefühl an.

Dann stand sie auf.

Und entdeckte den Körper, der zu ihren Füßen lag.

Zumindest einen Teil davon. Ein hochgezogenes Sweatshirt, das einen Streifen nackter Haut enthüllte. Der Stoff zerrissen und schmutzig. Jeans. Ein Arm.

Moment mal. Bildete sie sich das nur ein? Hatte sie durch ihren Sturz schon Wahnvorstellungen?

Meg ließ sich auf die Knie sinken, um besser sehen zu können. Nein. Da lag tatsächlich jemand. Er bewegte sich plötzlich.

Er lebte. Die Flecken auf dem Sweatshirt. Diese Flecken …

Sie beugte sich vor und berührte den Ärmel. Als sie etwas Warmes, Feuchtes spürte, zog sie ihre Hand hastig zurück. Blut.

Vorsichtig drehte sie den Körper um, damit sie das Gesicht sehen konnte.

Brian.

Nicht Tony. Es war Brian.

Meg schämte sich für diesen Gedanken, aber genau das schoss ihr als Erstes durch den Kopf. Sie spürte ein unbändiges Gefühl der Erleichterung.

„Brian, bist du wach? Kannst du mich hören?"

Er stöhnte, bewegte sich aber nicht. Sein Mund blutete.

In dem hellen Licht sah sie sein Gesicht ganz deutlich. Es war geschwollen und blutig.

Im *Licht*?

Jemand leuchtete mit einer Taschenlampe auf sie hinunter. „Meg? Was … was machst du denn da?", ertönte eine vertraute Stimme vom oberen Rand des Grabens.

„Tony? Bist du das? Bist du okay?"

Vorsichtig kam er nach unten geschlittert. Er zog sie vom Boden hoch und schlang die Arme um sie.

„Tony … ich hab mir solche Sorgen gemacht. Oh, ich bin ja so froh, dich zu sehen! Irgendwer hat mich gepackt und runtergeschubst und …"

Er zog sie noch enger an sich und presste seine Wange gegen ihre Stirn. „Pscht. Ich bin ja da, es wird alles wieder gut", sagte er sanft.

„Aber Brian …", begann sie. „Er … er ist …"

Sie konnte spüren, wie Tonys Muskeln sich anspannten. Er ließ sie los und trat ein Stück zurück. „Ich wollte Hilfe holen, aber ich muss irgendwie in die falsche Richtung gerannt sein."

„Was ist denn passiert?", rief Meg und spürte, wie ihre Panik zurückkehrte, als Tony sie losließ.

„Brian ist in den Graben gefallen. Wahrscheinlich ist seine Taschenlampe ausgegangen, und er hat versucht, ohne sie weiterzulaufen. Ich hab nicht gesehen, wie er gestürzt ist. Deswegen hab ich auch eine ganze Zeit gebraucht, um ihn zu finden. Und dann bin ich Hilfe holen gegangen."

„Aber ich verstehe nicht, warum …"

„Wie hast du ihn gefunden?", fragte Tony.

„Jemand hat mich gepackt. Ich konnte mich zwar losreißen, bin dann aber gestürzt", sagte sie, griff nach seiner Hand und drückte sie ganz fest. „Oh, du blutest ja!"

Er machte sich los. „Wahrscheinlich hab ich mich an irgendwelchen Zweigen geschnitten, als ich losgerannt bin, um Hilfe zu holen. Aber wer hat dich gepackt? Was ist passiert?" Er sprach so zärtlich und besorgt mit ihr.

Er hatte sie also immer noch gern. Trotz des schrecklichen Sturzes fühlte sie sich seltsam erleichtert.

„Ich konnte ihn nicht sehen. Es ist alles so schnell gegangen."

„Hierher! Hier sind sie!"

„Seid ihr okay, Leute?"

Als sie die Stimmen hörten, kletterten Tony und Meg hastig aus dem Graben. Zwischen den Bäumen blitzten Lichtkegel auf, und innerhalb weniger Sekunden erschienen zwei Polizisten und Megs Vater. „Bist du in Ordnung?", rief er und stürmte auf Meg zu, um sie zu umarmen. „Ich dachte, du wärst dicht hinter mir. Aber als ich mich umdrehte, warst du plötzlich verschwunden."

„Wo ist denn der andere?", fragte einer der Polizisten Tony und leuchtete ihm mit der Taschenlampe direkt ins Gesicht.

Tony drehte dem grellen Licht den Rücken zu und zeigte in den Graben. „Brian ist da unten. Er ist gestürzt und ziemlich schwer verletzt."

„Ruf einen Krankenwagen", forderte der Polizist seinen Kollegen auf, während er in den Graben hinunterkletterte, um Brian zu untersuchen.

„Er ist übel zusammengeschlagen worden", rief der

Polizist, hockte sich neben Brian und leuchtete ihm ins Gesicht.

Brian regte sich und öffnete die Augen. Er versuchte, den Kopf zu heben, aber der Polizist drückte ihn sanft wieder zu Boden.

„Was ist hier denn überhaupt passiert?" Der Polizist blendete Tony mit der Taschenlampe.

Tony blinzelte ihn an. Meg fand, dass er sehr müde und verängstigt aussah. „Er ist in den Graben gefallen. Aber ich hab's nicht richtig gesehen."

„Ganz schön übler Sturz", sagte der Polizist und senkte seine Taschenlampe auf die Höhe von Tonys Brust. Die Vorderseite seines Sweatshirts war zerrissen und voller Flecken.

„Ich wollte Hilfe holen", erklärte Tony. „Aber ich hab mich verlaufen."

„Was habt ihr eigentlich mitten in der Nacht im Wald gemacht?", wollte der Polizist wissen. Meg konnte in einiger Entfernung die Sirene eines Krankenwagens hören.

„Nichts weiter", antwortete Tony unbehaglich. „Ein Spiel gespielt."

„Muss ja ein tolles Spiel gewesen sein", knurrte der Polizist. Er zog seine Uniformjacke aus und legte sie Brian über die Brust. „Nur um dich warm zu halten, mein Junge. Es kommt schon alles wieder in Ordnung." Brian blickte zu ihm hoch. Er sagte nichts und schien überhaupt nicht zu wissen, wo er war.

Ein paar Minuten später kam der Krankenwagen. Zwei Sanitäter rutschten in den Graben hinunter und hoben Brian auf eine Trage.

„Mir geht's gut", behauptete Brian. „Wirklich. Mir

geht's gut." Er sah Meg an, schien sie aber nicht zu erkennen. „Mir geht's echt gut." Er protestierte immer noch, als er in den Krankenwagen geschoben wurde.

„Dein Vater wartet auf dich", sagte Megs Dad zu Tony und gab sich keine Mühe, seinen Ärger zu verbergen. „Und ich gehe jetzt besser mal und sage Brians Eltern Bescheid. Ihr beiden habt uns heute Nacht völlig unnötig jede Menge Sorgen gemacht."

Tony schaute weg und sagte nichts darauf.

„Komm schon, Dad", sagte Meg sanft. „Es war doch nicht Tonys Schuld. Er hat auch ein paar schlimme Stunden hinter sich. Es muss ganz schön gruselig sein, sich in diesem Wald zu verlaufen. Lass ihn in Ruhe, ja?"

„Ich hab versucht, Hilfe zu holen", wiederholte Tony.

Megs Vater schaute ihn finster an. Dann zeigte sich plötzlich Überraschung auf seinem Gesicht, als er Meg zum ersten Mal genauer betrachtete. „Was ist denn mit dir passiert? Du bist ja von oben bis unten schmutzig."

„Ich bin gestolpert", schwindelte sie hastig und spürte, wie sie rot wurde. Zum Glück konnte er das im Licht der Taschenlampe nicht erkennen. „Dieser blöde Graben ist verdammt steil."

„Armer Brian", murmelte Tony.

„Armer Brian? Dafür ist es jetzt ein bisschen zu spät", schimpfte Megs Vater. „Es ist überhaupt ein bisschen zu spät. Hoffentlich überlegt ihr es euch beim nächsten Mal besser, bevor ihr in den Wald verschwindet, um dumme, hirnlose Spielchen zu spielen." Er stapfte wütend vor ihnen her.

Meg und Tony folgten ihm in langsamerem Tempo. Meg nahm Tonys Arm und lehnte sich beim Gehen an ihn. „Warum warst du wirklich mit Brian im Wald?", fragte sie im Flüsterton.

Tony zuckte mit den Achseln. „Ich weiß nicht. Ich dachte, es könnte ganz witzig sein, hier *Dungeons and Dragons* zu spielen."

„Aber du hast dich doch früher nicht dafür interessiert", wandte Meg ein und ging noch langsamer, um den Abstand zu ihrem Vater zu vergrößern.

„Ja, stimmt", sagte Tony abwehrend. „Ich wollte auch nur mal sehen, wie es so ist. Aber ich wusste ja nicht, dass Brian das Spiel so ernst nimmt. Kaum waren wir im Wald, hat er sich total verändert. Er war plötzlich ein Zauberer auf der dritten Ebene, oder so. Und das war keine Rolle, das war echt. Es war, als würde seine Persönlichkeit total verschwinden. Richtig unheimlich!"

„Welche Rolle hast du denn gespielt?", fragte Meg und stieg vorsichtig über einen herabgefallenen Ast.

„Äh ... ich glaube, ich war so 'ne Art Krieger. Es war jedenfalls ziemlich merkwürdig."

„Die ganze Sache ist merkwürdig. Du konntest Brian doch nie ausstehen. Und jetzt auf einmal ..."

„Das stimmt nicht", erwiderte Tony gereizt. Er blieb stehen und machte sich los. „Wie oft muss ich das noch sagen? Ich war nur neugierig auf das Spiel. Das ist alles. Und jetzt lass mich in Ruhe!"

„Tut mir leid", sagte Meg schnell. Sie war überrascht von seiner Heftigkeit. „Ich wollte dich nicht nerven. Aber ich bin auch immer noch ganz schön geschockt, weißt du."

Ihm schien plötzlich wieder einzufallen, dass sie in der Dunkelheit von jemandem gepackt worden war. Seine Miene wurde weicher. „Mir tut's auch leid", murmelte er. „Du hast den Kerl, der dich überfallen hat, also nicht gesehen?"

„Nein, es war zu dunkel. Und es ging alles so schnell. Er hat mir die Taschenlampe weggenommen, mich gepackt und mir irgendwas über die Party ins Ohr geflüstert. Und dann bin ich in den Graben gefallen."

„Er hat *was*? Was hat er über die Party gesagt?" Tony legte ihr beide Hände auf die Schultern, damit sie stehen blieb. „Sag das noch mal."

„Er sagte, *ich habe dich wegen der Party gewarnt.* Oder so ähnlich. Er klang sehr wütend und irgendwie verrückt. Ich hatte solche Angst. Sein Atem war ganz heiß, und er hat mich richtig fest an der Schulter gepackt. Es tut immer noch weh. Langsam kriege ich wirklich Panik. Gestern Abend, als ich von Sue kam, hat jemand versucht, mich zu überfahren. Ich hab Angst, Tony. Ich …"

„Oh, ich bin ja so froh, dass dir nichts passiert ist", sagte Tony und zog sie an sich. „Jetzt reicht's! Endgültig. Du wirst die Party doch sausen lassen, nicht wahr?"

„Was?"

„Das ist zu gefährlich. Sag die Party bitte ab!"

„Kommt nicht infrage", widersprach Meg entschlossen. „Da kennst du mich aber schlecht! Ich lasse mich doch nicht erpressen. Ich werde diese Party für Ellen geben. Außerdem ist es die einzige Möglichkeit rauszufinden, wer uns das alles antut."

Tony ließ sie los und schaute ihr in die Augen.

„Ich liebe es, wenn er sich Sorgen um mich macht", dachte Meg.

„Du siehst so bedrückt aus", sagte sie. „Woran denkst du?"

„Daran, dass du einen großen Fehler machst", antwortete er und sah auf einmal ganz verängstigt aus. „Du solltest dir das noch mal überlegen, Meg. Gut überlegen. Derjenige, der dich bedroht – vielleicht will er dir damit ja nur sagen, dass … dass er dir auch noch was Schlimmeres antun könnte."

13

Sonntagnachmittag

Am Sonntag schlief Meg lange und gönnte sich ein ausgiebiges Frühstück mit Pfannkuchen und Speck. Dann machte sie sich auf den Weg, um Brian zu besuchen. Sie hätte sich bessere Möglichkeiten vorstellen können, den Sonntagnachmittag zu verbringen, aber ihre Eltern hatten sie immer wieder damit genervt, wie sehr der kranke Brian sich über ihren Besuch freuen würde. Also gab sie schließlich nach und beschloss, es hinter sich zu bringen.

Als Meg die lange, geschwungene Auffahrt zum Haus ihrer Verwandten hinaufging, sah sie ein vertrautes blaues Auto auf dem Parkplatz stehen. In diesem Moment kamen Steve und David durch die Tür. Ihr fiel sofort auf, dass sie nicht grinsten oder herumalberten wie sonst.

„Hi, Meg. Wie geht's?", rief Steve ihr erleichtert zu. Sie fragte sich, ob er froh war, sie zu sehen, oder einfach glücklich, endlich aus diesem Haus rauszukommen.

„So weit ganz okay", antwortete sie.

„Ich hab von der Sache mit deiner Essenstüte gehört", sagte Steve mitfühlend.

„Tolles Mittagessen. Ich wusste ja gar nicht, dass du ein Vampir bist", frotzelte David und lachte über seinen grandiosen Witz. Aber niemand lachte mit.

„Es war nur rote Farbe", sagte Meg und schnitt David eine Grimasse. „Aber es sah aus wie richtiges Blut."

„Ein ganz schön übler Streich", meinte Steve.

„Ich bin mir gar nicht so sicher, ob es ein Streich war", murmelte Meg, die trotz der sommerlichen Temperaturen plötzlich fröstelte.

„Stimmt. Lisa hat mir erzählt, dass irgendjemand versucht, dir Angst einzujagen", sagte Steve und schüttelte den Kopf. Dann fiel es ihm wie Schuppen von den Augen. „Lisa! Oh nein! Die hab ich ja total vergessen! Ich sollte sie schon vor einer Stunde abholen."

Mit David im Schlepptau rannte er auf sein Auto zu. „Hey, wie geht's Brian?", rief Meg ihnen hinterher.

„Nicht besonders!", antwortete Steve und ließ bereits den Wagen an, als David noch gar nicht ganz eingestiegen war.

„Er ist immer ziemlich still. Und das Wenige, was er redet, ergibt für mich irgendwie keinen Sinn", fügte David hinzu.

„Das war auch vor dem Unfall schon so", ging es Meg durch den Kopf. Und dann schämte sie sich, weil sie solche gemeinen Sachen über ihren verletzten Cousin dachte. Sie beobachtete, wie Steve die Auffahrt entlangfuhr und in Lisas Richtung davonraste. Dann ging sie den gepflasterten Weg hinauf und klingelte.

„Hallo, Meg. Deine Mutter hat mir erzählt, dass du kommst. Brian wird sich freuen, dich zu sehen."

„Wie geht es ihm denn?"

Megs Tante kaute auf ihrer Unterlippe herum. Sie schien sehr nervös zu sein. „Oh ... er kommt schon wieder in Ordnung, glaube ich. Er ist nur ein bisschen ... na ja, durcheinander. Aber das ist sicherlich der Schock durch den Unfall. Du weißt schon."

„Ja. Er muss einen ganz schönen Schreck bekommen haben", murmelte Meg unbehaglich. Sie wusste nicht, was sie sagen sollte. Hastig lief sie den langen Korridor entlang, der zu Brians Zimmer führte.

„Er sieht schlimmer aus, als er sich fühlt", rief Brians Mutter hinter ihr her.

„Danke für die Vorwarnung", erwiderte Meg. Sie drehte sich um und warf einen Blick zurück. Ihre Tante sah plötzlich stark gealtert aus.

Meg ging bis zu Brians Zimmertür, blieb davor stehen und zwang sich zu einem Lächeln. Schließlich war sie gekommen, um ihren Cousin aufzuheitern.

Sie klopfte an die schwere Eichentür und trat dann ein. Brian sah zu ihr hin, machte aber keine Anstalten, sich aufzusetzen.

„Hallo, Brian", sagte sie.

„Hi, Meg", nuschelte er. Seine Stimme klang ganz normal, aber seine rechte Wange war so geschwollen, dass er den Mund nicht richtig bewegen konnte. Er hatte ein dickes blaues Auge, das er nur zur Hälfte öffnen konnte. Ein Schnitt auf seiner Wange war mit mehreren Stichen genäht worden.

„Hey, Brian – wirklich ein klasse Sturz. Vielleicht solltest du Stuntman werden."

Er versuchte zu lachen, aber es kam nur ein Keuchen dabei heraus.

„Ein Zauberer braucht keinen Stuntman", sagte er. Zumindest glaubte Meg, dass er das gesagt hatte. Er sprach so langsam und leise, dass er schwer zu verstehen war.

„Ich hab dir keine Süßigkeiten oder Blumen mitgebracht", meinte sie und ließ sich zaghaft am Fuß seines riesigen Bettes nieder. „Ich dachte, dass du nicht besonders scharf auf so 'n Zeug bist."

Er starrte sie mit seinem unverletzten Auge an, antwortete jedoch nicht.

„Brauchst du etwas? Soll ich dir irgendwas besorgen?"

Er hörte ihr gar nicht zu. „Wie sehe ich aus?", fragte er mit flacher, ausdrucksloser Stimme.

„Na ja ... äh ... nicht besonders toll." Sie würde ihn nicht anlügen. „Sagen wir's mal so: Du hast schon besser ausgesehen."

Brian schien über ihre Antwort nachzudenken. Schließlich murmelte er irgendwas, was so klang wie, er hätte nicht die Macht, die Dinge zu ändern. Aber Meg konnte ihn nicht richtig verstehen.

„Du wirst dich bald wieder besser fühlen", versicherte sie ihm. „Haben sie dir Schmerzmittel gegeben?"

„Ja. Ich glaube schon." Er drehte den Kopf weg.

„Das hast du dir diesmal aber selbst zuzuschreiben", sagte Meg. Sie gab sich Mühe, ganz locker zu klingen, aber ihre Stimme hatte ungewollt einen vorwurfsvollen Unterton.

„Bist du hergekommen, um mich runterzumachen?", fauchte Brian. „Echt nett von dir."

„Entschuldige. Ich hab's nicht so gemeint", murmelte Meg schuldbewusst. Anscheinend hackte sie fast immer auf ihm herum. Aber sie wusste, dass sie jetzt ein bisschen verständnisvoller sein sollte.

Plötzlich fiel ihr Sues Misstrauen wieder ein – was Brian und diesen Tag vor einem Jahr im Fear-Street-Wald anging. Hatte er ein dunkles Geheimnis, das er monatelang vor ihnen verborgen hatte?

„Was habt ihr so spät eigentlich noch im Wald gemacht, Tony und du?", fragte Meg. Sie beugte sich vor, blickte ihm in die Augen und hoffte, dass sie ihm eine ehrliche Antwort entlocken würde.

Aber er sagte keinen Ton. Nach einer Weile murmelte er mit abwesender Stimme: „Der Krieger ist erschienen und hat seinen Platz verteidigt."

„Brian, also wirklich …" Wieder stieg die Wut in Meg hoch, doch diesmal riss sie sich zusammen.

„Aber der Zauberer kennt Tricks, von denen Krieger keine Ahnung haben."

„Toll, Brian. Echt beeindruckend. Tony und du, ihr habt also *Dungeons and Dragons* gespielt, oder wie das heißt?"

„Die Schlacht ist noch nicht gewonnen", sagte er geheimnisvoll.

Meg spürte, dass sie besser das Thema wechseln sollte. Brian wollte offensichtlich nicht über das sprechen, was passiert war. „Wirst du rechtzeitig zur Abschlussfeier wieder in die Schule kommen?", fragte sie mit einem gezwungenen Lächeln.

Er antwortete nicht. Er starrte sie unverwandt an und sah aus, als würde er angestrengt nachdenken, ob er ihr etwas erzählen sollte oder nicht.

Sie beschloss, ihm noch eine Chance zu geben, über die Vorfälle im Wald zu reden. „Hast *du* Tony gefragt, ob er mit dir spielen will, oder hat er dich gefragt?"

„Ich werde alles enthüllen, wenn ich die vierte Ebene erreicht habe und ein Zauberer mit umfassender Macht geworden bin", murmelte Brian.

Das war ja zum Verrücktwerden. Am liebsten hätte sie ihn geschüttelt. Immer dieses blöde Zauberergequatsche.

Warum beantwortete er ihre Fragen nicht? Sie wollte

unbedingt mehr über die Nacht im Wald wissen. War es Tonys Idee gewesen, dieses Fantasyspiel zu spielen? Oder hatte Brian ihn irgendwie gezwungen mitzukommen? Tony wollte nicht darüber reden und Brian erst recht nicht. Hatten *beide* vor etwas Angst?

„Du siehst müde aus, Brian. Ich sollte jetzt besser gehen." Meg stand auf und streckte sich. Sie beugte sich vor und drückte seine Hand. Sie fühlte sich weich und schlaff an, wie ein überreifer Pfirsich.

Als sie ihre Hand wieder wegziehen wollte, hielt Brian sie am Handgelenk fest und zog sie mit überraschender Kraft zurück. Meg wartete darauf, dass er etwas sagte, aber er sah sie nur stumm an.

Nach einer Weile murmelte er schließlich: „Ich ... ich sollte gestehen", und ließ ihre Hand los.

„Was?" Meg war sich nicht sicher, ob sie ihn richtig verstanden hatte. Sie starrte auf die Bettdecke, weil sie es nicht ertrug, sein geschwollenes Gesicht aus der Nähe zu betrachten.

„Ich, äh ... nein." Er schien seine Meinung zu ändern. Mit einer heftigen Bewegung drehte er den Kopf zum Fenster.

Das Zimmer verdüsterte sich, als Wolken über die Sonne zogen. Die Brise, die von draußen hereinkam, war kalt und feucht. Offenbar braute sich das nächste Gewitter zusammen.

Meg fröstelte. Sie wusste plötzlich, was Brian sagen wollte. Was er ihr gestehen wollte.

Sie holte tief Luft. „Brian", sagte sie. „Sieh mich an." Er drehte ihr das Gesicht zu.

„Brian, hast du bei mir angerufen?"

„Ja", sagte er ruhig. „Habe ich."

14

Sonntagnachmittag

„Was?"

Im Zimmer wurde es dunkler. Nervös ging Meg um das Bett herum und knipste die Nachttischlampe an. Die warf einen gelblichen Schein über Brians Gesicht und ließ seine Verletzungen noch schlimmer aussehen.

„Du gibst es also zu? Du hast mich angerufen?" Es war Meg peinlich, wie schrill ihre Stimme klang. Aber Brians Gelassenheit machte sie wahnsinnig.

„Ja", erwiderte er, und ein winziges Lächeln verzerrte seine geschwollene Wange. „Ich musste …"

Er wollte noch etwas hinzufügen, aber sie wurden unterbrochen. Sein Vater streckte mit besorgtem Gesicht den Kopf durch die Tür. „Alles in Ordnung hier drinnen?"

„Ja. Bestens", sagte Meg schnell.

„Wie fühlst du dich, Brian?", fragte sein Vater.

„Ganz gut", antwortete Brian nach einer langen Pause.

„Kann ich euch beiden irgendwas bringen? Eine Cola vielleicht? Oder eine Tasse Tee?"

„Nein danke. Nicht nötig", antwortete Meg.

Er zog sich nur widerstrebend zurück. Meg hörte, wie er durch den langen Flur davontrottete, und wandte sich dann wieder an Brian. „Was wolltest du eben sagen? Über den Anruf."

„Ja. Jetzt erinnere ich mich wieder." Brian blickte mit seinem gesunden Auge zu ihr auf. „Ich habe angerufen. Und ich glaube, ich kann Evan erreichen."

„Evan!?"

„Bald habe ich die Macht, Meg. Die Macht der vierten Ebene. Damit kann ich Evan zurückrufen."

„Hör auf mit dem Quatsch, Brian!", rief Meg heftig. Sie beugte sich mit wutverzerrtem Gesicht über ihn. „Ich habe dir eine klare Frage gestellt, und ich möchte eine klare Antwort darauf. Du kannst dich nicht immer hinter diesem ganzen Schwerter-und-Zauberer-Quatsch verstecken. Du wirst mir jetzt die Wahrheit sagen!"

Brian sah plötzlich richtig erschrocken aus.

„Wovor hat er wirklich Angst?", dachte Meg. Sie war entschlossen, es herauszufinden, bevor sie dieses Zimmer verließ. „Hast du mich nun angerufen?"

„Ja, hab ich", murmelte er und sah zum Fenster hinaus. „Ich glaube, drei- oder viermal."

„Was? Mehrmals sogar? Warum? Warum hast du das getan?"

„Ich wollte dich warnen ..." Er brach ab. „Ich kann nicht darüber sprechen. Ich kann wirklich nicht."

„Wovor wolltest du mich warnen, Brian?" Sie würde sich jetzt nicht abwimmeln lassen. „Was wolltest du mir damit beweisen?"

Jetzt wurde er ärgerlich. Sein geschwollenes Gesicht lief dunkelrot an. „Ich wollte überhaupt nichts beweisen. Ich hab's dir doch schon gesagt. Ich wollte dich nur warnen ... aber ich konnte es dir nicht sagen. Ich konnte nicht zugeben, dass ... also, ich konnte es einfach nicht. Ich hab jedes Mal wieder aufgelegt, bevor du den Hörer abgenommen hast."

„Was?" Wovon redete er denn da? Hatte er nicht gerade zugegeben, dass er der geheimnisvolle Anrufer war, der sie bedrohte?

„Ich hatte wahnsinnige Angst, Meg. Aber ich kann dir das nicht erklären. Eigentlich hab ich dir schon viel zu viel erzählt. Ich kann's dir nicht sagen. Ich kann einfach nicht."

„*Was* kannst du mir nicht sagen? *Was* kannst du nicht zugeben?"

„Ich kann nicht, Meg. Versuch nicht, mich zu zwingen. Das wäre nicht gut für dich. Das wäre für niemanden gut. Ich warne dich ..."

„Hör auf damit, Brian. Das ergibt doch alles keinen Sinn. Du erklärst mir doch überhaupt nichts."

Plötzlich setzte er sich auf und packte wieder ihr Handgelenk. Er beugte sich mit seinem zerschlagenen Gesicht ganz dicht zu ihr. Der bittere, durchdringende Geruch einer Wundheilsalbe stieg von seinem Verband auf. Meg hatte das Gefühl, dass ihr die Luft wegblieb.

Er zog sie noch näher heran. „Ich warne dich", flüsterte er. „Es gibt Dinge, die du nicht verstehst. Es geht um Gefahren. Echte Gefahren. Im Wald ... das war kein Unfall. Ich sollte dir das nicht ... Aber hör mir zu, Meg. Pass auf dich auf!"

„Er droht mir", schoss es Meg durch den Kopf. „Das ist keine Warnung, sondern eine Drohung. Aber wieso?"

Brian gab ihr Handgelenk wieder frei und ließ sich stöhnend aufs Kissen zurücksinken. Plötzlich sah er völlig erschöpft aus.

„Brian ..."

Er drehte ihr den Rücken zu.

Meg rieb ihr schmerzendes Handgelenk, verließ stumm das Zimmer, ging den langen Korridor hinunter und zur Haustür hinaus. Auf der Veranda blieb sie stehen und atmete tief durch, um den Geruch der widerlichen Salbe aus der Nase zu bekommen.

Sie sah auf, als sie Schritte auf der Veranda hörte.

„Ellen!"

„Oh!" Ellen blieb vor Überraschung der Mund offen stehen. „Meg! Ich wollte …"

„Ellen, was machst du denn hier?", kreischte Meg. Sie war völlig verblüfft, Ellen hier zu sehen.

„Also, ich … äh …" Ellen wirkte furchtbar verlegen.

„Ich wusste nicht mal, dass du schon wieder in der Stadt bist!"

„Tja, ich …"

Meg lief zu ihr und umarmte ihre alte Freundin stürmisch. „Du siehst klasse aus!", rief sie und trat einen Schritt zurück. Ellen hatte sich überhaupt nicht verändert. Sie war immer noch wunderschön, ohne das kleinste bisschen Make-up.

Ellen lächelte Meg verkrampft an. „Ich bin erst vor ein paar Stunden angekommen. Nachher wollte ich dich gleich anrufen."

„Ich … ich bin ja so überrascht", stieß Meg hervor. „Ich schau hoch – und da stehst du!"

„Es ist wirklich schön, dich zu sehen", sagte Ellen steif und blickte zur Eingangstür. „Wie geht's Sue?"

„Gut. Super", antwortete Meg. „Sie freut sich schon darauf, dich zu treffen!"

„Ich wohne zurzeit bei meiner Tante Amy. Warum kommst du nicht morgen nach der Schule mal vorbei? Und bring Sue doch auch mit."

„Okay. Gerne!", sprudelte Meg aufgeregt hervor. „Was machst du eigentlich hier?", fragte sie, als ihr plötzlich wieder einfiel, dass sie ja auf Brians Veranda standen.

„Ich habe von Brians Unfall gehört. Und da dachte ich mir, ich könnte doch … na, du weißt schon … einfach mal reinschauen und Hallo sagen."

„Oh, das ist toll", sagte Meg. „Ein bisschen Aufmunterung wird ihm guttun. Er ist nicht gut drauf."

„Das muss ja auch schrecklich gewesen sein", erwiderte Ellen und schloss die Augen. Sie trat einen Schritt vor und umarmte Meg noch einmal. „Wir sehen uns dann morgen!"

„Ich freu mich drauf. Du siehst toll aus. Echt!"

„Danke." Ellen drehte sich um und ging zur Eingangstür.

Meg trottete die Verandastufen hinunter und machte sich eilig auf den Heimweg. Sie musste die ganze Zeit an Brian denken, an seinen seltsamen Blick und an seine Drohungen.

Sobald sie zu Hause war, rannte sie in ihr Zimmer und rief Tony an.

„Hallo?"

„Tony? Hi. Ich bin's."

„Meg. Wie geht's dir?"

„Ich bin mir nicht so sicher. Ich war gerade drüben bei Brian."

„Ach, ja?" Sein Interesse erwachte schlagartig. „Was ist passiert? Du klingst irgendwie komisch."

„Brian hat so merkwürdige Dinge zu mir gesagt. Er hat mir ganz schön Angst gemacht. Ich konnte einfach nicht glauben …"

„Brian hat *was*?" Tonys Stimme blieb ganz ruhig, aber es schwang ein seltsamer Unterton darin mit.

„Er sagte, er dürfte es mir nicht erzählen … aber dann hat er es doch getan …"

Am anderen Ende entstand eine lange Pause. Schließlich flüsterte Tony: „Er hat es getan? Er hat es dir *erzählt*?" Er klang plötzlich ganz aufgeregt.

„Er hat mich gewarnt ..."

„Hör zu ...", setzte Tony an.

„Meine Eltern kommen gerade nach Hause. Ich muss jetzt Schluss machen", unterbrach ihn Meg.

„Wir müssen unbedingt darüber reden, Meg. Heute Abend."

„Nein. Heute kann ich nicht, Tony. Ich muss mein Referat vorbereiten. Ich ..."

„Okay. Was ist mit Davids Party morgen Abend? Wir treffen uns dort und machen dann einen kleinen Ausflug. Nur wir beide."

„Ja. In Ordnung. Das wäre schön." Meg war angenehm überrascht. In letzter Zeit hatte Tony sich nie ernsthaft mit ihr unterhalten wollen. Und jetzt hatte er ihr von sich aus angeboten, ein richtiges Gespräch zu führen – sie zwei, ganz alleine.

„Lass uns zum River Ridge rauffahren. Da können wir ein bisschen spazieren gehen und uns unterhalten", schlug Tony vor.

„River Ridge? Ist das nicht dieser Felsen, von dem angeblich mal ein Liebespaar runtergesprungen ist?"

„Es ist sehr hübsch da oben, und wir werden ganz für uns sein", sagte Tony mit weicher Stimme. „Wir sind schon so lange nicht mehr zusammen gewesen. Das wird richtig schön werden, Meg. Nur wir beide."

„Na gut. Aber ist es da oben nicht gefährlich?"

„Ich pass schon auf dich auf", versprach Tony.

15

Sonntagnachmittag

Tony hatte gar nicht gemerkt, wie fest er den Telefonhörer umklammert hatte. Als er ihn auf die Gabel knallte, kribbelte seine Hand. Seine Handfläche begann zu jucken. Er kratzte sich schneller und schneller, bis seine Haut rot und wund war, aber das Jucken hörte nicht auf. Er ließ sich auf die Couch im Wohnzimmer fallen und starrte an die Decke.

Brian hatte also gequatscht. Irgendwie überraschte ihn das nicht. Brian war der Schwächste von allen. Ellens Rückkehr und die geplante Party hatten ihn verunsichert.

Deswegen hatte Tony alles getan, um Brian am Auspacken zu hindern. Hatte er ihn nicht gerade erst im Fear-Street-Wald verprügelt – als kleine Erinnerung daran, dass er den Mund zu halten hatte?

Aber er hatte trotzdem geredet.

Und jetzt wusste Meg Bescheid.

Meg wusste, dass Tony Evan getötet hatte. Brian hatte es ihr erzählt.

Tony stieß einen lauten Schrei aus und stieß seine Faust mit voller Wucht ins Sofakissen.

Was sollte er jetzt tun?

Meg wusste es ... Meg wusste über das letzte Jahr Bescheid.

Wieder einmal sah Tony sich in diesem schrecklichen Wald. Sah Ellen. Sah Evan.

Er spürte das Jagdgewehr in seiner Hand, Evans Flinte. Wieder kämpften sie darum, schrien sich an, zogen mit aller Kraft ...

Und dann ging das Gewehr los. Nur ein lauter Knall. Fast wie ein Silvesterkracher.

Evan fiel zu Boden.

Tony hatte ihn umgebracht.

Im Hintergrund hatte Ellen die ganze Zeit geschrien. Wie das Heulen einer Sirene oder eine kaputte Alarmanlage. Sie saß auf einem umgefallenen Baumstamm, beide Hände in ihr glattes, blondes Haar gekrallt, als wollte sie sich an sich selbst festhalten, und schrie aus voller Kehle. Die Augen vor Entsetzen weit aufgerissen, den Blick starr auf Tony gerichtet, auf den Jungen, der Evan gerade getötet hatte.

Aber Tony hatte Evan doch nicht absichtlich erschossen.

Oder doch?

Darüber hatte er immer noch keine Klarheit. Was war ihm in diesem Moment durch den Kopf gegangen? Hatte er seinen Freund tatsächlich umbringen wollen? Hatte er vielleicht gedacht, dass er ihn umbringen *musste*?

Nein. Es war ein Unfall gewesen. Nur ein Unfall. Sie hatten gekämpft, und das Gewehr war losgegangen.

Diese Gedanken machten ihn noch wahnsinnig. Vielleicht war er ja auch schon verrückt.

„Vielleicht hätte ich Brian nicht verprügeln sollen", sagte sich Tony, der auf einmal wieder an die letzte Nacht im Wald denken musste. Hinter seinen geschlossenen Augenlidern liefen noch einmal die Bilder ihres Kampfes ab. Wie seine Fäuste auf Brians Brust, seine Schultern, seinen Magen einschlugen – und schließlich sein Gesicht trafen.

Brian hatte ihn trotzdem verpfiffen. Trotz seiner nachdrücklichen Warnung, und nachdem er das Geheimnis fast ein Jahr lang bewahrt hatte, hatte er doch noch gequatscht.

Und was sollte Tony jetzt mit Meg machen?

War Brian denn gar nicht klar, in welche Gefahr er Meg gebracht hatte, indem er ihr die Wahrheit über Evans Tod erzählt hatte?

Er konnte nicht zulassen, dass Meg ihn anzeigte. Dass sie allen erzählte, dass er ein Mörder war. Sein Leben wäre ruiniert.

Aber er konnte Meg doch nicht auch noch umbringen, oder?

„Nein!", sagte Tony laut. Er setzte sich auf. Aber vielleicht würde dann dieses Klingeln in seinen Ohren endlich verschwinden. Vielleicht würden seine Handflächen aufhören zu jucken.

Er konnte sie nicht töten – aber er *musste* es tun. Er musste sie vom höchsten Punkt des River Ridge stoßen.

Ein Stoß, und sein Geheimnis wäre für immer sicher. Ein kurzer Stoß. Außerdem wäre es eine ausgezeichnete Warnung für Ellen und Brian, ab jetzt absolutes Stillschweigen zu bewahren. Sie würden die Botschaft schon verstehen. Sie würden wissen, dass sie sonst als Nächste dran wären.

Aber, Moment. Immerhin ging es um Meg. Er hatte sie doch gern, oder? Er hing an ihr. Konnte er ernsthaft darüber nachdenken, sie zu töten? Würde er es wirklich fertigbringen, sie vom Felsen zu stoßen?

Meg hatte am Telefon so besorgt geklungen. So ängstlich. Aber nicht ängstlich genug.

Wie konnte sie bloß so naiv sein? Wie konnte sie mit ihm zu dem Felsen hochfahren? Sie war so gutgläubig.

Aber vielleicht glaubte sie Brian ja gar nicht. Vielleicht hatte er ihr alles erzählt, und sie hatte es ihm nicht abgenommen.

Warum sollte sie Brian auch glauben? Jeder wusste, dass er seltsam war. Ständig hing er draußen im Wald rum und spielte mit Dwayne dieses blöde Fantasyspiel.

„Ich habe keine Wahl", entschied er. „Ich muss Meg umbringen. Aus verschiedenen Gründen. Erstens: Sie weiß zu viel. Zweitens: Es wird eine Warnung für Ellen und Brian sein. Drittens: Wenn Meg tot ist, fällt die Überraschungsparty aus.

Nein, das kann ich nicht. Nicht Meg. Nicht sie.

Aber ich muss es tun.

Ich habe schon Evan getötet, meinen besten Freund. Dann kann ich es auch bei Meg.

Tut mir leid, Meg. Das verstehst du doch, oder? Natürlich wirst du das verstehen.

Du bist doch immer so verständnisvoll."

16

Montagnachmittag

„Du hast also nicht die Polizei gerufen, nachdem jemand versucht hat, dich zu überfahren?"

„Nein, hab ich nicht", sagte Meg. „Ich meine, was hätte ich denen denn erzählen sollen? Ich hab den Wagen ja nicht mal richtig gesehen. Es war zu dunkel. Alles, was ich gesehen habe, waren die Scheinwerfer."

„Aber Meg ...", setzte Sue an.

„Außerdem bin ich mir inzwischen gar nicht mehr so sicher, dass mich tatsächlich jemand überfahren wollte. Die Straße war durch den Regen nämlich total rutschig. Vielleicht hat der Fahrer nur für einen Moment die Kontrolle über den Wagen verloren."

„Und was ist mit dem Kerl, der dich im Wald überfallen hat?"

„Das ist genau das Gleiche", erwiderte Meg. „Ich hab ihn nicht gesehen. Was soll ich den Polizisten denn sagen? Ich kann ihnen keinen einzigen nützlichen Hinweis geben. Guck mich nicht so an, Sue. Ich glaube wirklich, dass es Zeitverschwendung ist, die Polizei anzurufen."

Sue zuckte die Achseln. „Wenn du meinst."

Sie sahen zum Haus von Ellens Tante hinauf. Es war leuchtend gelb mit frisch gestrichenen weißen Fensterläden und lag auf einem steilen Hügel. Um hinaufzukommen, mussten die Mädchen ungefähr hundert steinerne Stufen erklimmen, die in den Rasen eingebettet waren.

Sue folgte Meg die krummen Stufen hinauf. „Gehst

du zu Davids Party heute Abend? Seine Eltern sind nicht da, und er will das Ende des Schuljahrs feiern."

„Ja, ich weiß", sagte Meg. „Ich treff mich dort mit Tony. Aber wir können zusammen hingehen." Sie hatten jetzt die Hälfte des Hügels geschafft.

„Mann, wird das toll, Ellen endlich wiederzusehen", japste Sue. „Nur schade, dass wir von diesem Aufstieg zu erschöpft sein werden, um uns mit ihr zu unterhalten."

„Sie sah klasse aus", sagte Meg, die bei dem Gedanken an ein Wiedersehen mit ihrer alten Freundin plötzlich ganz nervös wurde.

Sue starrte nach oben. Meg folgte ihrem Blick und entdeckte Ellen, die oben auf dem Hügel stand und zu ihnen herunterwinkte.

„Hi!"

„Hi! Legt mal einen Zahn zu!"

„Wirf uns ein Seil runter!"

Ellen trug ein ärmelloses weinrotes T-Shirt und weiße Tennisshorts, die ihre langen Beine betonten. Ihr Haar glänzte in der Sonne.

Oben angekommen, tauschten sie erst einmal Umarmungen aus. Dann versicherten sich alle mit spitzen Freudenschreien, dass sie sich kein bisschen verändert hätten und wie toll sie aussähen und wie wunderbar es sei, wieder zusammen zu sein.

„Wollen wir reingehen?", fragte Ellen. „Meine Tante ist zwar einkaufen, aber ..."

„Lass uns draußen bleiben. Es ist so schön hier", sagte Meg und ließ sich ins Gras fallen. „Ich finde es irre, von so weit oben auf die Straße runterzugucken."

„Es braucht ja bekanntlich nicht viel, um Meg in Begeisterung zu versetzen", witzelte Sue. Sie setzte sich auf die oberste der steinernen Stufen und zupfte an ihrem blauen Top herum.

„Wie geht's euch denn so?", fragte Ellen und grinste sie an. Sie quetschte sich zwischen die beiden und drückte Megs Hand.

„Gut."

„Ganz okay."

„Und was ist mit dir?"

„Super. Echt super", sagte Ellen und stieß ein schrilles Kichern aus, das Meg sofort wiedererkannte. Immer wenn Ellen sehr angespannt war, beendete sie jeden Satz mit diesem nervösen Gickeln.

Sie schauten schweigend den Hügel hinunter. „Als wir standen, lief alles bestens", dachte Meg. „Aber jetzt ist es richtig peinlich. Kommt schon, bitte! Lasst euch bloß was einfallen, worüber wir reden können."

„Wie ist denn deine neue Schule?", fragte Sue Ellen.

Ellen stützte die Hände hinter sich ins Gras und lehnte sich zurück. „Ich glaube, ganz okay. Sie ist groß. Viel größer als die Schule hier in Shadyside. Manchmal komm ich mir richtig verloren vor." Sie kicherte wieder.

Die Mädchen starrten den Hügel hinunter. „Was tut sich denn so in Shadyside?", fragte Ellen, deren Dauerlächeln langsam verblasste.

„Nicht viel", antwortete Sue.

In Megs Kopf breitete sich gähnende Leere aus. Ihr fiel nichts Interessantes ein, was sie Ellen erzählen konnte. „Sie war fast ein ganzes Jahr weg", dachte sie. „*Irgendwas* muss es doch zu berichten geben!"

„Steve und Lisa sind jetzt zusammen", sagte Sue.

„Nein, das glaub ich nicht!", quietschte Ellen ein bisschen zu überrascht, wie Meg fand. So schockierend war das nun auch wieder nicht.

„Hast du einen neuen Freund?", platzte Meg heraus. Sie spürte, wie sie rot wurde. Eigentlich war es eine ganz normale Frage – aber die konnte man Ellen doch nicht stellen. Nicht, nachdem sich ihr letzter Freund aus Versehen im Wald erschossen hatte.

„Du bist zu empfindlich. Das ist doch schon ein Jahr her", schimpfte sie mit sich.

Aber Ellen fühlte sich tatsächlich unwohl. „Nein", sagte sie schnell und setzte wieder ihr starres Lächeln auf. „Ich hab noch niemanden getroffen, den ich richtig gern gehabt hätte. Ich meine … ich bin natürlich ein paarmal ausgegangen. Aber …" Sie schnitt eine Grimasse.

Unten auf der Straße rollte ein grüner Lieferwagen vorbei. Eine kleine Wolke schob sich vor die Sonne und warf einen Schatten auf den graswachsenen Hügel. Die drei Mädchen schauten dem Lieferwagen hinterher und überlegten krampfhaft, was sie als Nächstes sagen sollten.

„Es gibt so vieles, was ich dich fragen will", sagte Meg zu Ellen. „Aber wir haben uns so lange nicht gesehen, dass ich gar nicht weiß, wo ich anfangen soll."

Ellen und Sue stimmten ihr hastig zu und hofften, damit die Anspannung zwischen ihnen erklären zu können.

„Und, gehst du immer noch mit Tony?", fragte Ellen, ohne Meg anzusehen.

„Ja", sagte Meg und wurde schon wieder rot. Warum fühlte sie sich deswegen so unbehaglich? „Wir sind immer noch zusammen. Aber Tony hat eine ganz schön harte Zeit hinter sich."

Ellen setzte sich gerade hin. „Da ist er nicht der Einzige", sagte sie verbittert. Sie zupfte einen Grashalm aus und kaute daran herum. Als die Sonne hinter den Wolken auftauchte, kniff sie die Augen zusammen.

„Es ist schön hier", sagte Sue.

„Ja, sehr", stimmte Meg schnell zu. „Das ist ja schrecklich", dachte sie. „Warum finden wir denn nichts, worüber wir uns unterhalten können?"

„Hast du mal wieder Tennis gespielt?", fragte Sue.

Ellen schien ihr gar nicht zuzuhören.

„Ich vermisse unser Samstagmorgen-Match", fügte Sue hinzu.

„Wisst ihr noch, was wir früher immer gespielt haben?", fragte Meg unvermittelt. „Wie langweilig!", dachte sie. „Wenn einem gar nichts mehr einfällt, kramt man die alten Kindergeschichten raus."

„Ja. Erinnert ihr euch noch an *Schattenjagd*?", sagte Sue ein wenig zu eifrig. Sie war offensichtlich erleichtert, endlich ein Gesprächsthema gefunden zu haben. „Das war vielleicht ein doofes Spiel."

„Aber das war noch nicht das schlimmste", sagte Ellen und lachte. „Das dümmste von allen war *Iiiihh, eine Maus!*"

„Das hatte ich ja ganz vergessen", rief Meg. „Das war doch eher ein Kreischwettbewerb, oder? Wir haben so getan, als hätten wir eine Maus gesehen, und dann getestet, wer den schrecklichsten Schrei ausstoßen konnte."

„Das war ein cooles Spiel", sagte Sue. „Wir sollten es wieder spielen. Wetten, ich gewinne?"

„Wetten, dass nicht", konterte Ellen.

Aber dann spielten sie das dumme Kinderspiel doch nicht. Sie versuchten noch eine Weile krampfhaft, sich miteinander zu unterhalten. Doch Meg fühlte sich immer unwohler in ihrer Haut. Sie wusste, dass es den beiden anderen genauso ging.

Am unteren Ende des steil abfallenden Rasens fuhr schließlich ein grauer Kombi langsam an den Kantstein. „Da ist Tante Amy", rief Ellen, sprang schnell auf die Füße und klopfte sich ihre Tennisshorts ab. „Ich werde ihr mal mit den Einkäufen helfen." Sie schien richtig dankbar für diese Unterbrechung zu sein.

„Wir gehen dann wohl besser", sagte Sue, die sich keine Mühe gab, ihre Enttäuschung zu verbergen.

„Du ... äh ... du gehst doch immer noch am Samstagabend mit uns Pizza essen, oder?", fragte Meg möglichst beiläufig. Sie und Sue hatten sich dieses Täuschungsmanöver ausgedacht, um Ellen zur Überraschungsparty zu lotsen.

„Ja. Natürlich. Total gerne", sagte Ellen mit gespielter Begeisterung. „Bis dann!"

„Bis dann, Ellen."

„Mach's gut!"

Meg und Sue stapften schweigend die steinernen Stufen hinunter. Sie sprachen kein Wort miteinander, bis sie endlich in Sues rotem Mazda saßen.

Meg fühlte sich so mies, dass sie beinahe in Tränen ausgebrochen wäre. Aber sie holte tief Luft und riss sich zusammen. „Mann, war dieser Besuch ätzend!", dachte sie. Es war, als hätte sie ihre Freundin noch einmal verloren.

„Wir hatten uns ja nicht besonders viel zu sagen", begann sie vorsichtig, weil sie nicht ganz sicher war, wie Sue darüber dachte. Aber wenn sie mit ihrer Freundin darüber sprechen konnte, würde sie sich vielleicht nicht mehr ganz so verletzt und verlassen fühlen.

„Das ist wahrscheinlich ganz normal", winkte Sue ab. Das war ihre typische Art, mit solchen Situationen umzugehen. Sie spielte sie herunter und tat so, als wäre es nichts Besonderes gewesen.

„Ich hab mich so unwohl gefühlt!", rief Meg und versuchte vergeblich, sich zusammenzureißen.

„Na ja, ein bisschen krampfig war es schon", räumte Sue ein. „Aber wir haben Ellen auch ein ganzes Jahr nicht gesehen."

„Komm schon, Sue. Gib's zu", bat Meg und schlüpfte aus dem Sicherheitsgurt, damit sie ihre Arme auf das Armaturenbrett stützen und den Kopf darauf legen konnte. „Es war grässlich. Wir haben alle kaum ein Wort rausgekriegt und waren total verkrampft."

„Ach, Meg, jetzt übertreib doch nicht", schimpfte Sue. „So schlimm war's nun auch wieder nicht. Wir waren alle nervös. Aber auf der Party läuft das bestimmt alles viel lockerer. Wir werden …"

„Die Party!", stöhnte Meg auf. „Erinnere mich bloß nicht daran! Wie konnte ich das nur für 'ne gute Idee halten? Das wird bestimmt ein Alptraum!"

„Meg …"

„Glaubst du wirklich, Ellen ist scharf auf eine Party, auf der sie alle ihre alten Freunde trifft? Sue, sie hat sich ja nicht mal gefreut, *uns* zu sehen!"

„Meg, komm wieder runter. Bitte. Du übertreibst total. Nur weil wir uns heute Nachmittag nicht viel zu sagen hatten, heißt das noch lange nicht, dass Ellen keine

Lust auf die Party hat. Das ist doch was ganz anderes. Du wirst schon sehen. Die Party wird super."

Den Kopf in den Armen vergraben, stöhnte Meg weiter vor sich hin. Sue bremste.

„Warum hältst du denn an?", rief Meg.

„Weil wir bei dir zu Hause sind", erwiderte Sue lachend. „Steig aus. Wir sehen uns dann heute Abend bei David."

Meg nuschelte etwas Undeutliches zum Abschied und rannte ins Haus. Sie merkte, dass sie sich richtig freute, Tony heute Abend zu sehen. Es war schon so lange her, dass sie nur zu zweit etwas unternommen hatten. Und sie hatten so viel zu bereden.

Vielleicht hatte Tony ja eine Idee, wovor Brian sie warnen wollte. Sie konnte es kaum noch erwarten, Tony von ihrem Verdacht gegen Brian zu berichten. Vielleicht konnte er ihr ja erklären, was da vorging …

17

Montagabend

Aus Lautsprechern, die auf der Auffahrt standen, dröhnte laute Musik, und in der Garage tanzten mehrere Paare. Überall auf dem Rasen saßen Leute. Zwei Pärchen knutschten auf den Stufen, die zur Veranda führten, und ein drittes Pärchen lag eng umschlungen unter einem Baum.

Sue stieg vor Davids Haus aus dem Auto und knallte die Tür zu. Sie trug hautenge weiße Hosen und ein auffälliges pinkfarbenes Top. Ein Typ auf dem Rasen pfiff ihr hinterher und rief: „Siehst scharf aus, Sue!" Diese intelligente Bemerkung wurde von den anderen Jungen, die auf dem Rasen herumhockten, mit anerkennendem Gejohle quittiert.

„Vielleicht sollten wir die Party für Ellen auch in Davids Vorgarten feiern", witzelte Sue. „Sieht doch total cool aus hier!"

„Lass uns reingehen", sagte Meg.

„Zum Glück kotzt noch niemand", meinte Sue. Während sie die Auffahrt hinaufgingen, hielt Meg nach Tony Ausschau, obwohl sie wusste, dass er so früh wahrscheinlich noch nicht da sein würde.

„Aufpassen!", rief jemand. Ein Basketball flog haarscharf an ihren Köpfen vorbei und hüpfte die Auffahrt hinunter. Die Typen auf dem Rasen fanden das irre komisch.

Meg ging voraus, an den Pärchen auf den Verandastufen vorbei und ins Wohnzimmer. Der Raum war voller Leute aus der Schule, die in Grüppchen rumstanden, sich unterhielten und lachten. Ein Freund von David aus der Turnmannschaft war betrunken auf der Couch zusammengesunken.

„Hey, da ist Lisa!", rief Meg. Sie winkte ihrer Freundin zu, die sich im Esszimmer mit ein paar Mitschülern unterhielt.

„Hey, Sue, nur für mich hättest du dich aber nicht so aufdonnern müssen."

Als Meg sich umdrehte, fiel ihr Blick auf Dwayne, der mit einer Bierdose in der Hand direkt auf Sue zusteuerte. Seine dunklen Augen musterten ihre Freundin von oben bis unten. Er kam ihr so nahe, dass sie ein paar Schritte zurückweichen musste.

„Wie ich sehe, hast auch du dich mächtig aufgedonnert", konterte sie höhnisch. Dwayne trug nämlich ein graues T-Shirt, das an einem Ärmel zerrissen war und braune Flecken auf der Brust hatte, dazu ausgeblichene Jeans, bei denen eine der vorderen Taschen abgerissen war.

Er trat näher und glotzte Sue unverfroren an. „Tanzt du mit mir?"

„Na klar. Davon hab ich schon die ganze Woche geträumt", spottete Sue.

Das Lächeln verschwand schlagartig von seinem Gesicht. Sein Blick wurde kalt. „Solche Witze mag ich überhaupt nicht." Er packte sie am Arm.

„Hey, lass das!" Sue riss sich los.

Er lachte. „Du hast doch nicht etwa Angst vor mir, oder?"

„Nein, ich hab ja auch keine Angst vor Nacktschnecken. Ich will bloß nicht, dass sie mir zu nahe kommen."

Dwaynes Gesicht lief knallrot an, und er kniff die Augen zusammen. „Werd nicht frech, okay? Ich will nur mit dir tanzen. Ich bin kein schlechter Kerl, Sue." Er ging auf sie zu und drängte sie in eine Ecke.

„Wie wär's, wenn wir uns erst mal ein bisschen besser kennenlernen?", sagte er und lächelte wieder. Dabei sah er ihr nicht ins Gesicht, sondern starrte auf ihr enges Top. „Du wirst schon sehen. Ich bin ganz okay, wirklich."

„Dwayne, bitte …"

„Wenn wir heute Abend gut miteinander auskommen, werden wir uns auf der Überraschungsparty für Ellen umso besser verstehen."

„Was? Was redest du da, Dwayne? Du bist doch gar nicht eingeladen!", rief Sue.

„Bin ich doch. Tina hat mich gefragt, ob ich mit ihr hingehe."

Sue stand jetzt mit dem Rücken zur Wand. Dwayne trank einen großen Schluck aus seiner Dose und rückte immer näher an sie ran. „Dwayne, bleib stehen! Ich will nicht mit dir tanzen! Das ist mein Ernst."

„Du weißt ja gar nicht, was du verpasst", sagte Dwayne mit einem unverschämten Grinsen.

Meg beschloss, sich jetzt besser einzumischen. „Hey, Sue – Tony sucht dich!", rief sie. Das war das Erste, was ihr auf die Schnelle einfiel. Sie rannte zu Sue und zog sie hinter sich her. „Er ist in der Küche. Er will dich unbedingt was fragen."

Dwayne warf Meg einen wütenden Blick zu. „Tony? Der kleine Hosenscheißer? Der ist hier? Müsste er nicht längst in seinem Bettchen liegen?"

Meg ignorierte ihn und zerrte Sue aus der Ecke.

Dwayne folgte ihnen. Sue drehte sich um und warf ihm einen vernichtenden Blick zu. Er hob abwehrend die Hände. „Okay, ich hab den Wink mit dem Zaunpfahl verstanden. Danke für den Tanz. Wir sehen uns dann auf der Party."

„Danke für deine Hilfe. Aber ich weiß schon, wie ich mit diesem Vollidioten umgehen muss", sagte Sue zu Meg. „Ich geh jetzt mal ins Esszimmer. Da scheint es massig leckere Sachen zu geben", fügte sie hinzu. „Kommst du mit?"

„Nein. Ich will … Oh! Da ist ja Tony!" Er stand an der Haustür und trug enge Jeans und eine schwere schwarze Lederjacke.

„Hallo, Tony. Und tschüss", sagte Sue im Vorbeigehen und verschwand im Esszimmer.

Meg lief zu Tony. Sie war richtig froh, ihn zu sehen. „Hallo Schatz", begrüßte sie ihn und nahm seine Hand. Sie war eiskalt.

„Starke Party", sagte er und sah sich um. „Aber ich möchte viel lieber ein bisschen mit dir alleine sein. Lass uns gehen", drängte Tony und zog sie mit sich nach draußen.

„Du bist doch gerade erst gekommen. Willst du dich denn mit niemandem unterhalten?"

„Nein. Nur mit dir", sagte er. „Lass uns irgendwo hingehen, wo wir alleine sein können." Er lächelte sie an.

„Er sieht nervös aus", dachte Meg. „Und sehr blass."

Wenig später saßen sie im Auto und fuhren auf der River Road in Richtung Norden. Es war wieder kühl geworden, und der Wind blies in kräftigen Böen vom Fluss herauf. Meg trug nur ein T-Shirt und wünschte, sie hätte eine Jacke dabei. „Es ist so dunkel hier oben", sagte sie und kuschelte sich beim Fahren ganz dicht an Tony.

„Stimmt. Es gibt hier nicht viele Straßenlaternen", antwortete er und schaute starr geradeaus.

Die Straße wand sich immer steiler den hohen Bergkamm hinauf, bis zu dem Punkt, an dem der Fluss sich in zwei Arme teilte.

Sie fuhren eine ganze Weile schweigend dahin. „Du bist so still heute Abend", sagte Meg schließlich.

„Ich bin einfach nur glücklich, mit dir zusammen zu sein", erwiderte Tony. Seine Stimme kam ihr ganz fremd vor, gepresst und angestrengt. Oder bildete sie sich das nur ein, weil *sie* so angespannt war?

Fast auf dem höchsten Punkt der Straße lenkte Tony den Wagen an den Rand und parkte zwischen zwei Bäumen. Er schaltete den Motor aus. „Lass uns ein bisschen spazieren gehen", schlug er vor.

„Ich hab keine Jacke dabei", sagte Meg, die jetzt schon fröstelte. „Kann ich mir deine leihen?"

Tony zögerte. „Komm schon", drängte er sanft. „Ich werde dich wärmen."

Sie stieg aus und folgte ihm auf den Pfad. Tief unter ihnen in der Dunkelheit hörte man das Gurgeln des Flusses. Der schmale, unbefestigte Weg führte immer höher hinauf. Der Boden unter ihren Turnschuhen fühlte sich weich an. Tony streckte seine Hand nach hinten aus, und Meg ergriff sie.

„Es ist ein bisschen unheimlich hier oben, findest du nicht?", fragte sie. Doch Tony antwortete nicht. Meg holte ihn ein und ging ein paar Schritte voraus, ohne seine Hand loszulassen.

„Sieh mal, wir sind ganz oben auf dem Felsen", sagte

sie plötzlich alarmiert. „Die sollten hier besser ein Geländer anbringen oder so was."

Tony sagte immer noch nichts, sondern stand einfach nur hinter ihr. Er legte beide Arme um sie, hielt sie ganz fest und dirigierte sie bis zur Kante des Felsens.

18

Montagabend

„Ich sollte es hinter mich bringen", dachte er.

Es würde nur eine Sekunde dauern. Ein fester Stoß, und sie würde über die Kante stürzen.

Warum zögerte er?

Meg war so vertrauensvoll, und sie schien sich in seinen Armen so wohl zu fühlen. Sie hatte nicht mal gefragt, warum er ihr seine Lederjacke nicht leihen wollte.

Vielleicht wusste sie doch nichts. Vielleicht wollte er einen Mord begehen, der ganz unnötig war.

Tony beschloss, es herauszufinden. „Erzähl mir von Brian", flüsterte er ihr leise ins Ohr und führte sie ein Stück von der Kante des Felsens weg.

„Er war so merkwürdig", sagte Meg und zitterte. „Ich hab ihn gar nicht richtig verstanden."

„Was genau hat er denn gesagt?", fragte Tony und ließ ein bisschen Ungeduld in seiner Stimme mitklingen.

„Er sagte, er würde mich warnen. Aber eigentlich klang es mehr wie eine Drohung."

„Wovor warnen?"

„Das weiß ich nicht. Er meinte nur, ich solle vorsichtig sein. Die Dinge seien anders, als es den Anschein hätte. Ich hab kein Wort kapiert. Aber er schien mächtig Angst zu haben, und er sagte, ich sei in Gefahr."

„Wieso? Wegen diesem Kerl, der versucht, die Party platzen zu lassen?" Er hielt sie ganz fest. Wenn es sein musste, konnte er sie auch von hier aus über die Kante schubsen.

„Ich weiß es nicht. Er wollte es mir nicht verraten."

Ob sie es trotzdem rausgefunden hatte? Nein.

„Ich dachte, du könntest mir vielleicht sagen, was er damit gemeint hat", murmelte Meg und lehnte sich an ihn.

„Keine Ahnung", antwortete er. „Was hat Brian denn noch gesagt?"

„Brian meinte, ich sei in Gefahr. Das ist alles. Und er sagte, ich solle vorsichtig sein."

„Was hat er damit bloß gemeint?", fragte Tony unschuldig. „Vor wem will er dich warnen?"

Okay, bist du bereit?

Gib ihr einen Stoß und lauf davon. Bleib nicht stehen, lausche nicht ihrem Schrei. Warte nicht auf das Geräusch, mit dem ihr Körper in dem flachen Flussbett aufschlägt. Lauf einfach weg, Tony. Dir wird schon nichts passieren.

„Ich glaube, er hat von sich gesprochen", sagte Meg unsicher. „Ich war so durcheinander. Aber ich glaube, er hat versucht, mich vor sich selbst zu warnen. Aber was meinte er damit?"

Wieder zögerte er. „Ich weiß es auch nicht. Brian ist echt ein komischer Typ."

„Aber eigentlich kann er es nicht gewesen sein", fuhr Meg fort. „In der Nacht im Wald, als mich jemand gepackt und in den Graben geschubst hat, da war Brian ja schon verletzt."

„Wird sie jetzt zwei und zwei zusammenzählen und darauf kommen, dass ich der Einzige bin, der noch im Wald war?", fragte sich Tony. „Wer sollte es denn sonst gewesen sein", sagte er laut, während er die Beine in den Boden stemmte und die Augen zusammenkniff. Er wollte auf keinen Fall hinsehen, wenn sie über die Kante fiel.

„Glaubst du, es gibt womöglich zwei Leute, die die Party verhindern wollen?", fragte Meg. „Brian und noch jemanden?"

Sie drehte sich um, damit sie ihn ansehen konnte.

Sie hat so ein niedliches Gesicht. Wie eine Puppe. So perfekt. Und so hübsch.

Werd jetzt nicht schwach, Tony. Natürlich ist sie dir wichtig. Aber noch wichtiger ist es, frei zu sein und dein Geheimnis zu bewahren ... für immer.

„Brian und noch jemand? Also, ich weiß nicht." Seine Stimme zitterte. Er fragte sich, ob sie merkte, wie aufgeregt er war.

Bitte dreh dich wieder um. Sieh mir doch nicht so liebevoll in die Augen.

„Tony, du hast doch nichts damit zu tun, oder?", fragte Meg plötzlich.

„Was?" Tony erstarrte.

Sie presste ihre Stirn an seine Wange. „Irgendwie bin ich auf den blöden Gedanken gekommen, Brian könnte dich gemeint haben. Es ist schon komisch, was für verrückte Dinge einem durch den Kopf gehen, wenn man aufgeregt ist, nicht wahr?"

„Ja, stimmt", erwiderte er. „Aber mich kann er nicht gemeint haben. Unmöglich."

Sie war ihm auf der Spur. Er konnte ihr Gehirn beinahe rattern hören. Merkte sie, dass er log? Hatte sie vielleicht sogar schon herausgefunden, dass er Evan umgebracht hatte?

Meg wich ein Stück zurück. „Mir gefällt das Geräusch, mit dem der Fluss dort unten entlangfließt. Es ist irgendwie so beruhigend."

„Vielleicht möchtest du es dir ja mal aus der Nähe anhören", dachte er. Ihre Stimme hatte sich verändert, sie klang jetzt kälter. Oder bildete er sich das nur ein?

„Soll ich dir noch was Merkwürdiges erzählen?", fragte sie. „Ellen hat Brian besucht. Er war der Erste, mit dem sie sich hier in Shadyside getroffen hat. Findest du das nicht seltsam?"

Tony entfuhr ein kurzes Keuchen. „Ellen? Sie hat – *was*?" Er war zu aufgeregt, um seinen Schrecken über diese Nachricht zu verbergen.

Er packte Meg an den Armen. Spannte die Beine an. Holte tief Luft.

„Was ist denn los, Tony?", fragte sie mit weicher Stimme.

„Nichts."

In seinem Kopf drehte sich alles. Für einen Moment war ihm so schwindelig, dass er dachte, er würde selbst in den Abgrund stürzen.

Halt suchend hielt er sich an Meg fest. Was würde es bringen, sie zu töten? Sie wusste doch nichts. Bis jetzt hatte sie nichts rausgefunden. Meg umzubringen würde ihm überhaupt nicht weiterhelfen.

Brian und Ellen waren das Problem. Nicht Meg.

Okay. Du sollst weiterleben, Meg. Und du sollst deine Überraschungsparty haben. Aber die Party war im Grunde genommen nicht das Problem. Das Problem waren Brian und Ellen.

„Ich werde mit ihnen zusammen auf der Party sein", dachte er. „Und ich werde sie keine Sekunde aus den Augen lassen."

Plötzlich fiel ihm die Pistole wieder ein, die sein Vater in einem Schrank im Keller aufbewahrte. Die Schachtel mit den Patronen lag gleich daneben auf dem Regal.

Die Pistole. Natürlich. Ich könnte die Pistole mitnehmen. Nur zur Sicherheit. Man kann schließlich nie wissen. Nur für alle Fälle.

Ja. Ich werde sie Samstagabend mitnehmen.

Für Brian. Und Ellen.

Zu meinem eigenen Schutz.

Brian hat schon einmal versucht, mich zu verraten. Wer weiß, was Ellen und er besprochen haben. Aber ich werde auf alles vorbereitet sein. Bestens vorbereitet.

„Tony, was ist los? Du machst ja so ein komisches Gesicht." Meg sah ihn besorgt an. Zum ersten Mal bemerkte er so etwas wie Misstrauen in ihrem Blick.

„Äh … nichts. Mir ist nur kalt. Lass uns zum Auto zurückgehen."

„Aber … willst du mich denn nicht einmal küssen?"

„Dich küssen? Oh ja. Na klar."

Er legte die Arme um Meg, küsste sie und dachte dabei an die Pistole, die im Kellerschrank auf ihn wartete.

19

Samstagabend

Meg parkte am Bordstein und sah den Hügel zu Tante Amys Haus hinauf. Eine Kette winziger gelber Lämpchen führte neben den steinernen Stufen bis nach oben. „Ich hab echt keine Lust, noch mal da hochzulaufen", dachte Meg.

Sie hupte. Von Ellen war nichts zu sehen. Sie hupte noch einmal. Endlich! Ellen erschien auf der Veranda und machte ihr ein Zeichen, dass sie sofort runterkommen würde.

Meg winkte zurück und war dankbar, dass sie nicht aussteigen musste. Sie war so nervös, dass sie sich fragte, ob sie überhaupt eine Sekunde der Party genießen würde. Sue, Lisa und sie hatten den ganzen Tag geschuftet, um im Halsey Manor House zu putzen und aufzuräumen, alles mit Ballons und Blumen zu dekorieren und das Essen und die Getränke heranzuschaffen.

„Ich sollte mich eigentlich auf die Party freuen", dachte sie. „Aber ich habe Angst, dass Ellen den Abend ätzend finden wird. Und mich dann bis in alle Ewigkeit hassen wird. Wie konnte ich bloß so blöd sein?"

Doch als Ellen die Stufen heruntergehüpft kam und lächelte, baute sie das wieder auf. Schließlich hatte Ellen sie früher nie hängen lassen. Und heute würde sie das bestimmt auch nicht tun. Vielleicht freute sie sich sogar, dass ihre Freunde wegen ihr so einen Wirbel machten.

Es war ein kühler und stürmischer Abend. Das Wetter konnte sich offensichtlich noch nicht entschließen, sommerlich warm zu bleiben. Ellen trug einen engen roten Minirock, schwarze Strumpfhosen und ein langärmliges schwarzes Oberteil. Sie sah wunderhübsch aus.

Meg hatte einen türkisfarbenen Pulli von Esprit – ihr einziges teures Stück – und eine enge, ausgewaschene Jeans an.

„Hi. Wo ist Sue?"

„Wir holen sie gleich ab", sagte Meg und fuhr los. „Du siehst toll aus."

„Danke. Du auch. Wo holen wir Sue denn überhaupt ab?", fragte Ellen und rutschte im Sitz ein Stück tiefer. „Bei ihr zu Hause?" Sie machte ein bedrücktes Gesicht. Meg konnte verstehen, dass sie dort lieber nicht hinwollte. Schließlich war es auch Evans Zuhause gewesen.

„Nein. Wir holen sie im alten Halsey Manor House ab." Meg versuchte, ganz beiläufig zu klingen, so als würde sie Sue jeden Tag dort abholen.

„Was? Das alte Herrenhaus im Fear-Street-Wald?" Ellen war total verblüfft.

Meg nickte und hielt den Blick auf die Straße gerichtet. Sie wusste, dass sie eine furchtbar schlechte Lügnerin war, und hoffte, dass Ellen sie nicht mit Fragen bombardieren würde.

„Was macht sie denn da?", fragte Ellen.

„Äh … keine Ahnung. Sie hat mich nur gebeten, sie dort abzuholen." Meg hatte beschlossen, dass ein einfaches *Keine-Ahnung* ihr weniger Ärger einbrocken würde, als wenn sie sich irgendeine komplizierte Geschichte ausdachte. „Wie geht's deiner Tante? Fühlst du dich wohl bei ihr?", fragte sie und versuchte, das Thema zu wechseln.

Ellen seufzte und ließ sich noch tiefer in den Sitz sinken. „Ach, ich weiß nicht", sagte sie traurig und betrachtete die vertrauten Häuser, die in der Dunkelheit an ihnen vorbeirauschten. „Vielleicht hätte ich doch nicht zurückkommen sollen. Da sind so viele Erinnerungen …"

„Na, toll", dachte Meg. „Und ich hab nichts Besseres zu tun, als sie in ein Haus voller Erinnerungen und alter Freunde zu schleppen!"

Sie bog in die Fear Street ein und fuhr zügig am Friedhof und den verschachtelten, heruntergekommenen Häusern auf der anderen Straßenseite vorbei.

Meg sah, wie Ellen fröstelte und die Augen schloss, weil sie jetzt am Fear-Street-Wald vorbeifuhren. „Ich hasse diesen Ort", sagte Ellen. Sie öffnete die Augen wieder. „Wir machen ja heute Abend die reinste Stadtrundfahrt, was?"

„Sieht so aus", murmelte Meg. Sie wusste nicht, was sie sagen sollte. Die Party bei Sue zu feiern wäre genauso schlecht gewesen. „Gib's zu", dachte sie bei sich, „sie überhaupt zu feiern ist ein Fehler. Ellen ist noch nicht über das hinweg, was letztes Jahr passiert ist. Möglicherweise wird sie nie darüber hinwegkommen."

Meg fuhr den schmalen, unbefestigten Weg entlang, der sich durch den Wald zum Halsey Manor House schlängelte. Ihr fiel nichts ein, worüber sie mit Ellen sprechen konnte. Sie fühlte sich genauso verkrampft wie bei ihrem ersten Wiedersehen. Und als im Licht der Scheinwerfer das massive Steingebäude vor ihnen auftauchte, überfiel sie ein Gefühl der Furcht, genauso groß und bedrückend wie das alte Herrenhaus, das vor ihnen aufragte.

„Frankensteins Schloss", murmelte Ellen. „Ich bin seit Jahren nicht mehr hier gewesen. Früher wurden hier Geburtstagspartys gefeiert. Ziemlich düstere Geburtstagspartys."

„Na, dann herzlich willkommen zu einer anderen düsteren Party", dachte Meg. Sie überfiel der heftige Drang, vor der Villa zu wenden und Ellen auf direktem Wege zum Haus ihrer Tante zurückzubringen. Oder einfach immer weiter durch die Nacht zu fahren, bis es keine vertrauten Häuser, keine vertraute Landschaft und keine Erinnerungen mehr gab …

Doch sie hielt direkt vor dem Eingang des alten Hauses. Sonst waren keine Wagen zu sehen. Denn die Gäste waren gebeten worden, hinter dem Haus zu parken. Zwei schwach leuchtende Glühbirnen beleuchteten die bogenförmige Eingangstür, die wie das Portal eines Schlosses aussah.

„Geh du sie holen", sagte Ellen. „Ich krieg hier echt eine Gänsehaut."

Meg öffnete die Wagentür. „Nein. Bitte komm mit. Lass mich da nicht alleine reingehen."

Ellen runzelte die Stirn und nahm die Knie vom Armaturenbrett. „Dir ist das auch nicht ganz geheuer, was?" Sie stieg aus dem Wagen und strich ihren Minirock glatt. „Okay. Dann komm, wir gehen zusammen rein."

Meg war so nervös, dass sie fast über ihre eigenen Füße stolperte. Sie hatte vorher noch nie eine Überraschungsparty organisiert. Und als sie jetzt die schwere

Tür aufstieß und in die Eingangshalle trat, schwor sie sich, es auch nie wieder zu tun.

Ihre Sohlen quietschten auf dem dunklen Marmorfußboden. Im Haus war es still. Ein riesiger, tief hängender Kronleuchter schaffte es, den Raum halbwegs zu beleuchten.

„Ich glaube, hier geht's lang", sagte Meg und tat so, als würde sie sich nicht richtig auskennen. Sie ging durch die große Eingangshalle und öffnete eine massive Holztür am anderen Ende. Der Raum dahinter war dunkel.

„Hier rein", sagte Meg.

Ellen folgte ihr nur zögerlich. Meg hatte ganz wacklige Knie, und sie merkte, wie schnell ihr Atem ging. „Ich bin in meinem ganzen Leben noch nie so nervös gewesen", dachte sie. „Bitte, bitte, lass es keinen totalen Reinfall werden!"

„Überraschung!"

Das Licht ging an und beleuchtete Dutzende von grinsenden Gesichtern.

Ellen blickte Meg völlig verständnislos an.

„Seht sie euch doch mal an!", rief Sue quer durch den Raum. „Sie ist echt überrascht."

Meg starrte Ellen an und wartete darauf, dass sie lächelte, eine Spur des Wiedererkennens, der Anerkennung oder der Freude zeigte.

Aber es erschien kein Lächeln.

Ellen sah völlig entsetzt aus.

20

Samstagnacht

Die Bilder der nächsten Minuten brannten sich wie Schnappschüsse in Megs Gedächtnis ein. Sue, die Ellen umarmte. Ellen, die endlich ein gequältes Lächeln aufsetzte. Lisa, die darüber lachte, wie überrascht Ellen ausgesehen hatte. Ellen, die scherzhaft zu Meg sagte, sie würde schon einen Weg finden, es ihr heimzuzahlen. Tony und Ellen, die sich steif begrüßten. Tony, der Meg gratulierte, dass sie die ganze Sache aufgezogen hatte. Jede Menge Leute, die sich um Ellen drängten, um sie zu begrüßen. Ellen, die sich langsam entspannte, je mehr Gäste auf sie zukamen.

„Das läuft doch richtig gut!", schrie Sue Meg ins Ohr, um sich über den Lärm hinweg verständlich zu machen.

Meg zuckte erschrocken zusammen. Sie hatte nicht damit gerechnet, dass sich jemand von hinten an sie heranschlich.

„Hast du Ellens Gesicht gesehen? Sie war echt total überrascht", sprudelte Sue hervor und verschwand dann gleich wieder, um sich mit ein paar anderen Leuten zu unterhalten. Meg ging hinüber zu Tony, der allein am Rand stand. „Es ist so heiß hier drin. Warum ziehst du deine schwere Lederjacke nicht aus?", fragte sie.

„Ist schon okay", sagte er genervt. Die Jacke beulte sich über seiner Taille merkwürdig aus, und er behielt beide Hände krampfhaft in den Taschen.

„Sieht Ellen nicht toll aus?", sagte Meg, die schon ein viel besseres Gefühl wegen der Party hatte.

„Ja, ich glaube schon."

„Hast du schlechte Laune, oder was? Das hier ist eine Party, falls es dir noch nicht aufgefallen ist." Warum fauchte sie Tony jetzt an? Wahrscheinlich war sie doch immer noch aufgeregt.

„Hör auf damit, ja?", murmelte er. „Du weißt, dass ich Partys nicht besonders mag."

Sie küsste ihn spontan auf die Wange. „Tanzt du später mal mit mir?"

„Vielleicht." Er zwang sich zu einem Lächeln.

Langsam wurde es in dem großen Raum lauter und lauter. Da heute auch noch die Ferien angefangen hatten, waren alle in Fetenstimmung.

Lisa redete lebhaft auf Ellen ein, gestikulierte mit den Händen und lachte. Aber Ellen war ganz offensichtlich nicht bei der Sache und schaute über Lisas Schulter. Meg folgte ihrem Blick: Ellen starrte zu Tony hinüber.

Tony starrte zurück, machte ein finsteres Gesicht und sah weg.

„Was ist denn heute mit ihm los?", dachte Meg. Aber dann wollte jemand von ihr wissen, wo die Pappteller waren, und sie vergaß es wieder.

Als sie ein paar Minuten später zurückkam, unterhielt sich Ellen angeregt mit einigen Freunden. Lisa und Steve standen mitten im Raum und schienen sich tatsächlich mal zu vertragen. Ein paar Meter entfernt hatte Tina den Arm besitzergreifend um Dwayne gelegt. Gelächter und laute Stimmen hallten durch den riesigen Raum. Alles in allem war es eigentlich eine ziemlich coole Party, fand Meg.

„Na los – dreh die Musik auf!", rief Sue, die zum zweiten Mal plötzlich hinter ihr auftauchte und sie erschreckte. „Und zwar richtig! Das wird eine tolle Party!"

Meg hatte sich Tonys tragbaren CD-Player ausgeliehen. Er war fast so groß wie ihre Stereoanlage zu Hause. Als sie durch den Raum ging, um eine CD einzulegen, hielt Ellen sie am Arm fest. „Super Party!", sagte sie und umarmte Meg. „Was für eine Überraschung! Ich bin ein bisschen … überwältigt."

„Ich dachte, du wärst vielleicht wütend auf mich", erwiderte Meg und kicherte. Sie merkte, dass sie Ellens nervöses Gickeln jetzt auch schon übernommen hatte.

„Das war total süß von dir", sagte Ellen. „So etwas hab ich gar nicht verdient."

„Red doch keinen Quatsch", schnaubte Meg. „Wir vermissen dich, Ellen. Besonders ich."

„Ich vermisse dich auch." War da etwa eine Träne in Ellens Auge? Das sah ihr gar nicht ähnlich, so sentimental zu sein. Die Idee mit der Überraschungsparty musste sie echt gerührt haben.

„Ich werd mal eine CD reinschieben", sagte Meg verlegen und lief weiter.

Dwayne trat ihr in den Weg. Sie wäre beinahe in ihn hineingerannt. „Hast du Sue gesehen?", fragte er.

„In letzter Zeit nicht", antwortete Meg kühl. Sie blickte sich suchend nach Tina um und entdeckte sie am anderen Ende des Raums. Sie hatte den Arm um einen anderen Jungen gelegt.

„Sag ihr, dass ich sie suche, okay?"

„Klar, Dwayne." Meg ließ ihn stehen und lief schnell weiter. Dann suchte sie aus einem ganzen Stapel CDs ihre Lieblingsmusik aus.

Gleich darauf dröhnte die Musik los. Es war ein irrer Klang in dem großen, höhlenartigen Raum. Mehrere Paare begannen zu tanzen. Meg suchte nach Tony, konnte ihn aber nirgendwo entdecken. Nach einer Weile fand sie ihn. Er saß ganz allein mit einer Cola in der Hand in einer Ecke.

„Willst du tanzen?", rief sie ihm zu und bewegte sich im Takt der Musik.

„Vielleicht später", sagte Tony. Er nahm einen großen Schluck aus seiner Dose und starrte an ihr vorbei auf Ellen. Meg fiel auf, dass er trotz der Hitze im Raum immer noch seine Lederjacke anhatte.

„Starke Party", sagte Lisa, die sich zwischen die beiden schob und Meg umarmte. „Das hast du super hingekriegt."

„Wir alle zusammen!", erwiderte Meg glücklich. „Ich finde, wir verdienen …"

Sie sollte diesen Satz nie beenden. Ein Aufruhr beim CD-Player erregte ihre Aufmerksamkeit. Die Musik brach mitten im Stück ab. Jemand schrie. Die paar Leute, die tanzten, drehten sich verblüfft um.

„Hey, was soll denn das?"

„Brian!"

Meg und Sue rannten auf ihn zu. Brian stand zwischen dem Tisch mit dem CD-Player und der Tür. Um den oberen Teil seines Kopfs war immer noch ein weißer Verband gewickelt.

„Die Rückkehr der Mumie!", rief jemand, und ein paar Leute lachten.

„Ruhe, verdammt noch mal!", schrie Brian über das Gelächter hinweg.

„Brian, was machst du hier?", rief Meg.

Aus dem Verband funkelten sie seine Augen seltsam an. Ein hämisches Grinsen verzog sein Gesicht. Er hob gebieterisch beide Arme, um für Ruhe zu sorgen.

„Brian, bitte ...", jammerte Meg, aber er schien sie gar nicht zu hören.

„Was ist denn mit dem los?", fragte Ellen, die sich mit besorgter Miene neben Meg gestellt hatte. „Was hat er vor?"

„Hört die Worte eines Zauberers der vierten Ebene!", rief Brian mit dröhnender Stimme und hoch erhobenen Armen.

In dem riesigen Raum wurde es plötzlich totenstill. Niemand rührte sich.

„Ich besitze nun die Macht! Denn ich habe die vierte Ebene erreicht! Heute Nacht werde ich Evan zurückbringen!"

„Nein!", schrie Ellen verängstigt. Sie zerrte mit beiden Händen panisch an ihren langen blonden Haaren und zitterte am ganzen Körper.

„Ich werde ihn aufhalten!", brüllte Tony und wollte auf Brian zustürmen. Er ballte eine Hand zur Faust und schob die andere in seine Lederjacke.

„Nein, warte ..." Meg hielt ihn zurück.

„Ich werde Evan zurückbringen – *jetzt*!", rief Brian. Er senkte langsam die Arme und zeigte mit beiden Händen zur Tür.

Die Tür begann, sich wie in Zeitlupe zu öffnen. Eine Gestalt stand in dem schwachen Licht, das vom Korridor hereinfiel.

Jemand trat langsam in den Raum.

„Soll das ein schlechter Witz sein?", ächzte Sue.

Tony erstarrte, eine Hand in der Lederjacke.

Brian hatte ein triumphierendes Leuchten in den Augen, als die hoch gewachsene Gestalt ins Licht trat.

Einige Leute schnappten nach Luft. Andere schrien auf.

Vor ihnen stand Evan.

21

Samstagnacht

„Nein! Das bist du nicht!", schrie Tony.

Evan starrte ihn finster an. Seine Augen wirkten weiß in dem grellen Licht. Er zeigte anklagend auf Tony und machte einen großen Schritt auf ihn zu.

„Nein! Du bist doch tot!", kreischte Tony mit panisch verzerrtem Gesicht. Er zog die Hand aus der Jacke. Und umklammerte eine große schwarze Pistole. Er schwang sie wild durch die Gegend, den Lauf zur Decke gerichtet.

„Ich weiß, dass du tot bist, weil ..."

Evan machte noch einen Schritt auf Tony zu.

„Tony ... die Pistole ...", rief Meg. „Wo hast du die ... Warum ...?"

„Okay, okay!", schrie Tony mit sich überschlagender Stimme. „Ich weiß, warum du hier bist, Evan. Ich werde es ihnen erklären! Ich werde ihnen die ganze Geschichte erzählen! Ich werde ihnen sagen, wer dich getötet hat!"

„Mike! Was soll denn das?", rief Sue. Sie wandte sich an Tony. „Das ist doch gar nicht Evan – es ist Mike, mein Halbbruder! Um Himmels willen, nimm endlich die Pistole runter!"

„Ich weiß nicht, was er vorhat, aber ich muss ihm die Waffe wegnehmen, bevor irgendwas Schlimmes passiert", dachte Meg. Sie stolperte vorwärts und griff verzweifelt nach der Pistole. Aber Tony zog sie im letzten Moment weg. Er versetzte Meg einen harten Stoß und richtete die Waffe auf Mike.

„Okay. Ich werde alles erzählen!", rief Tony. „Das ist es doch, was du willst, nicht wahr? Na gut, dann hört mal alle her! Ich weiß, wer Evan getötet hat. Ich werde euch jetzt alles erzählen. Ich …"

In diesem Moment ging das Licht aus.

Rufe und laute Schreie hallten durch den Raum. Alle stürzten panisch in Richtung Tür. Meg tastete blind nach Tony. Sie wollte ihn festhalten, ihm die Waffe wegnehmen. Warum hatte er sich so erschrocken? Was wollte er allen gestehen?

Gestehen?

Ja. Tony war im Begriff gewesen, etwas zu gestehen.

Meg begann zu zittern. Brians Warnung fiel ihr wieder ein. Und sie kapierte plötzlich, dass Brian und Mike sich diese Szene ausgedacht haben mussten.

Um Tony einen Schrecken einzujagen …

Ein lauter Schuss, nur Zentimeter von ihr entfernt, ließ sie zusammenzucken und laut aufschreien. Jemand kreischte in Panik. Stühle fielen um, als alle versuchten, blindlings aus dem pechschwarzen Raum zu flüchten.

„Nein – bitte!", schrie Meg. „Macht das Licht an! Na los, macht es an!"

Sekunden später wurde es wieder hell. Meg blickte zu Boden. Tony lag zusammengekrümmt vor ihren Füßen, die Augen traten ihm vor Angst aus dem Kopf, und er umklammerte mit einer Hand seine Schulter. Blut lief seinen Arm hinunter und durchtränkte den Teppich.

„Tony …"

„Ich … ich bin getroffen!" Er schien es nicht fassen zu können. „Ich bin getroffen!", wiederholte er ungläubig.

„Haltet ihn auf!", rief ein Mädchen.

Wen aufhalten?

Meg blickte hoch. Jemand lief zur Tür. Es ging alles so schnell, dass sie nicht sicher war, ob sie ihren Augen trauen konnte. Aber es stimmte. Es war Dwayne. Und er hatte Tonys Pistole in der Hand.

„Haltet ihn auf! Er hat auf Tony geschossen!"

Dwayne stolperte über einen Klappstuhl und landete bäuchlings auf dem Boden. Doch Tonys Pistole hatte er immer noch umklammert, er drehte sich blitzschnell um und bedrohte alle mit der Waffe. Während er langsam aufstand, wanderten seine dunklen Augen hin und her und behielten alle im Blick.

„Ich wäre beinahe entkommen", keuchte er. „Wirklich schade, dass ihr das Licht angemacht habt."

„Dwayne, warum hast du auf Tony geschossen?", schrie Meg.

Tony, der sich auf dem Boden wand, stöhnte auf und hielt sich die blutende Schulter.

„Halt die Klappe! Halt einfach die Klappe!", brüllte Dwayne Meg an und zielte mit der Waffe auf sie. Sie konnte sehen, dass er verzweifelt überlegte, was er jetzt tun sollte. Offensichtlich hatte er vorgehabt, Tony zu erschießen und dann in der Dunkelheit zu verschwinden. Aber jetzt hatten alle gesehen, wie er versucht hatte zu entkommen.

Warum? Warum hatte Dwayne auf Tony geschossen? Und warum war Tony überhaupt mit einer Waffe zur Party gekommen?

„Ich hatte keine Wahl", knurrte Dwayne, während seine Augen nervös über die Leute in dem großen Raum schweiften. „Ich wollte nicht, dass mich jemand verfolgt."

Er machte eine schnelle Bewegung und packte Ellen

am Arm. Dann hielt er ihr den Lauf der Pistole an die Schläfe. „Du kommst mit mir. Ich finde, du bist die Richtige. Schließlich hast du auch mitgeholfen, Evan zu töten."

Meg traute ihren Ohren nicht. Ellen hatte mitgeholfen, Evan zu töten? Ellen *auch*? Was hatte Dwayne damit gemeint?

„Nein, lass mich …", bettelte Ellen.

Aber Dwayne zerrte sie zur Tür, die Waffe fest gegen ihre Schläfe gepresst. „Wenn mir jemand folgt, ist sie erledigt!", rief Dwayne. Niemand bewegte sich. Denn keiner zweifelte daran, dass er es ernst meinte.

„Jemand muss ihn aufhalten", dachte Meg. „Wir können ihn doch nicht mit Ellen abhauen lassen. Er hat schon auf Tony geschossen. Wir dürfen nicht zulassen, dass er auch auf sie schießt. Das ist alles nur meine Schuld. Meine Party – meine Schuld!"

Meg merkte, dass sie nicht klar denken konnte. Sie war viel zu verängstigt, um einen klaren Gedanken zu fassen. Aber sie wusste, dass sie im Schatten etwas tun musste. Schnell huschte sie an der Wand entlang.

Dwayne konnte sie nicht sehen. Er bewegte sich rückwärts auf die Tür zu. Wenn sie vor ihm dort war, konnte sie ihn überrumpeln und ihm die Pistole entreißen. Dann hätte Ellen eine Chance wegzulaufen.

Die Leute standen in kleinen Grüppchen zusammen, vor Angst wie erstarrt. Meg huschte geduckt zwischen ihnen hindurch und betete, dass Dwayne sie nicht entdeckte.

In ihrem Kopf drehte sich alles. Der Boden unter ihren Füßen bebte. Die Wände kamen auf sie zu. Aber sie schlich leise weiter in Richtung Tür.

„Niemand bewegt sich! Zwingt mich nicht, etwas zu tun, was ich gar nicht will", brüllte Dwayne. Er hatte jetzt den Arm um Ellens Taille gelegt und schleppte sie quer durch den Raum. Die Waffe hatte er von ihrer Schläfe genommen und fuchtelte nun wie wild damit herum.

Meg erreichte die Tür als Erste.

Sie holte tief Luft. Dwayne war nur noch einen guten Meter entfernt und kam ihr rückwärts näher. Die Waffe war in Reichweite.

Sie konnte einfach die Hand ausstrecken und …

Doch dann fuhr er herum und sah sie.

Blitzschnell schubste er Ellen zu Boden, als Meg sich auf die Pistole stürzte.

Mitten in der Bewegung sah sie sein Gesicht. Seine Augen.

Und sie wusste, dass es zu spät war.

Dwayne packte Megs Arm und wirbelte sie herum. Er knallte sie hart gegen die Wand und drückte ihr die Waffe so fest an den Hals, dass sie vor Schmerz aufschrie. „Na, dann mal los, meine Süßen. Du kommst auch mit, Meg. Ich wollte schon immer mal zwei Freundinnen haben!"

Auf einmal schien alles im Zeitraffer abzulaufen. Es ging viel zu schnell, um zu verstehen, was geschah.

Plötzlich standen sie zu dritt in dem dunklen Gang. Dwayne schubste die beiden Mädchen mit der Pistole vor sich her.

Ellen starrte mit ausdruckslosem Gesicht ins Leere. Versuchte sie, so zu tun, als würde das alles gar nicht passieren? Meg blieb stehen, um Widerstand zu leisten, aber Dwayne zwang sie weiter und presste ihr den Lauf der Waffe ins Genick. Das Metall war eiskalt und jagte ihr frostige Schauer über den Rücken.

„Sie werden draußen nach uns suchen", meinte er. Seine Stimme klang ruhig und kalt, so kalt wie die Waffe in Megs Nacken. „Also bleiben wir drinnen."

Er schob sie vor sich her und schubste sie auf die Kellertreppe zu. Meg stolperte und wäre beinahe gefallen, aber er packte sie am Arm und zerrte sie auf die Füße. „Sie werden wahrscheinlich die ganze Nacht den Wald durchkämmen. Und wir sitzen warm und gemütlich hier im Haus. Ich und meine beiden Freundinnen. Richtig gemütlich." Er lachte. Sein Plan schien ihm sehr zu gefallen.

„Warum?", stieß Meg hervor. Ihre Stimme klang erstickt und piepsig.

„Lauf weiter", befahl er und versetzte ihr einen so harten Stoß, dass sie beinahe die gefliese Treppe hinuntergestürzt wäre.

„Warum?", wiederholte sie. „Warum hast du auf Tony geschossen?"

„Ich musste es tun. Ich konnte doch nicht wissen, wie viel dieser blöde Idiot weiß. Ich konnte nicht zulassen, dass er allen erzählt …"

„*Was* erzählt?"

„Dass ich Evan getötet habe."

22

Samstagnacht

„Aber Tony hat Evan umgebracht!", rief Ellen. „Ich habe es doch gesehen!"

Meg blieb stehen und stieß einen unterdrückten Entsetzensschrei aus. „Tony? Was sagst du da, Ellen?"

„Tony hat Evan umgebracht", wiederholte sie.

„Das ist unmöglich …", stammelte Meg.

„Meg, du hast doch keine Ahnung", sagte Ellen bitter.

„Na los, weiter", befahl Dwayne und winkte mit der Pistole.

Wo waren sie? Dwayne hatte sie in einen Teil des Hauses gebracht, der noch nicht renoviert worden war. Sie liefen durch eine endlose Flucht dunkler Zimmer. Zimmer voller zugedeckter Möbel, Zimmer, in denen sich der Staub vieler Jahre angesammelt hatte, leere Zimmer, Zimmer voll seltsamer Werkzeuge und Geräte.

Dwayne öffnete eine weitere Tür, und sie stolperten in den nächsten Raum. Er tastete nach dem Lichtschalter und knipste das Licht an. Es war eine große Küche. Sie war von Spinnweben durchzogen und mit Staub bedeckt und schien schon seit ewiger Zeit verlassen zu sein. Schmutzige Kupferpfannen hingen an Haken über ihren Köpfen. An der Wand stand ein fettbespritzter Herd, und hölzerne Regale waren mit Töpfen und Geschirr vollgestopft, das seit Jahren nicht mehr benutzt worden war. Der ganze Raum roch nach Schimmel und Verfall.

„Perfekt", sagte Dwayne und sah sich um. „Ich hänge

gern in einer warmen, gemütlichen Küche rum. Ihr nicht?" Er kicherte in sich hinein. „Der gute, alte Dwayne hat's mal wieder geschafft. Hier unten werden sie uns nie finden. Wir machen es uns ein bisschen bequem, und wenn sich die ganze Aufregung etwas gelegt hat, verschwinden wir unbemerkt." Er machte den beiden Mädchen ein Zeichen, sich neben dem Herd auf den Boden zu setzen.

Er richtete nacheinander die Pistole auf die beiden und tat so, als würde er sie erschießen.

„Du hast wirklich einen tollen Sinn für Humor, Dwayne", murmelte Ellen.

„Halt die Klappe", sagte Dwayne und lachte, als hätte er gerade einen Witz gemacht.

„Was soll das alles?", fragte Ellen. „Ich habe doch gesehen, wie Tony Evan getötet hat. Warum bist du so ausgerastet? Was geht in deinem kranken Hirn vor?"

„Ihr habt die Wahrheit also nie rausgefunden?" Dwayne war wirklich geschockt.

„Ich *kenne* die Wahrheit", beharrte Ellen selbstsicher. „Ich war schließlich dabei. Tony und ich sind Evan zusammen in den Fear-Street-Wald gefolgt. Wir haben uns große Sorgen um ihn gemacht, weil ich ihm kurz vorher gesagt hatte, dass ich mit ihm Schluss machen will."

„Du wolltest *was*?", rief Meg. Das ergab alles keinen Sinn für sie. Ellen hatte mit Evan Schluss gemacht?

„Es tut mir leid, Meg. Wirklich", sagte Ellen. „Aber du musst irgendwann mal erwachsen werden, Kleine. Tony und ich haben uns hinter deinem Rücken getroffen. Ich wollte mit ihm gehen. Und das habe ich Evan gesagt."

„Du und Tony, ihr wart ein Paar?" Meg versuchte, ganz ruhig zu bleiben, aber das war alles zu viel für sie.

„Ja. Ich und Tony. Na ja, du kannst dir sicher vorstellen, wie Evan es aufgenommen hat. Er hat einen Anfall gekriegt. Ist total abgedreht. Dann hat er sich das Jagdgewehr seines Vaters geschnappt und ist in den Wald gerast. Dabei hat er gebrüllt, er wolle einfach irgendwas abknallen. Egal, was. Tony und ich sind ihm gefolgt. Wir haben uns Sorgen um ihn gemacht. Er war so außer sich. Wir wollten ihn beruhigen. Aber sobald wir ihn eingeholt hatten, fingen Tony und Evan an, um das Gewehr zu kämpfen. Es ging los und … Evan war tot. Tony hatte ihn umgebracht."

„Das glaube ich nicht", sagte Meg matt. Sie zog die Knie an, schlang die Arme darum und legte ihren Kopf darauf. „Tony war auch im Wald? Das kann nicht sein! Brian hat doch gesagt …"

„Brian kam, ungefähr eine Minute nachdem Tony Evan erschossen hatte. Er überraschte uns dabei, wie wir gerade überlegten, was wir jetzt tun sollten. Tony war völlig außer sich. Er sagte, er würde es so aussehen lassen, als hätte Evan sich selbst erschossen, als wäre es ein Unfall gewesen. Dann drohte er Brian und mir. Er sagte, er würde uns beide umbringen, wenn herauskäme, dass er mit uns zusammen im Wald gewesen war. Brian und ich haben seinen Gesichtsausdruck gesehen. Wir wussten, dass er es ernst meinte."

„Ich … ich glaub das nicht. Ich glaub das einfach nicht", murmelte Meg.

„Jetzt kannst du dir genauso gut auch noch den Rest anhören", fuhr Ellen fort. „Tony rannte weg, nachdem er dafür gesorgt hatte, dass es wie ein Unfall aussah. Ich war total hysterisch und konnte überhaupt nicht mehr klar denken. Brian ging es genauso. Sobald Tony verschwunden war, haben wir Hilfe geholt. Das ganze letzte Jahr haben Brian und ich unser Geheimnis, dass Tony Evan umgebracht hat, bewahrt. Wir hatten einfach zu viel Angst, um auszupacken."

„Kein Wunder, dass Tony die ganze Zeit so komisch gewesen ist", sagte Meg.

Dwayne lachte. Meg sah zu ihm hinauf. Für einen Augenblick hatte sie fast vergessen, dass er und seine Pistole noch da waren. Aber warum lachte er? Was war denn so lustig?

„Hey, Ehre, wem Ehre gebührt", sagte er.

„Wovon redest du, Dwayne?", fragte Ellen.

„Ich dachte, Tony hätte die Wahrheit rausgefunden. Und als plötzlich dieser Evan-Doppelgänger auftauchte, dachte ich, er würde jetzt allen erzählen, dass ich Evan erledigt habe." Er lachte und schüttelte den Kopf.

Er lief hektisch in der Küche auf und ab und wirbelte die Pistole um seinen Zeigefinger.

„Aber wie hast du Evan umgebracht?", fragte Ellen hartnäckig. „Ich habe doch gesehen, wie die beiden um das Gewehr gekämpft haben. Und ich habe gesehen, wie Evan in das Gewehr stürzte."

Dwayne schüttelte den Kopf.

„Kapierst du es immer noch nicht? Tony hat Evan nicht getötet. Ich hab's getan. Brian und ich haben im Wald *Dungeons and Dragons* gespielt, als wir einen Schuss hörten. Brian meinte, wir müssten hingehen und nachsehen. Ich wollte nicht. Ich sagte zu ihm, ich würde nach Hause gehen. Aber ich bin ihm gefolgt, ohne dass er mich gesehen hat."

„Also warst du auch da?", rief Ellen.

„Ich habe alles beobachtet. Die ganze Szene. Ich dachte auch, Tony hätte Evan auf dem Gewissen. Aber nachdem ihr alle verschwunden wart, bin ich näher rangegangen und hab nachgeschaut. Evan war nicht tot. Er war noch nicht mal getroffen. Er hatte sich nur den Kopf an einem Stein angestoßen und war bewusstlos."

„Oh nein!", stöhnte Ellen. „Evan war noch am Leben. Und du ..."

Dwayne nickte. „Ich habe Evan gehasst. Schon immer. Er wollte nicht, dass ich mit Sue ausgehe. Er hat mich nicht mal mit ihr reden lassen. Ich war nicht gut genug für seine Schwester. Er hat dafür gesorgt, dass ich mich wie der letzte Dreck gefühlt habe. Der Unfall im Wald ... das war meine Chance. Ich nahm das Gewehr und verpasste Evan einen Denkzettel. Einen endgültigen Denkzettel. Er war schließlich schon tot, nicht wahr? Wenigstens waren drei andere Leute davon überzeugt. Ich hab's also nur ... offiziell gemacht."

„Das ist das Schrecklichste, was ich je gehört habe", schrie Meg. Sie zitterte am ganzen Körper. Ihr Mund war so trocken, dass sie das Gefühl hatte, fast zu ersticken. Ihre Hände und Füße waren eiskalt.

Dwayne stieß ein widerliches, schrilles Kichern aus. „Es ist schrecklich, nicht wahr?", sagte er großspurig. „Das Witzige ist, dass es so einfach war. Und irgendwie hat es sogar Spaß gemacht."

„Uns wird er als Nächste umbringen", schoss es Meg durch den Kopf. „Er hat Evan getötet. Und das war für ihn scheinbar nicht schlimmer als eine Fliege zu erschlagen. Er lacht sogar darüber. Und dort oben hat er Tony angeschossen. Wir werden die Nächsten sein. Er hat uns zu viel erzählt. Wir wissen alles. Wir werden hier nie wieder rauskommen."

Dwayne grinste auf Meg und Ellen hinunter. Es war, als könne er ihre Gedanken lesen. Er ließ die Waffe bedrohlich durch die Luft wirbeln und starrte die beiden an.

„Ich muss was tun", dachte Meg. „Ich kann hier nicht einfach so rumsitzen. Ich muss wenigstens versuchen, uns hier rauszukriegen."

„Wie konntest du jemanden einfach so umbringen?", schrie Ellen Dwayne an, die Stimme voller Abscheu und neu erwachter Furcht.

„Ganz einfach. So." Er richtete die Pistole auf sie und legte den Finger auf den Abzug.

„Nein, nicht ..." Ellen hob schützend die Hände.

Dwayne lachte und machte ein knallendes Geräusch mit den Lippen.

„Er wird nicht mehr lange nur so tun, als wollte er uns erschießen", dachte Meg. „Bald wird er wirklich abdrücken."

„Können wir aufstehen?", fragte Meg. „Meine Beine schlafen langsam ein."

„Ja, klar", meinte Dwayne, der Ellen immer noch anstarrte. „Warum nicht?" Er wirbelte die Pistole wieder um den Finger und ließ sie dabei fallen. Scheppernd landete sie auf dem harten Betonboden.

Meg zog Ellen hoch. Und als Dwayne sich hinunterbeugte, um die Pistole aufzuheben, flüsterte sie Ellen ins Ohr: „Iiiihh! Eine Maus!"

Dwayne schnappte sich die Pistole und drehte sich schnell wieder zu ihnen um. „Ihr beiden seid ganz schön langsam", sagte er mit einem höhnischen Grinsen. „Ihr hättet die Gelegenheit zum Weglaufen nutzen können."

„Wo sollen wir denn hinlaufen?", murmelte Meg entmutigt.

Sie fragte sich, ob Ellen sie verstanden hatte. Aber sie traute sich nicht, sie anzusehen. Denn Dwayne beobachtete sie zu scharf.

Meg wusste, dass sie irgendwas tun musste. Es sei so einfach gewesen, Evan zu töten, hatte Dwayne gesagt. *Sie* würde es ihm nicht so leicht machen.

Den Rücken fest gegen die kalte, gekachelte Wand gepresst, bewegte sie sich ein winziges Stück auf Ellen zu und stieß sie ganz leicht an. Du bist dran, Ellen. Erinnerst du dich noch an unser Spiel? *Iiiihhh! Eine Maus!*

Bitte, Ellen!

„Was ist denn da los?", rief Dwayne plötzlich und hob die Waffe.

„Iiiihh!", schrie Ellen aus voller Kehle, ein ohrenbetäubender Schrei tiefsten Entsetzens, und deutete hinter Dwayne. „Eine Maus!"

Erschrocken drehte Dwayne sich um.

Meg wusste, dass sie nur einen Moment Zeit hatte. Weniger als einen Moment.

Sie griff nach oben und schnappte sich eine der großen Kupferbratpfannen von der Wand. Sie war schwerer, als sie gedacht hatte. Aber davon ließ sie sich nicht ablenken.

In einer einzigen fließenden Bewegung nahm sie sie herunter, holte aus und schlug zu, als Dwayne sich wieder umdrehte.

Sie traf ihn voll auf den Kopf.

Dwayne stieß keinen Laut aus.

Nur seine Augen klappten zu.
Dann ging er zu Boden.
Schnell hob Meg die Pistole auf. „Lass uns nach oben gehen", stieß sie hervor. „Irgendwer hat bestimmt schon die Polizei gerufen."
Sie warfen noch einen letzten Blick auf Dwayne, der bewusstlos auf dem Boden lag. Dann rannten sie aus der schmuddeligen Küche und liefen durch das Gewirr der dunklen, muffigen Räume zur Kellertreppe.

23

Sonntagnachmittag

"Dann war es also Tony, der die ganze Zeit versucht hat, die Party zu verhindern?" Sue warf Mike quer durchs Zimmer ein paar geringelte Socken zu, und er ließ sie in seinen Koffer fallen. Sue und Meg halfen ihm beim Packen, weil er wieder zurück ins Internat musste.

"Ja, er war es", sagte Meg und schüttelte den Kopf. "Was war ich doch für ein Idiot!"

"Warst du nicht", sagte Sue. "Du warst ... äh ..."

"Gutgläubig", kam Mike ihr zu Hilfe. Er legte eine Jeans zusammen und packte sie in den Koffer.

"Das ist nur ein anderes Wort für *Idiot*", jammerte Meg.

"Meg, so kenne ich dich ja gar nicht", sagte Sue. "Du hast eine schlimme Zeit hinter dir. Das haben wir alle. Aber du darfst nicht zulassen, dass du daran, äh ..."

"Verzweifelst", beendete Mike, wie so oft, Sues Satz.

"Ich ... ich denke, ich habe eine Menge daraus gelernt." Meg seufzte tief.

"Geht es Tony so weit gut?", fragte Sue.

"Er hat eine Menge Blut verloren, aber zum Glück ist der Krankenwagen gestern Nacht so schnell gekommen. Die Ärzte meinten, er würde wieder gesund werden", sagte Meg ruhig. Sie wusste, dass dieser Teil ihres Lebens vorbei war. Sie hatte sich so an Tony gewöhnt. Wie es wohl in Zukunft ohne ihn sein würde?

Sue hielt ein paar dreckige Socken hoch. "Willst du die etwa einpacken, Mike?"

„Nein, ich wollte sie dir schenken. Herzlichen Glückwunsch zum Geburtstag."

Sue schmiss die Socken in den Koffer. „Die riechen auch nicht schlimmer als der Rest deiner Klamotten."

„Ich habe übrigens mit Mr Colavito gesprochen", sagte Meg. „Er wird dafür sorgen, dass Tony Hilfe bekommt. Der arme Tony ist ganz schön fertig mit den Nerven. Es wird wahrscheinlich eine Zeit dauern, bis es ihm wieder besser geht."

„Überlegt doch mal, wie Tony sich das letzte Jahr gefühlt haben muss", sagte Mike und schüttelte den Kopf. „Die ganze Zeit hat er gedacht, dass er Evan getötet hätte. Und er hat ein Jahr lang Angst gehabt, dass es jemand rausfinden könnte, dass sein Leben für immer ruiniert wäre. Und dann stellt sich raus, dass er Evan gar nicht umgebracht hat. Das ist ganz schön heftig."

„Armer Tony. Arme Ellen", seufzte Sue. „Und armer Brian. Die sind alle ganz schön arm dran."

„Wo ist Ellen überhaupt?", fragte Mike.

„Sie ist heute Morgen zurückgefahren", berichtete Meg. „Ich frage mich, ob wir sie wohl jemals wiedersehen."

Sie verstummten für eine Weile, während jeder an die schrecklichen Szenen der letzten Nacht dachte. Heller Sonnenschein fiel durch die Gardinen, die in der warmen Brise flatterten.

„Euer Cousin Brian ist vielleicht ein komischer Typ", sagte Mike nach einer Weile. „Als er mit dieser Idee zu mir kam, dass ich so tun sollte, als wäre ich Evan, hab ich zuerst gedacht, er spinnt."

„Das haben wir alle gedacht", meinte Meg. „Armer Brian. Er hatte schreckliche Angst vor Tony. Und er hat sich total in dieses Fantasyspiel vergraben, damit er sich nicht mit dem wirklichen Leben auseinandersetzen musste."

„Aber wenn Brian und Ellen nicht gewesen wären, hätten wir die Wahrheit vielleicht nie erfahren", sagte Mike nachdenklich.

„Brian und Ellen?", fragte Meg überrascht.

„Ja. Die beiden haben sich das zusammen ausgedacht. Ich meine, dass ich auf der Party als Evan auftauchen sollte", erklärte Mike.

„Deswegen hat Ellen Brian also besucht!" Meg ging ein Licht auf. „Um deinen kleinen Auftritt zu planen."

„Dann wusste sie also von der Überraschungsparty", schlussfolgerte Sue.

„Ja. Brian hat's ihr verraten", meinte Mike. „Die beiden haben es nicht länger ausgehalten. Sie mussten die Wahrheit ans Licht bringen. Sie wollten, dass alle über Tony Bescheid wissen und über das, was im Fear-Street-Wald wirklich passiert ist. Eigentlich wollten sie schon seit Monaten zur Polizei gehen. Aber sie waren sich nicht sicher, ob man ihnen glauben würde."

„Brian war als durchgeknallter Zauberer ziemlich überzeugend", kicherte Meg.

„Er war verdammt mutig", sagte Mike und klappte seinen Koffer zu.

„Du aber auch", versicherte ihm Meg. Sie wandte sich ab, weil ihr plötzlich Tränen in die Augen stiegen. Erst langsam holte sie alles ein.

Sue kam um das Bett herum und setzte sich neben sie. Tröstend legte sie ihr einen Arm um die Schulter. „Dir wird's bald wieder besser gehen", sagte sie sanft.

Meg wischte sich die Tränen mit dem Handrücken

weg. Dann begleiteten Meg und Sue Mike die Treppe hinunter.

Er blieb in der Diele stehen und setzte seinen Koffer ab. „Könntest du Dad sagen, dass ich fertig bin?", bat er Sue.

„Aye, aye, Sir." Sie lief in den Garten.

Mike drehte sich zu Meg um und lächelte sie an. „Weißt du, ich komme im Juli zurück", sagte er. „Vielleicht können wir dann mal zusammen ins Kino gehen oder so."

Meg erwiderte sein Lächeln. „Das wäre schön", sagte sie. „Da wäre nur ... äh ... eine Sache ..."

„Und zwar?"

„Bitte – keine Partys!"

Tödliche Liebschaften

Wenn die Nacht zum Verhängnis wird …

Prolog

Ich starrte in das offene Grab meiner Freundin.

„Liebe Gemeinde, wie können wir über einen solchen Verlust hinwegkommen?", fragte Pfarrer Morrissey. „Ein junges Mädchen, das sein ganzes Leben noch vor sich hatte, ist uns durch einen sinnlosen Unfall genommen worden."

Mir stiegen Tränen in die Augen. Ich wollte nicht weinen, nicht vor all den Leuten hier.

Ich zwang mich, den Pfarrer anzusehen, während er über Dana redete.

„Was weiß der schon von ihr?", überlegte ich. „Ich bin der Einzige, der Dana wirklich gekannt hat."

Die Worte des Pfarrers verschwammen, und seine Stimme wurde immer leiser. Was sagte er? Ich konnte ihn nicht mehr verstehen.

„Jetzt verliere ich den Verstand", dachte ich. „Es ist einfach zu viel. Ich kann nicht mehr."

Ich ließ mich neben dem Grab auf den Boden sinken.

„Warum, Dana? Warum bloß?"

Ich sah in das tiefe Loch. Es war so dunkel da unten. So schrecklich dunkel. Unwillkürlich fröstelte ich und zog meine Jacke enger um mich.

Es erinnerte mich an die Nacht, in der Dana starb ...

Es war ein heißer Abend gewesen – über vierzig Grad und unheimlich schwül. Ich hatte Dana überreden können, sich mit mir in den Garten unserer Nachbarn zu schleichen, die einen Swimmingpool hatten. Das Haus war leer, der Garten still und dunkel.

Wir zogen uns bis auf die Badesachen aus. Dann nahm ich Dana an der Hand und führte sie zum Pool – einem schwarzen Loch in der Dunkelheit.

Dana stieg die Leiter zum Sprungbrett hinauf. Oben drehte sie sich um und winkte mir zu. Ich konnte zwar kaum ihr Gesicht erkennen, doch ich sah, dass sie lächelte. Ich winkte zurück.

Das Brett knarrte laut, als sie drei Schritte machte und hoch in die Luft sprang, um zu einem perfekten Kopfsprung anzusetzen.

Ihr Kopf schlug zuerst auf dem Betongrund des Pools auf.

Ungefähr eine Minute lang blieb ich stehen und lauschte. Dann kletterte ich vorsichtig in den Pool hinunter und kniete mich neben Dana auf den harten Boden.

Sie atmete noch. Ihre Augen waren weit aufgerissen und schimmerten in der Dunkelheit. Sie starrten mich fassungslos an.

Langsam breitete sich eine dunkelrote Blutlache um ihren Kopf herum aus.

Ich beobachtete Dana.

Ich wartete, bis sie ihren letzten Atemzug gemacht hatte.

Dann schrie ich um Hilfe.

Nun starrte ich in Danas offenes Grab. Jemand packte mich an den Schultern und zog mich hoch. Ich hörte die Trauernden hinter mir schluchzen.

Ich wischte die Erinnerungen an jene Nacht weg und

beobachtete die Friedhofsarbeiter, die Danas Sarg mit einer großen Eisenkurbel in der Grube versenkten.

„Ach, Dana! Warum hast du mich gezwungen, dich umzubringen?"

„Nein", ermahnte ich mich. „Das ist nicht wahr!"

Ich hatte sie nicht umgebracht. Ich hatte zwar gewusst, dass in dem Pool kein Wasser war – aber ich hatte Dana nicht hineingestoßen. Sie war von sich aus gesprungen.

Ich betrachtete die Trauergäste, die sich um das Grab versammelt hatten.

„Niemand verdächtigt mich", beruhigte ich mich. „Alle haben Mitleid mit mir. Es ist der perfekte ..."

Fast hätte ich Mord gedacht. Doch es war kein Mord.

Ich hatte es tun müssen, denn ich hatte keine andere Wahl gehabt. Darin würde mir jeder recht geben.

Am Anfang unserer Beziehung wirkte Dana unheimlich süß. Sie war ein echt nettes Mädchen, und ich liebte sie sehr. Doch dann fing sie an, es zu übertreiben.

Sie begann, superkurze Miniröcke zu tragen und sich Make-up ins Gesicht zu schmieren. Sie benahm sich einfach unmöglich.

„Ach, Dana! So sollte man sich wirklich nicht aufführen! Wie konntest du so etwas tun?"

Die Arbeiter schaufelten Erde und Kies auf den Sarg und füllten das Grab auf.

„Das nächste Mal weiß ich es besser", beschloss ich. „Das nächste Mal lasse ich die Finger von Mädchen wie Dana Potter."

Ich will nämlich nie mehr dabei zusehen müssen, wie meine Freundin stirbt.

Wirklich nicht.

1

Crystal Thomas fuhr sorgfältig mit dem Lippenstift über ihre volle Unterlippe. Dann lächelte sie sich im Badezimmerspiegel an.

Sie griff wieder nach ihrem schnurlosen Telefon. Das Gespräch dauerte schon über eine Stunde. „Okay, jetzt habe ich ihn drauf", sagte sie zu ihrer besten Freundin Lynn Palmer.

„Den Todeskuss?", erkundigte sich Lynn.

„Ja."

„Und? Wie wirkt er?"

Crystal grinste zufrieden.

„Super, was?", fragte Lynn, als könnte sie Crystals Lächeln sehen. „Ich habe dir doch gleich gesagt, dass es eine heiße Farbe ist."

Die Mädchen kicherten.

Gestern hatten die beiden Freundinnen je drei Lippenstifte im Einkaufszentrum erstanden. Lynn war fest davon überzeugt gewesen, dass der Todeskuss Crystal gut stehen würde. Sie hatte behauptet, der Farbton würde Crystals rotbraune Locken erst richtig zur Geltung bringen.

Also hatte Crystal ihn ausprobiert. Und er gefiel ihr.

Sie ging zurück in ihr Zimmer. „Hey, ist dir eigentlich klar, was morgen für ein Tag ist?"

„Lass mich raten, vielleicht Montag?", lachte Lynn ins Telefon.

„Unser erster Tag in der Highschool", antwortete Crystal und ließ sich auf ihr Bett fallen.

Vielleicht war es kindisch, aber sie war unheimlich aufgeregt. Es würde ein wichtiges Jahr für sie werden, das spürte sie.

„Ja, ich weiß. Junior High", erwiderte Lynn missmutig.

„Na, du klingst aber begeistert." Crystal schubste einen Stapel Zeitschriften auf den Boden, um sich auf dem Bett ausbreiten zu können.

Lynn seufzte.

„Was hast du?", fragte Crystal.

„Nichts."

„Lass den Quatsch!", sagte Crystal.

Sie kannte Lynns Launen – und Lynn kannte ihre. Die beiden Freundinnen konnten sich nichts vormachen.

Sie waren seit der dritten Klasse befreundet. Seit dem Jahr, in dem Crystals Vater bei einem Autounfall ums Leben gekommen war. Im selben Jahr war Crystals Mutter mit ihr und ihrer älteren Schwester Melinda nach Shadyside gezogen. Sie wohnten nun in einem kleinen Haus in der Fear Street.

Am allerersten Tag in ihrer neuen Schule hatte Crystal einsam auf dem Spielplatz gestanden und sich sehnlichst gewünscht, mit jemandem quatschen zu können. Plötzlich hatte Lynn sie angerempelt. Sie war irgendeinem Jungen hinterhergerannt, wie Crystal sich noch erinnern konnte.

„Manche Dinge ändern sich nie", dachte sie nun.

An jenem Tag waren sie gemeinsam im Krankenzimmer der Schulschwester gelandet, denn Crystal hatte von dem Zusammenstoß eine blutige Nase davongetragen und Lynn eine große Beule. Seitdem waren sie beste Freundinnen.

„Komm schon, Lynn. Sag mir, was mit dir los ist", drängte Crystal und hielt sich den Hörer ans andere Ohr.

„Ach, ich glaube, ich werde niemals einen Typen treffen, der mich ernsthaft interessiert. Jemanden, mit dem ich wirklich zusammen sein will", jammerte Lynn.

„Das Gefühl kenne ich nur zu gut", dachte Crystal betrübt. Auch sie wollte endlich einem Jungen begegnen, der was Besonderes war. „Dein Date mit Kyle gestern Abend war wohl nicht der Hit", sagte sie.

„Irgendwie stimmt die Chemie zwischen uns nicht", versuchte Lynn zu erklären.

„Aber er ist doch echt nett", erwiderte Crystal.

„Schon", gab Lynn zu. „Aber er küsst bescheuert."

„Was? Komm, erzähl schon!", drängte Crystal.

„Ach, sein Mund fühlt sich an wie ein Waschlappen. Er sabbert beim Küssen!"

Die Mädchen kreischten gleichzeitig los. Crystal wippte entsetzt mit den Füßen auf und ab. Igitt, wie eklig!

„Und dann wäre da noch Jake", fuhr Lynn fort. „Der ruft mich bestimmt hundert Mal am Tag an."

„Aber Jake ist doch total lieb!", protestierte Crystal.

„Ja, ich weiß", erwiderte Lynn düster.

„Ach, dir gefällt aber auch gar keiner, der dich mag", sagte Crystal vorwurfsvoll.

„Würdest du mit Jake ausgehen?", fragte Lynn schrill zurück.

Crystal überlegte. Sie war gern mit Jake zusammen, und sie mochte sogar seine doofen Witze. Doch, Jake war ein guter Kumpel. Aber sie konnte sich nicht vorstellen, ihn als Freund zu haben. „Nein", gab sie zu. „Ich glaube nicht."

„Jeder zweite gut aussehende Typ in Shadyside würde alles darum geben, mit mir auszugehen. Aber irgendwie öden sie mich alle an", stöhnte Lynn.

Crystal verdrehte die Augen. Lynn liebte es, zu jammern und gleichzeitig anzugeben. Jeder zweite gut aussehende Typ? Wohl kaum!

„Du wirst dem Richtigen mit Sicherheit noch begegnen", versprach Crystal ihr.

„So wie du?", spottete Lynn.

Crystal richtete sich auf und wackelte mit den Zehen. „Tolle Farbe", dachte sie und betrachtete den frisch aufgetragenen Nagellack. „In diesem Jahr werde ich meinem zukünftigen Freund begegnen", verkündete sie.

„An der Highschool von Shadyside? Na, viel Glück", erwiderte Lynn ironisch.

Die Zehennägel waren fertig. Jetzt waren die Fingernägel dran. Suchend sah Crystal sich im Zimmer nach ihrem Lieblingsnagellack um.

Ihr Zimmer war wie gewöhnlich ein Schlachtfeld. Klamotten, Bücher, alte Puppen, die sie schon lange wegräumen wollte, Briefe, Zeitschriften und diverse andere Gegenstände häuften sich auf dem Boden, dem Bett, dem Stuhl und dem Schreibtisch.

„Demnächst wird hier mal für Ordnung gesorgt", versicherte sie sich. „Bald."

„Hey", fragte Lynn, „hast du schon einen Blick auf deine neuen Nachbarn geworfen?"

Crystal ging mit dem schnurlosen Telefon ans Fenster. „Nein. Bislang habe ich nur die Umzugsleute und massenweise Möbel gesehen. Den armen Jungs läuft der Schweiß herunter; sie müssen das ganze Zeug bei dieser Hitze ins Haus schleppen."

„Ist ein Süßer dabei?", wollte Lynn wissen.

„Warte mal", entgegnete Crystal. „Da unten tut sich was."

„Sind es die Nachbarn?"

„Ein neuer blauer Kombi", berichtete Crystal. „Er parkt in der Einfahrt. Jetzt gehen die Türen auf … die Mutter steigt aus. Jetzt der Vater. Beide sind ziemlich groß. Sie sehen gut aus. Und ihr Sohn ist … ist …"

„Los, sag schon!", drängte Lynn.

„Oh, wow", flüsterte Crystal in den Hörer.

„Crystal! Was? Los sag!", befahl Lynn.

„Der ist einfach umwerfend", schwärmte Crystal.

„Komm schon, ich will Einzelheiten hören", drängte Lynn.

Crystal beugte sich aus dem Fenster, um ihn besser sehen zu können. „Er ist ungefähr in unserem Alter. Groß. Sieht muskulös aus. Kurzes braunes Haar. Erinnert mich etwas an Keanu Reeves."

Sie beobachtete, wie der Junge lächelte und sich angeregt mit den Umzugsleuten unterhielt. Dann ging er über den Rasen und verschwand im Haus.

„Die Show ist vorbei", verkündete Crystal. „Er ist reingegangen. Aber er ist echt – wow!"

„Okay", meinte Lynn trocken, „du kannst jetzt mit dem Unsinn aufhören. Ich glaub dir kein Wort. Er ist zum Abgewöhnen, stimmt's?"

„Du wirst es nicht glauben", flüsterte Crystal.

„Warum flüsterst du eigentlich?", erkundigte sich Lynn. „Er kann dich doch nicht hören. Es sei denn, er hat Röntgenohren."

„Du wirst es nicht glauben", wiederholte Crystal aufgeregt. „Rate mal, welches Zimmer der Typ hat!"

„Das gibt's doch nicht!", kreischte Lynn schrill.

„Doch. Sein Zimmer liegt genau gegenüber von meinem!" Crystal wich vom Fenster zurück und spähte verstohlen durch den Vorhang.

Sie hatte ein schlechtes Gewissen, weil sie ihren neuen Nachbarn ausspionierte. Aber sie konnte einfach nicht widerstehen.

„Kannst du ihn immer noch sehen?", fragte Lynn.

„Mhm." Crystal beobachtete, wie der Junge einen Karton auf sein Bett hob. Sie konnte sehen, wie sich die Muskeln unter seinem Hemd anspannten.

„Oh Gott, jetzt zieht er sein T-Shirt aus!", stellte Crystal aufgeregt fest und ließ den Vorhang los.

„Erzähl's mir!", forderte Lynn sie auf.

„Nein, ich schaue nicht mehr hin", protestierte Crystal. „Ich fühle mich schon wie ein Voyeur."

„Ach, komm. Das ist doch bloß sein T-Shirt", sagte Lynn verdrossen.

Crystal spähte wieder durch den Vorhang. Der Junge saß auf seinem Bett und holte Klamotten aus dem Karton heraus. „Er hat einen richtigen Waschbrettbauch", berichtete sie. „Sicher macht der dauernd Fitnesstraining. Und – huch!"

Plötzlich stand der Junge auf und ging ans Fenster.

Er starrte hinaus.

Hatte er sie etwa gesehen?

2

Hastig trat Crystal vom Fenster zurück und stolperte über die Zeitschriften auf dem Fußboden. Sie streckte die Arme aus, um sich abzufangen, und ließ dabei das Telefon fallen. Als sie es wieder aufhob, war die Verbindung unterbrochen.

„Was ist passiert?", kreischte Lynn, nachdem Crystal sie erneut angerufen hatte.

„Tut mir leid", sagte Crystal und schloss die Augen. Ihr war ein bisschen mulmig zumute.

„Was macht er jetzt?", rief Lynn in den Hörer. „Sag schon, was macht er?"

Crystals Gesicht brannte vor Scham. „Ich weiß nicht. Aber ich bin ziemlich sicher, dass er mich gesehen hat."

„Na und? Schau hin! Schau rüber!"

„Warte." Crystal linste aus dem Fensterwinkel zum Nachbarhaus hinüber. Der Junge hatte das Rollo ganz heruntergelassen.

„Er hat das Rollo runtergemacht", stellte Crystal betrübt fest. „Das beweist es. Er hat mich gesehen."

„Na und?"

„Na und?", wiederholte Crystal aufgebracht. „Was soll ich jetzt sagen, wenn ich ihm begegne? ‚Ach, hallo, ich bin Crystal – die, die du neulich dabei erwischt hast, als sie dich beobachtet hat!' Na toll, damit mache ich einen guten Eindruck bei ihm!"

„Warum musste ich ihn bloß ausspionieren?", dachte Crystal. „Ein Supertyp zieht gegenüber ein, und ich habe es vermasselt!"

Lynn schnaubte verächtlich. „Wenn er wirklich so toll ist, muss er daran gewöhnt sein, dass die Mädchen ihn anstarren."

„Er ist wirklich so toll!", erwiderte Crystal ernst.

„Vielleicht ist er ja der Junge, dem ich dieses Jahr begegnen soll", dachte sie. „Der Junge von nebenan."

Das Mädchen von nebenan. Für wen hielt es sich eigentlich? Einfach in mein Zimmer zu starren! Und dann das enge T-Shirt mit dem tiefen Ausschnitt und die Jeans! Und der Mund mit knallrotem Lippenstift angeschmiert!

Ätzend.

Ich beobachtete sie, während sie kichernd telefonierte. Ich musste zugeben, dass sie wirklich richtig hübsch war. Sie hatte so hohe Wangenknochen wie ein Fotomodell. Und rotbraunes, lockiges Haar, das ihr auf die Schultern fiel.

Sah aus, als wüsste sie genau, dass man ihr nicht widerstehen kann. Ganz schön eingebildet!

Meine Familie war gerade aus Harris weggezogen. Weg aus der Stadt, in der Dana Potter gewohnt hatte. Und was geschah? Wir zogen in ein Haus, in dem gleich nebenan ein Mädchen wohnte, das ihr ganz ähnlich sah! Aber ich würde die Finger von der Rothaarigen lassen. Ich würde nicht zulassen, dass etwas Schreckliches passierte.

Nein, auf gar keinen Fall!

Was mit Dana geschehen war … war einmalig. Ein Unfall.

Ich würde mich von dem Mädchen einfach fernhalten. Und dieses Mal …

Ich starrte auf meine Hände. Sie zitterten. Ich steckte sie rasch in meine Hosentaschen.

„Dieses Mal werde ich mich vorbildlich benehmen", sagte ich mir.

Es würde keine Unfälle geben.

Niemand müsste sterben.

3

„Das ist er!"

Crystal zuckte voller Panik zusammen, als ein Klopfen an ihrer Haustür ertönte. Was sollte sie sagen? Wie sollte sie sich verhalten?

„Was würde Lynn an meiner Stelle machen?", fragte sie sich, während sie die Treppe hinunterrannte.

Lynn würde mit ihrer verführerischen heiseren Stimme reden, die sie sich aus den Demi-Moore-Filmen abgeschaut hatte. Und sie würde sich ganz nah vor ihn stellen.

„Aber ich bin nicht Lynn", dachte Crystal. „Ich würde mir wie eine Idiotin vorkommen."

Sie holte tief Luft und öffnete die Haustür.

Auf der Veranda stand Lynn. Sie hatte sich sorgfältig zurechtgemacht und ihr blondes Haar in Hunderte von winzigen Zöpfen geflochten.

Sie schob sich die Sonnenbrille auf die Nasenspitze und blinzelte Crystal über ihren Rand hinweg an. „Gefällt's dir?", fragte sie und schüttelte ihre Zopfmähne.

„Super!", bestätigte Crystal.

„Warum wirkst du dann so enttäuscht?"

„Ich hatte eigentlich gehofft, es sei jemand anders", gab Crystal zu.

„Ach so." Lynn nickte und warf einen Blick auf das Nachbarhaus. „Ich weiß, wen du meinst."

Crystal kicherte. „Komm rein."

„Mann, hast du ein Glück, so nahe neben ihm zu wohnen", sagte Lynn.

„Ja, klar." Crystal verdrehte die Augen und ging mit Lynn in die Küche. „Ich habe ihn erst fünfmal gesehen und vielleicht sechs Worte mit ihm gewechselt."

„Und das war ja wohl nicht gerade ein großer Fortschritt", dachte Crystal. Bisher hatte sie nur seinen Namen herausgefunden: Scott. Scott Collins.

Crystal nahm eine Packung Schoko-Eiscreme aus dem Gefrierschrank und holte zwei Löffel aus der Schublade.

„Du kannst wohl Gedanken lesen", freute sich Lynn und ging ans Fenster, um einen Blick auf Scotts Haus zu werfen.

„Hoffentlich sieht er uns nicht, sonst wird er wieder denken, ich würde ihn ausspionieren", sagte Crystal, als sie sich mit der Eisschachtel neben Lynn ans Fenster stellte.

„Und – tust du das etwa nicht?", zog die Freundin sie auf.

Sie starrten auf Scotts Haus und löffelten die Eiscreme. „Rate mal, was Jake mir erzählt hat", flüsterte Lynn.

„Warum flüsterst du?", flüsterte Crystal zurück.

Lynn lachte. „Keine Ahnung", gab sie zu. „Scott wird Stürmer im Football-Team. Jake sagt, mit Scott könnten die Tigers Meister werden."

Schweigend sahen sie aus dem Fenster.

„Lynn, wie nett, dich zu sehen!"

Crystal zuckte zusammen. Sie drehte sich um. Ihre Mutter war in die Küche gekommen.

„Hallo, Mrs Thomas", sagte Lynn. „Wie geht es Ihnen?"

Mrs Thomas füllte Wasser in den Teekessel und zündete einen Gasbrenner auf dem Herd an. Sie warf den beiden Mädchen einen musternden Blick zu.

„Ihr habt euch ja richtig fein gemacht", bemerkte sie. „Findet etwa eine Party statt, von der ich nichts weiß?"

Crystal und Lynn lachten.

„Nein, keine Party", antwortete Crystal und sah Lynn an. Das enge Kleid der Freundin war neu. Wahrscheinlich hatte Lynn extra Klamotten gekauft, um Scott auf sich aufmerksam zu machen.

Mrs Thomas lächelte die Mädchen an. „Ist wohl ein Geheimnis, wie?"

Crystal nickte. Ihre Mum war manchmal richtig cool. Sie musste nicht dauernd alles wissen, so wie die Mütter ihrer Freundinnen.

„Was machst du heute, Mum?", fragte sie.

„Ich?", erwiderte Mrs Thomas erstaunt. „Ich weiß nicht. Das Übliche."

Crystal wusste, was das bedeutete: Mum würde zu Hause bleiben. Allein.

Das machte sie wie immer traurig. Sie wünschte, ihre Mutter würde einen Freund finden. Mrs Thomas war seit dem Tod von Crystals Dad nicht ein Mal – nicht ein einziges Mal – mit einem Mann ausgegangen.

„Dabei ist sie so hübsch", dachte Crystal. Ihre Mutter hatte strahlend grüne Augen und lockiges rotbraunes Haar – wie Crystal. „Ich wette, viele Männer würden gern mit ihr ausgehen. Wenn sie bloß ein bisschen Interesse zeigen würde!"

Mrs Thomas unterhielt sich mit den Mädchen, während sie ihren Tee aufgoss; dann ging sie ins Wohnzimmer und schaltete den Fernseher ein.

„Alle Mädchen in Shadyside reden schon über Scott",

bemerkte Lynn, als sie sich wieder vor das Küchenfenster stellten. „Alle fragen sich, wen er wohl um ein Date bitten wird."

Crystal hörte ein Knarren auf der Treppe. Einen Augenblick später schlurfte ihre Schwester Melinda in die Küche.

„Ach, hallo", sagte Melinda, überrascht, Lynn zu sehen.

„Hi, Mel", entgegnete Crystal freundlich. „Komm doch rein."

Melinda ging zur Spüle, nahm ein Glas aus dem Geschirrständer und füllte es mit Wasser.

Lynn hatte sich noch nicht mal die Mühe gemacht, Melindas Begrüßung zu erwidern. Crystal sah sie finster an.

„Hi, Melinda", sagte Lynn.

Ein unbehagliches Schweigen erfüllte den Raum, während Melinda ihr Wasser trank. „Wie geht's?", wollte sie schließlich von Lynn wissen.

„Ach, fast hätte ich es vergessen", warf Lynn ein und wandte sich wieder Crystal zu. „Rate mal, wem ich heute Vormittag in der Turnhalle begegnet bin! Das errätst du nie – Todd Warner."

„Oje", dachte Crystal bestürzt und warf einen Blick auf Melinda. Ihre Schwester runzelte düster die Stirn.

„Es ist doch nicht meine Schuld, dass Lynn Todd erwähnt", dachte Crystal unglücklich.

„Ach, du hast Todd gesehen?", fragte Crystal und bemühte sich, gelangweilt zu klingen. Sie wünschte, Lynn würde das Thema wechseln.

„Er geht jetzt in Warfield aufs College", fuhr Lynn fort. „Aber du hättest echt hören sollen, wie er nach dir gefragt hat, Crystal! Der hat dich mit Sicherheit noch nicht vergessen."

Im vergangenen Jahr war Melinda ernsthaft in Todd verliebt gewesen. Nicht, dass sie ihm die leiseste Andeutung gemacht hätte. Und dann hatte Todd sich mit Crystal verabredet ... und Melinda war total ausgerastet.

„Habe ich was Falsches gesagt?", fragte Lynn. Nervös drehte sie an einer Haarsträhne und sah erst Crystal und dann Melinda an.

„Nein", antwortete Melinda verkrampft. „Es ist Crystal bloß peinlich, weil sie mir Todd weggeschnappt hat."

„Das ist nicht wahr, Melinda!", widersprach Crystal heftig. „Ich habe ihn dir nicht weggeschnappt. Ich bin ihm ein paarmal im Einkaufszentrum begegnet, und dann hat er sich mit mir verabredet. Was hätte ich tun sollen?"

„Du warst doch gar nicht an ihm interessiert. Du hast doch bloß –" Melinda unterbrach sich. Sie nahm die Brille ab und rieb sich die Augen. „Vergiss es einfach, okay?"

„Okay", stimmte Crystal rasch zu.

Ein langes, angespanntes Schweigen entstand.

„Also, Melinda", ergriff Lynn schließlich das Wort. „Wie findest du euren neuen Nachbarn?"

Melinda wurde rot.

„Wie traurig!", dachte Crystal. „Melinda wirft mir vor, ich hätte ihr Todd weggeschnappt. Aber bei Jungs wird sie so schüchtern, dass sie noch nicht mal über sie reden kann, ohne verlegen zu werden. Und dann ihre Klamotten! Wie kann sie erwarten, dass ein Junge sich für sie interessiert, wenn sie ständig diese grauenhaften braunen Pullis und ausgeleierten Jeans trägt? Als hätte sie Angst davor, hübsch zu sein."

„Scott sieht ziemlich gut aus", musste Melinda zugeben.

„Mel geht in dieselbe Englischklasse wie Scott", informierte Crystal ihre Freundin.

Lynn riss die Augen weit auf. „Du gehst in dieselbe Klasse wie er? Echt wahr? Dann siehst du ihn ja fast jeden Tag! Wie ist er denn?"

Melinda zuckte mit den Schultern. Sie trank einen großen Schluck Wasser, bevor sie antwortete. „Er wirkt nett. Ich weiß nicht. Er ist ziemlich still. Eher zurückhaltend."

„Also, ich sag euch was", meinte Lynn. „Ich werde mit dem Typen ausgehen."

Crystal schüttelte den Kopf. „Dann wirst du mit Scott und mir mitkommen müssen – und mit allen anderen Mädels von der Shadyside Highschool!" Sie lachte.

„Okay. Wir sind also beide auf ihn scharf!", rief Lynn.

Crystal merkte, dass Melinda wieder rot wurde. Sie wandte sich Lynn zu. „Dann müssen wir ein paar Regeln aufstellen, um unsere Freundschaft nicht zu gefährden. Du weißt schon, von Anfang an."

„In Ordnung", stimmte Lynn fröhlich zu. „Was zum Beispiel?"

„Regel Nummer eins: Egal, wer von uns mit ihm ausgeht – du oder ich ... oder Melinda –"

„Hör bloß auf", stöhnte Melinda. „Bei so einem Typen habe ich doch nicht die geringste Chance!"

„Das ist nicht wahr", widersprach Crystal. Sie konnte es nicht ausstehen, wenn Melinda sich selbst heruntermachte. Klar war ihre Schwester nicht unbedingt attraktiv, dazu auch noch schüchtern und etwas langweilig. Aber wenn sie sich bemühen würde, hätte auch sie bei den Jungen Chancen.

„Es ist wahr", beharrte Melinda und starrte ins Wasserglas. Sie drehte sich um und stellte es im Spülbecken ab, wo es scheppernd umfiel.

Erbost funkelte Crystal sie an. „Du versuchst es ja noch nicht mal! Darf ich dir eine Kleinigkeit verraten, die einen großen Unterschied machen würde? Ich sag ja nicht, du sollst dir die Fingernägel lackieren. Aber du könntest sie doch wenigstens mal feilen und –"

„Crystal, bitte –", sagte Melinda warnend.

Ihre Schwester seufzte. „Okay. Tut mir leid."

Crystal wandte sich wieder an Lynn. „Egal wer von uns mit ihm ausgeht, du, ich oder Melinda –", dabei grinste sie Melinda schielend an, und ihre Schwester musste lachen, „die anderen beiden versprechen, dass sie sich für diejenige freuen. Was meint ihr?"

„Abgemacht", sagte Lynn.

Melinda konnte sich nicht zu einer Antwort aufraffen.

„Regel Nummer zwei", fuhr Crystal fort und streckte zwei Finger in die Höhe. „Keine schmutzigen Tricks. Keine Versuche, die anderen auszustechen."

Lynn klatschte in die Hände. „Au ja, wie unser eigener kleiner Wettbewerb!"

„Also dann", verabschiedete sich Melinda. „Ich geh wieder mein Buch lesen."

„Was liest du denn?", rief Crystal ihr hinterher. Melinda sollte nicht glauben, sie müsste verschwinden.

Ihre Schwester antwortete, ohne sich umzudrehen: „Stolz und Vorurteil."

Lynn folgte Melinda aus der Küche. „Ich bin gleich wieder da", rief sie Crystal zu. „Ich muss auf die Toilette."

Sie blieb im Türrahmen stehen und wandte sich um. „Ach, das habe ich fast vergessen. Ich hab dir ja was mitgebracht. Hier – teste ihn mal."

Sie warf Crystal einen kleinen Gegenstand zu. Es war ein neuer Lippenstift – Mokka Glanz.

„Danke", rief Crystal ihrer Freundin hinterher. Die glänzende Kaffeefarbe wirkte so appetitlich, dass sie am liebsten reingebissen hätte. Crystal malte ihre Lippen an und betrachtete ihr Spiegelbild in der Tür des Backofens.

Plötzlich hatte sie das Gefühl, beobachtet zu werden. Sie warf einen Blick über die Schulter. „Lynn?", rief sie.

Niemand antwortete.

Sie spähte aus dem kleinen Fenster über dem Spülbecken.

Scott stand in seinem Garten – und starrte sie durch das Fenster an! Er hielt eine Hacke in der Hand. Anscheinend wollten die Nachbarn den Garten neu bepflanzen.

Crystal zwang sich zu einem Lächeln. „Vielleicht gefalle ich ihm ja", dachte sie.

Zu ihrer großen Bestürzung machte Scott ein angewidertes Gesicht.

Er hob die Hacke mit beiden Händen hoch über den Kopf.

Dann schlug er damit auf die Erde ein. Immer wieder.

Crystal keuchte vor Schreck. „Was ist denn mit dem los?", murmelte sie verdutzt.

Irgendwas stimmte hier nicht.

4

„Ich habe es satt zu warten, bis Scott mich endlich zur Kenntnis nimmt", verkündete Lynn. Entschlossen nahm sie ihr Lunchtablett und steuerte auf den Tisch zu, an dem die Footballspieler saßen.

„Komm, Crystal", rief sie, während sie sich ihren Weg durch die laute, überfüllte Cafeteria bahnte.

„Lynn! Warte doch!", protestierte Crystal.

Doch es war zu spät. Lynn eilte an den Tisch und stellte ihr Tablett zwischen Scott und seinem Nachbarn ab. Crystal sah, dass es Jake Roberts war.

„Hallo, Jungs", trällerte Lynn. „Stört es euch, wenn ich mich zu euch setze?"

Ohne die Antwort abzuwarten, zwängte sie sich neben Scott auf die Bank.

Scott wandte sich mit offenem Mund zu ihr um, und auch Jake wirkte überrascht. „Hey", sagte er, als er sich wieder etwas gefangen hatte, „Lynn! Wie geht's so?"

Der kleine, kräftige Jake spielte auch bei den Tigers. Auf dem Footballfeld mimte er gern den starken Mann, die übrige Zeit war er nett – und ein bisschen dumm.

Lynn begrüßte ihn und wandte sich rasch Scott zu. „Ich bin Lynn Palmer. Und ich wollte bloß sagen ... was immer Jake auch Schlechtes über mich erzählt haben mag – es stimmt alles." Sie lachte.

Scott lachte auch. „Okay", murmelte er schüchtern.

„Hey, Lynn, ich habe nichts Schlechtes über dich erzählt", beharrte Jake. „Ich habe gar nichts über dich erzählt!" Er klatschte sich mit Scott ab.

„Hi!" Crystal lief um den Tisch herum, und ihr Salatteller klapperte auf dem Tablett. Sie stellte es ab. Ihr gegenüber saßen Lynn, Jake und –

Scott. Er hob den Blick und sah sie an.

Jake folgte Crystals Blick. „Hey, Scott", sagte er und beugte sich vor, um über Lynn hinwegsehen zu können. „Hast du Crystal schon kennengelernt?"

„Meine neue Nachbarin." Scott grinste. „Ja, wir sind uns schon ein paarmal über den Weg gelaufen." Seine dunklen Augen glitzerten, als er Crystal ansah. „Aber ich wusste nicht, wie du heißt."

„Crystal. Crystal Thomas", stellte sie sich vor.

„Na toll. Jetzt habe ich schon ungefähr zehn Worte mit ihm gewechselt. Warum fällt mir nichts Interessantes ein, was ich erzählen könnte?", dachte sie.

„Du bist in das Haus in der Fear Street eingezogen, nicht wahr?", fragte Jake Scott. „Tut mir leid, dir das sagen zu müssen, Scott, aber deine Eltern sind ganz schön über den Tisch gezogen worden. Die Fear Street ist verhext, ganz im Ernst."

Scott wirkte nicht eingeschüchtert. „Mir gefällt es bisher ganz gut", erwiderte er und warf Crystal noch einen Blick zu.

„Vielleicht hat er doch nichts gegen mich", dachte sie. „Vielleicht hat er mich am Sonntag gar nicht gesehen. Sicher war er über irgendwas anderes wütend, als er die Hacke in den Boden geschlagen hat."

Vermutlich hatte er sich mit seinen Eltern gestritten. Nach einem Streit mit ihrer Mutter wollte Crystal auch immer auf irgendwas eindreschen.

„Hast du schon ein paar Spukgeschichten über die Fear Street gehört?", erkundigte sich Jake bei Scott.

Lynn rückte näher an Scott heran und legte ihm leicht die Hand auf den Arm. „Scott sind solche albernen Gerüchte egal, nicht wahr?"

Crystal fragte sich, wie Lynn so mit ihm flirten konnte. Sie selbst würde sich wie eine Idiotin vorkommen. Doch dann sah sie zu ihrer Befriedigung, dass er den Arm wegzog.

„Hey, hast du gestern meine Nachricht nicht bekommen?", wollte Jake von Lynn wissen.

„Was? Ach, ja", antwortete Lynn. „Tut mir leid, dass ich nicht zurückgerufen habe. Ich war.... äh ... verhindert."

Sie nahm einen Schluck Eistee und stellte die Flasche wieder aufs Tablett. Dann schlug sie sich an die Stirn. „Ach, Scott, gerade fällt mir ein, was ich dich fragen wollte. Meine Eltern gehen am Sonntag auf irgendeine blöde Party. Und wir haben einen Swimmingpool im Garten, der bald für den Winter geleert werden soll. Ich habe ein paar Leute eingeladen und wollte fragen, ob du auch Lust hast zu kommen – sozusagen zu einer letzten Pool-Party für dieses Jahr."

„Unglaublich", dachte Crystal wütend. „Sie hat gar keine Hemmungen. Hat ihn vor fünf Sekunden kennengelernt und lädt ihn schon ein!"

Lynn würde den Wettbewerb auf Anhieb gewinnen. Schon beim ersten Anlauf.

„Wie bitte?", murmelte Scott, als hätte er kein Wort mitgekriegt.

„Sie will, dass du kommst", erklärte Jake ihm. Crystal sah Jakes verletzte Miene.

„Lynn", flüsterte Crystal und machte eine Kopfbewegung in seine Richtung.

Lynn drehte sich um und bemerkte Jakes Gesichtsausdruck. „Du bist natürlich auch eingeladen", sagte sie und tätschelte seine Wange.

„Gigantisch!", stieß Jake glücklich aus.

Lynn wandte sich wieder Scott zu. Er starrte auf seinen Teller und kämpfte mit Messer und Gabel, während er ein Stück von dem zähen Steak abschnitt.

„Na ja ...", begann er und säbelte auf dem Fleisch herum, „ich würde ja gern –"

„Super", unterbrach Lynn ihn.

„... aber am Sonntag kann ich nicht."

„Jaaa! Eins zu null!", dachte Crystal. Sie konnte nicht umhin, sich zu freuen, dass Scott Lynn eine Abfuhr erteilt hatte.

Auf der anderen Seite des Raums ertönten laute Schreie. Einen Augenblick war Crystal, als würde man ihr zujubeln. Dann merkte sie, dass das die Cheerleaders waren, die beim Mittagessen übten.

„Ach, das tut mir aber leid", säuselte Lynn und legte wieder ihre Hand auf Scotts Arm.

Scott starrte auf Lynns Hand, die auf seiner nackten Haut lag. Er starrte und starrte. Crystal fuhr zusammen, als sie sah, dass er sein Messer fest umklammerte und es langsam hob.

5

Scott stieß mit dem Messer senkrecht nach unten. Dann hob er es wieder in die Höhe und machte eine triumphierende Geste. „Kämpft, Tigers! Siegt, Tigers!", schrie er und stieß mit der Faust in die Luft.

„Er grölt die Schlachtrufe der Cheerleaders", dachte Crystal erleichtert und schüttelte den Kopf. Warum hatte sie geglaubt, er würde Lynn mit dem Messer bedrohen?

War sie dabei, den Verstand zu verlieren?

Jake stimmte ein und stieß seine Faust ebenfalls in die Luft.

Die ganze Cafeteria wurde von den anfeuernden Rufen angesteckt. „Kämpft, Tigers! Siegt, Tigers!", schrien die Schüler gemeinsam.

„Dieses Jahr werden wir unbesiegt bleiben, Leute", rief ein Junge am anderen Ende des Tischs. „Wir machen sie nieder!"

„Melinda!" Crystal klopfte an der Tür ihrer Schwester. „Störe ich?"

Melinda räusperte sich. „Nein, komm rein."

Crystal machte die Tür auf. Melinda lag auf ihrem Bett und las.

Es war ein herrlicher Samstagnachmittag, und eigentlich hätten sie beide draußen sein sollen, dachte Crystal. Doch stattdessen hatte sie den größten Teil des Tages damit verbracht, von Scott zu träumen und sich zu fragen, ob er sie wohl jemals anrufen würde.

„Was liest du da?"

Melinda klappte ihr Buch zu. „Jane Eyre."

„Ich dachte, das hättest du schon fertig gelesen."

„Ich lese es noch mal", erklärte Melinda. „Es ist so romantisch." Dann änderte sich ihre Miene. „Crystal! Was ist mit deinen Zehen passiert?"

Crystal hob ihr Bein so hoch, dass sie beinahe das Gleichgewicht verloren hätte. Sie wackelte mit dem Fuß; der schwarze Nagellack glänzte. „Nacht der Leidenschaft. Sieht er nicht cool aus?"

Melinda verdrehte die Augen.

„Okay, okay", sagte Crystal. „Ich finde ihn cool."

Sie ließ sich auf Melindas Stuhl fallen und betrachtete den sauber aufgeräumten Schreibtisch.

Sollten Schwestern sich nicht ähnlich sein? Doch Melinda und sie waren das genaue Gegenteil voneinander. Crystals Schreibtisch war so mit allem möglichen Krimskrams vollgehäuft, dass sie ihn noch nicht einmal sehen konnte!

„Hast du unseren Nachbarn eigentlich schon näher kennengelernt?", fragte Crystal und bemühte sich, beiläufig zu klingen. „Ich meine aus eurem Englischunterricht."

Melinda setzte sich auf und schlug die Beine übereinander. „Ein bisschen", erwiderte sie.

Ein bisschen? Crystals Nacken fing an zu jucken. Was war, wenn Melinda schon mehr mit Scott geredet hatte als sie? Das wäre nicht schwer. Crystal hatte erst einundsechzig Wörter mit dem Typen gewechselt.

„Ich meine, ich hab mich noch nicht direkt mit ihm unterhalten oder so was", fügte Melinda hinzu und errötete.

Crystal entspannte sich.

„Aber er hat im Unterricht ein paar Fragen beantwortet. Ich weiß auch nicht, ich kann total falsch liegen. Aber ich habe das Gefühl, er ist irgendwie traurig", sagte Melinda. „Als würde er versuchen, über etwas hinwegzukommen. Du weißt schon – etwas aus seiner Vergangenheit."

Crystal kicherte. „Mel, du und deine Intuition", sagte sie kopfschüttelnd.

Melindas Augen funkelten hinter ihrer Brille. „Du weißt, dass meine Vorahnungen meistens richtig sind."

„Wow", dachte Crystal, „was ist, wenn Melinda recht hat? Was ist, wenn Scott eine geheimnisvolle Vergangenheit hat?"

Sie sprang auf und lief im Zimmer auf und ab. „Es ist so bescheuert", maulte sie. „Du weißt doch, dass Lynn und ich einen kleinen Wettbewerb laufen haben, mit wem er sich zuerst verabredet?"

Melinda sah sie mit leerem Blick an. „Ja", antwortete sie schließlich.

„Also jedenfalls hat er sich noch nicht mit mir verabredet, falls es dir entgangen ist", sagte Crystal seufzend.

„Aber er ist doch gerade erst hierhergezogen", entgegnete Melinda.

„Es sind schon zwei Wochen. Zwei ganze Wochen! Ich weiß, dass er mich mag. Ich spüre es einfach. Aber wenn er mich mag, warum ruft er dann nicht an? Warum nicht?"

„Warum fragst du mich das?", stieß Melinda aus.

„Lynn wird gewinnen", verkündete Crystal unglücklich. „Ich weiß es genau. Immer wenn sie Scott sieht, geht sie zu ihm hin und redet einfach mit ihm."

Crystal strich sich mit der Hand durch ihr rotbraunes Haar. „Warum kann ich nicht so wie Lynn sein? Sie hat einfach keine Hemmungen."

„Ja, genau!", erwiderte ihre Schwester sarkastisch. „Und du bist wohl schüchtern?"

„Verglichen mit Lynn? Ja! Es ist unglaublich, wie viel beliebter sie bei den Jungs ist als ich. Weißt du, dass allein diese Woche drei Jungen mit ihr ausgehen wollten? Drei!"

„Und du bist ein Einsiedler", murmelte Melinda ironisch.

Crystal ballte die Hände zu Fäusten. „Willst du wissen, wie viele Jungen mich in der ganzen vergangenen Woche angerufen haben? Ich sag dir wie viele: ein einziger."

„Ach, bitte", stöhnte Melinda, „verschone mich."

„Oje, Melinda wird ja total eifersüchtig", ging es Crystal durch den Kopf. „Was ist bloß los mit mir? Wie konnte ich ihr was vorjammern? Sie wäre glücklich, wenn auch nur ein einziger Junge sie anrufen würde. Und dazu ist sie sogar noch ein Jahr älter als ich. Wie weh das tun muss!"

„Mel?", fragte Crystal.

„Was?"

„Dir gefällt Scott auch, stimmt's?"

Ohne zu antworten, schwang Melinda ihre Beine über die Bettkante. „Ich habe noch nicht mal mit ihm geredet", sagte sie schließlich.

„Ich weiß", entgegnete Crystal. „Aber was für einen Unterschied macht das?"

„Was für einen Unterschied das macht?" Melinda schüttelte den Kopf. „Wie kann ich wissen, ob er mir gefällt, wenn ich noch nicht mal mit ihm geredet habe?"

„Mel", besänftigte Crystal ihre Schwester, „du musst nicht mit einem Jungen reden, um zu wissen, ob er dir gefällt. Weißt du, so was spürt man einfach."

„Nein, weiß ich nicht", erwiderte Melinda fast flüsternd.

Crystal hörte, dass das Telefon in ihrem Zimmer klingelte. Sie rührte sich nicht.

„Warum gehst du nicht ran?"

„Warum sollte ich? Er ist es sowieso nicht", murmelte Crystal.

„Bitte lass es Scott sein", flehte sie insgeheim. „Bitte."

Kopfschüttelnd ging Melinda über den Flur in Crystals Zimmer. Crystal sah zu, wie ihre Schwester in dem Chaos nach dem schnurlosen weißen Telefon suchte.

„Hallo?", sagte Melinda. „Ach, hi, Lynn. Du hältst mich wohl für Crystal, was? Nein, ich bin's, Melinda. Ja, ich schwöre es."

Melinda runzelte die Stirn, als Crystal ins Zimmer gerannt kam und ihr den Hörer entriss. Crystal wusste, dass die meisten Leute ihre Stimmen nicht auseinanderhalten konnten, auch Lynn nicht. Als Melinda wieder in ihrem Zimmer verschwunden war, drückte Crystal mit dem großen Zeh die Tür zu.

„Hi. Was gibt's Neues?", fragte sie Lynn. Sie bemühte sich, fröhlich und beiläufig zu klingen, doch innerlich bereitete sie sich darauf vor zu hören, dass Lynn den Wettbewerb gewonnen hatte.

„Erinnere dich an Regel Nummer eins!", ermahnte Crystal sich im Stillen. „Freue dich für diejenige, die mit ihm ausgeht."

Regel Nummer eins schien sich auf Nimmerwiedersehen verabschiedet zu haben.

„Nichts Neues", sagte Lynn bedrückt. „Nichts läuft."

Crystal legte sich auf den Rücken und starrte an die Decke. „Das klingt ganz nach meinem Tag."

„Dich hat er auch nicht angerufen?", fragte Lynn nervös.

„Nee."

„Was ist bloß mit dem Typen los? Gestern habe ich ihm eine Valentinskarte in sein Schließfach gelegt", gab Lynn zu. „Ich war sicher, danach würde er anrufen. Aber er hat es nicht getan."

„Eine Valentinskarte?" Crystal lachte. „Wir haben doch erst September!"

„Na ja, dann habe ich sie ihm halt etwas früher gegeben. Was erwartet er eigentlich?"

„Ich habe mit Jake über ihn gesprochen", gestand Crystal. „Die beiden sind oft zusammen."

„Er und Jake? Nie im Leben!"

„Doch, wirklich. Sie sind jetzt gute Freunde."

„Ich kann einfach nicht glauben, dass Jake mir nichts davon erzählt hat", klagte Lynn.

„Lynn, du warst nicht gerade umwerfend nett zu Jake", erinnerte Crystal sie. „Und er ist total verknallt in dich. Warum sollte er mit dir über andere Jungs reden?"

„Ich weiß, ich bin unmöglich. Also was hat Jake über Scott gesagt?", fragte Lynn neugierig.

„Nichts."

„Nichts?"

„Er hat bloß gesagt, dass Scott ein guter Kumpel und ein toller Footballspieler ist", antwortete Crystal.

„Ich werde Jake auf der Stelle anrufen und ihn zwingen, mir etwas Nützliches über den Typen zu erzählen", schwor Lynn und legte auf, ohne sich zu verabschieden.

Crystal ging hinaus in den Flur. Melindas Tür stand offen, doch sie war nicht in ihrem Zimmer. Crystal hörte Schritte auf dem Dachboden. Was machte Melinda dort oben, wunderte sie sich.

Auf der Veranda ertönten Geräusche. Die Post war da. Crystal lief die Treppe hinunter, machte die Haustür auf und holte die Post herein.

Rechnungen für ihre Mutter. Sie lehnte die Umschläge an die große Vase auf dem Couchtisch. Und zwei neue Briefe von Elite-Colleges, die an Melinda adressiert waren. Außerdem –

Was war das? Wer hatte die Zeitschrift *Meine Familie* bestellt? Crystal hatte noch nie davon gehört.

Die Zeitschrift steckte in einer klaren Plastikfolie. Vom Cover strahlte eine typisch amerikanische Familie. Crystal drehte die Zeitschrift um und schaute auf das Adressenetikett.

Mr Michael Collins
3618 Fear Street

Der Briefträger hatte einen Fehler gemacht. Crystals Hausnummer war 3616. Sie wollte die Zeitschrift gerade auf dem Couchtisch ablegen, doch dann hielt sie abrupt inne.

Mr Collins. Das musste …

… Scotts Vater sein.

Sie blickte auf und zitterte. Aus irgendeinem Grund hatte sie plötzlich das Gefühl, als würde jemand sie vom ersten Stock aus beobachten.

Sie wurde ganz aufgeregt. Es war eine perfekte Gelegenheit!

Genau wie Lynn gesagt hatte: Crystal hatte den großen Vorteil, direkt neben Scott zu wohnen. Und jetzt konnte sie diese Zeitschrift als Vorwand verwenden, um ihren Vorteil voll auszunutzen.

Genau, sie würde ihm die Zeitschrift bringen und dadurch mit Scott ins Gespräch kommen, sagte Crystal sich. Und wenn sie schon dort war, könnte sie Scott vielleicht auch noch fragen, ob er mit ins Kino wollte. Oder zu Pete's Pizza.

Genug der sinnlosen Tagträume. Es war Zeit zu handeln. Zeit, Scott kennenzulernen.

Crystal legte ihren Todeskuss-Lippenstift auf und bürstete sich. Dann schaute sie prüfend in den Spiegel.

„Okay, Nachbar", dachte sie und ergriff die Zeitschrift. „Ich komme – ob es dir passt oder nicht."

Wann war ich eingeschlafen?

Wann hatte der Traum angefangen?

Ich war in den Garten gegangen, um die Hecke zu schneiden. Es dauerte eine Weile, bis ich die Heckenschere in der Garage geortet hatte, weil sich da drin noch lauter Umzugskartons bis an die Decke stapeln.

Ich hatte Dad versprochen, am ersten Nachmittag, an dem ich kein Footballtraining hatte, die Hecke zu trimmen – also heute.

Doch dann war ein kleiner, zotteliger weißer Hund in unseren Garten gekommen. Ich meine, das hatte ich geträumt.

Ich kannte die Hundebesitzerin in meinem Traum. Es war die junge Frau, die ein paar Häuser weiter wohnt.

Die, die immer in engen Shorts in ihrem Vorgarten herumspaziert. Die Frau mit den blond gefärbten Haaren und dem Nasenring, die mich jedes Mal verlegen macht, wenn ich an ihrem Garten vorbeikomme.

Einmal hatte sie mir sogar eine Kusshand zugeworfen, als sie in ihren kurzen Shorts dastand.

Und jetzt in meinem Traum kam ihr Hund in unseren Garten. Er kam hinter der Garage direkt auf mich zu.

Und ich wusste genau, dass die Frau bestraft werden musste. Weil sie schlecht ist. Weil sie mich verlegen macht. Weil sie sich so schamlos benimmt.

Sie musste bestraft werden.

Hatte ich eine andere Wahl?

Im Traum lag der Hund plötzlich tot zu meinen Füßen.

Der Hund der bösen Frau.

Der bösen Frau aus meinem Traum.

Und als ich aufwachte, erlebte ich eine seltsame Überraschung.

Der Hund lag immer noch zu meinen Füßen. In meiner Wut hatte ich den kleinen Köter gepackt und ihm mit beiden Händen die Kehle zugedrückt.

Es war doch kein Traum gewesen.

Wahrscheinlich war ich gar nicht eingeschlafen. Vermutlich hatte ich das, was mit dem Hund passiert war, nicht nur geträumt.

Es war eine Stunde vor dem Mittagessen. Ich hatte Zeit, den Hund zu begraben und alle Spuren zu verwischen.

Solche Dinge passieren nun einmal. Und nicht immer nur in Träumen.

Solche Dinge passieren mir. Wenn ich nicht gut aufpasse.

6

„Hi, Scott." Während Crystal die Treppe hinunterging, übte sie sorgfältig ihre Worte. „Der Postbote hat aus Versehen eure Zeitschrift bei uns eingeworfen."

Sie probierte den Satz noch einmal mit tiefer, verführerischer Stimme, so wie Lynn es draufhatte. Dabei bekam sie jedoch sofort ein Kratzen im Hals. Außerdem klang es albern.

Sie nahm die Zeitschrift vom Tischchen im Flur und trat hinaus in die strahlende Sonne. Der Geruch von frisch geschnittenem Gras stieg ihr in die Nase, während sie hinüber zu Scotts Haus ging.

Man musste kein Genie sein, um zu sehen, wo ihr Grundstück aufhörte und der Garten der Collins' anfing. Anscheinend mähten die zweimal in der Woche den Rasen. Die Collins hatten eine perfekt gepflegte Rasenfläche.

Crystal hatte ein schlechtes Gewissen. Melinda und sie hatten ihrer Mutter schon vor Wochen versprochen, im Garten zu helfen. Sie nahm sich fest vor, an diesem Wochenende damit anzufangen.

Mitten im Garten blieb Crystal stehen und warf einen Blick nach hinten. „Komisch, dass ihre Hecke nicht geschnitten ist", wunderte sie sich. „Der Rasen ist so perfekt. Aber die Hecke ist ganz verwildert."

Seltsame Gedanken. Warum grübelte sie über Hecken nach? Wahrscheinlich wollte sie nicht an Scott denken. Wie sollte sie sich nur verhalten, wenn er nicht mit ihr ausgehen wollte?

Crystal stieg die Stufen zur vorderen Veranda der Nachbarn hinauf. Dann klopfte sie an die Haustür.

Stille.

„Na, toll!", dachte sie entmutigt. Sie hatte sich so gründlich vorbereitet, und jetzt war Scott gar nicht zu Hause.

Vorsichtshalber klopfte sie noch einmal. Die Tür ging einen Spalt auf, und Crystal streckte den Kopf hindurch.

„Scott? Hallo?"

Sie machte einen Schritt ins Haus. „Ich sollte das lieber lassen", ging es ihr durch den Kopf.

Dann fiel ihr Lynn ein. Lynn wäre längst oben in Scotts Zimmer.

„Willst du mit dem Typen ausgehen oder nicht?", fragte sie sich. „Dann musst du schon etwas mutiger werden!"

„Scott? Hallo? Ist jemand da?"

Crystal hörte Gelächter, das aus dem oberen Stock kam. Ihr Herz klopfte heftig. Er war doch zu Hause!

Langsam ging sie die Treppe hinauf. Unter ihrer Hand schimmerte das dunkle Holz des Geländers. Ihre Turnschuhe machten auf dem weichen weißen Stufenbelag kein Geräusch.

„Hallo, Scott? Ich bin's, Crystal, deine Nachbarin! Ich ... äh ... habe aus Versehen eure Post gekriegt, deswegen bringe ich sie dir. Hallo?"

Auf dem Treppenabsatz blieb sie zögernd stehen. Der Flur war dunkel. Alle Türen waren geschlossen.

„Mein Schlafzimmer ist dort drüben", überlegte sie im Stillen. „Das bedeutet also, dass Scotts Zimmer –"

Mit einem lauten Krach flog eine Tür auf.

Und mit einem bösen Knurren sprang etwas aus dem dunklen Schatten und packte Crystal an der Kehle.

7

Crystal versuchte zu schreien. Doch sie brachte nur ein leises Quietschen heraus. Ihr Angreifer stieß sie gegen die Wand.

Dann erkannte sie ihn.

„Jake? Du Vollidiot!"

Er ließ sie los. Er musste so lachen, dass er kein einziges Wort herausbrachte. „Hab ich dich erwischt!", rief er schließlich belustigt.

Crystal lehnte sich gegen die Wand. Ihre Beine hörten nicht auf zu zittern.

„Bist du okay?" Jake legte seine große Hand auf ihre Schulter, doch Crystal schüttelte sie ab.

„Hey, es tut mir leid", entschuldigte er sich und grinste dümmlich. „Ich hab dir einen ganz schönen Schrecken eingejagt, stimmt's? Oje, das tut mir echt leid. Es war bloß ein Witz."

„Ein toller Witz", schnaubte Crystal empört. „Was machst du hier überhaupt?"

„Was ich hier mache?" Jake klang erstaunt. „Scott besuchen. Die Frage ist wohl eher: Was machst du hier?"

Die Tür am Ende des Flurs öffnete sich. Scott streckte mit einem überraschten Gesichtsausdruck den Kopf heraus. Dann nahm er seine großen schwarzen Kopfhörer ab.

„Was gibt's?", erkundigte er sich.

„Ich hab dir doch gesagt, dass ich ein Geräusch gehört habe", rief Jake ihm zu. „Sieh mal, wer der Einbrecher ist!"

Crystal hielt die Zeitschrift hoch. „Hallo, Scott", brachte sie heraus. „Die Post deines Vaters ist versehentlich bei uns gelandet, und da hab ich –"

„Klingt fast glaubwürdig", neckte Jake sie.

Crystal mochte Jake zwar, doch in diesem Augenblick wünschte sie ihn für immer zur Hölle.

„Danke", sagte Scott und nahm ihr die Zeitschrift ab. „Komm rein!"

„Ach, na ja, ich kann zwar nicht lange bleiben, aber na gut –" Crystal brach ab. „Halt die Klappe", ermahnte sie sich, während sie hinter Jake den Flur entlang zu Scotts Zimmer ging.

Sein Zimmer war so ordentlich – sogar noch aufgeräumter als das von Melinda. An den Wänden hingen gerahmte Poster von Footballspielern. Crystal erkannte Jerry Rice wieder, der mit ausgestreckten Armen einen unmöglichen Catch vollbrachte. Auf einem langen Regal stand eine Reihe von Siegerpokalen.

„Wow", stieß sie verblüfft aus. „Hast du die alle gewonnen?"

Scott zuckte mit den Schultern. „Es ist mir ehrlich gesagt ein bisschen peinlich, sie so offen herumstehen zu haben."

„Ganz im Gegenteil", versicherte Crystal. „Du solltest echt stolz darauf sein."

„Hey, ich habe auch Trophäen gewonnen", jammerte Jake.

Crystal sah ihn an. „Du?", fragte sie. „Wofür kannst du schon eine Trophäe gewonnen haben? Oder geben sie jetzt schon Pokale aus, wenn man eine ganze Familienpizza am Stück aufisst?"

Jake warf ihr einen ärgerlichen Blick zu.

Sie wandte sich von ihm ab und merkte, dass Scott sie musternd ansah. Ohne die Zeitschrift wusste sie nicht, was sie mit ihren Händen machen sollte. Sie verschränkte die Arme, dann stützte sie ihre Hände in die Hüften. Schließlich versteckte sie sie auf dem Rücken.

Scott starrte sie weiterhin an.

„Vielleicht hat er endlich bemerkt, dass es mich gibt", dachte sie.

„Ihr beide seid also Nachbarn", sagte Jake und zeigte aus dem Fenster. „Hey – ist das nicht dein Zimmer, Crystal? Genau gegenüber?"

„Wie? Ach, jaja", antwortete Crystal, bemüht, cool zu klingen.

Was hatte Jake vor? Wollte er sie bloßstellen? Scott daran erinnern, dass sie ihn von ihrem Fenster aus beobachtet hatte?

Wieder wünschte sie Jake weit weg.

„Hey, Mann", zog Jake Scott auf. „Von hier aus kannst du direkt in Crystals Zimmer sehen!"

„Wirklich?" Scott klang uninteressiert.

„Ja, wenn du willst, kannst du sie glatt ausspionieren", grinste Jake.

Crystal spürte, dass sie rot wurde.

„Spinnst du?", sagte Scott heftig. „So was würde ich nie tun!" Er wandte sich Crystal zu. Plötzlich wirkte er ganz aufgebracht.

„Crystal", sagte er, „ich muss mich für Jake entschuldigen. Der hat echt einen Hirnschaden. Glaub mir, so was würde ich nie –"

„Ach, das weiß ich doch", versicherte Crystal ihm sofort – sah ganz so aus, als ob er Angst hätte, sie könnte etwas Schlechtes über ihn denken.

Jetzt konnte sie sich entspannen. Sie ließ sich auf Scotts Bett fallen und streckte sich aus.

Crystal konnte kaum glauben, was sie da tat. Sie gab vor, die Poster zu betrachten. Doch sie spürte, dass Scott sie beobachtete.

Dann klopfte es an der Haustür.

„Bin gleich wieder da", sagte Scott.

Crystal hörte, wie er die Treppe hinunterrannte. Ein paar Minuten später kam er zurück.

Mit Lynn im Schlepptau!

Sie trug ein hautenges Outfit aus glänzendem knallrosa und schwarzem Stoff. Die schwarze Hose zeigte ihre langen, schlanken Beine. Sie schlenderte so lässig in Scotts Zimmer, als wäre es ihr eigenes, und ließ ihre Inliner auf den Boden fallen.

„Sie kann Inlinerfahren doch überhaupt nicht ausstehen!", dachte Crystal.

„Ach, da bist du ja", sagte Lynn zu Jake. „Ich habe immer wieder versucht, dich anzurufen. Schließlich hat mir deine Mutter erzählt, dass du hier bist. Deswegen bin ich –"

Sie drehte sich um und entdeckte Crystal auf dem Bett. Vor Überraschung fiel ihr die Kinnlade herunter.

Crystal grinste sie an. „Ja klar, Lynn", dachte sie. „Du hast bloß Jake gesucht. Wie glaubhaft!"

„Wow", ergriff Lynn schließlich wieder das Wort. „Wir sind ja alle hier versammelt! Sieht aus wie eine Party!"

„Du hast wirklich versucht, mich anzurufen?", fragte Jake hoffnungsvoll.

„Was? Ja, ja", murmelte Lynn.

„Und warum?"

Crystal konnte nicht widerstehen. „Ja, Lynn, warum eigentlich?"

„Äh, ich brauche deine Hilfe bei den Mathehausaufgaben", sagte Lynn zu Jake. „Ich blicke sie einfach nicht."

Jake lächelte, doch seine Augen sahen sie zweifelnd an. „Klar. Kein Problem. Wann willst du sie machen?"

„Egal wann", antwortete Lynn. Sie setzte sich auf Scotts Schreibtisch und ließ ihre Beine baumeln. „Das ist also dein Zimmer, Scottie?", fragte sie. „Echt cool."

„Hey, Lynn." Jake ließ sich wie ein Mehlsack auf den Boden fallen. „Wenn wir mit den Matheaufgaben rechtzeitig fertig werden, willst du dann heute Abend mit mir in den neuen Jim-Carrey-Film gehen?"

„Vielleicht", entgegnete Lynn, ohne ihn eines Blicks zu würdigen. „Vielleicht könnten wir alle gehen."

„Armer Jake", dachte Crystal. „Aber wer weiß, möglicherweise wird Lynn endlich mit ihm ausgehen, wenn sie merkt, dass Scott sich Hals über Kopf in mich verknallt hat."

„Träum weiter, Crystal", schalt sie sich dann.

„Hey, Leute", sagte Scott. „Ich muss euch jetzt leider rausschmeißen. Ich habe einen Haufen Hausaufgaben. Und außerdem hab ich meinem Dad versprochen, die Hecke zu schneiden."

Jake stand auf. „Komm", forderte er Lynn auf. „Wir können gleich mit Mathe anfangen."

Sie rührte sich nicht. Jake zerrte an ihrer Hand und zog sie von Scotts Schreibtisch weg.

„Nimm deine Pfoten von mir", fuhr sie ihn an. „Was bildest du dir ein?"

Grinsend hob Jake Lynn hoch und hievte sie über seine Schulter. „Ich stark wie Tarzan!", knurrte er und griff nach ihren Inlinern.

Lynn trommelte auf seinen Rücken. „Hey!", schrie sie, als Jake sie aus dem Zimmer trug. „Lass mich los, Jake! Du bist echt ein Tier! Lass mich runter!"

Crystal winkte Lynn hinterher, während Jake sie wegtrug. „Diese Runde hast du verloren, Lynn", dachte sie.

Als sie allein waren, drehte Scott sich zu Crystal um. Sie hatte sich nicht von der Stelle gerührt.

Er räusperte sich. „Also …"

„Willst du, dass ich auch gehe?", fragte sie mit dünner Stimme.

„Ja", sagte er. „Tut mir leid."

Zögernd stand sie auf. „Bist du sicher?" Sie konnte nicht glauben, dass er sie wirklich loswerden wollte. Er hatte sie die ganze Zeit über angestarrt.

„Vielleicht ist er schüchtern. Vielleicht muss er erst sicher sein, dass ich ihn auch mag", überlegte sie.

Sie hatte mal einen Artikel gelesen, in dem eine bombensichere Methode beschrieben wurde, wie man einen Mann zum Küssen bewegt. In dem Artikel stand, die Frau müsste ihm in die Augen starren und sich dabei vorstellen, dass er sie küsst. Dann würde er die Schwingungen spüren – und der Traum würde wahr.

Crystal beschloss, es zu versuchen. Was hatte sie schon zu verlieren?

Sie schaute in Scotts dunkle Augen. Stellte es sich vor. Stellte sich vor, wie es wäre, wenn er sie jetzt küssen würde.

Doch er machte keinen Schritt auf sie zu, sondern blieb neben der Tür stehen und schaute sie mit ausdrucksloser Miene an.

Was er jetzt wohl dachte, fragte sich Crystal. Langsam ging sie auf ihn zu. Scott beobachtete jede ihrer Bewegungen. Im Vorbeigehen streifte sie ihn leicht.

Dann packte er ihre Hand.

„Jetzt passiert es", schoss es ihr durch den Kopf.

Er umklammerte ihr Handgelenk. Sie spürte die Elektrizität, die von seinem Körper in ihren floss.

„Hör zu", sagte er mit leiser, intensiver Stimme, „ich will sicher sein, dass du mich verstehst. Was Jake da erzählt hat, stimmt nicht. Ich habe dich nie heimlich beobachtet. So darf man sich nicht benehmen." Er packte ihr Handgelenk noch fester.

„Ach, kein Problem", entgegnete Crystal. Er klang so besorgt. „Kein Problem. So etwas würde ich nie von dir denken."

Sie streckte ihre andere Hand aus und strich ihm eine dunkelbraune Haarsträhne aus der Stirn. Dann beugte sie ihren Kopf zu ihm hin. Sie schloss halb die Augenlider und öffnete den Mund. „Küss mich", befahl sie ihm im Stillen. „Küss mich jetzt!"

Der Augenblick dauerte zu lange, und sie verlor den Mut. Wich zurück. Kam sich idiotisch vor.

„Also …", stotterte sie. „Auf alle Fälle …" Sie wurde schüchtern. „Ich muss gehen", murmelte sie und drehte sich so hastig um, dass sie auf dem Weg nach draußen gegen den Türrahmen stieß.

Ich glaube, mir wird gleich schlecht.

Crystal stand so nahe vor mir. Ich dachte, ich würde an ihrem Parfüm ersticken.

Ich kann es einfach nicht glauben. Das ist mein Zimmer! Sie ist wie ein Virus hier eingedrungen!

Sie wollte mich küssen.

Wenn sie das getan hätte, hätte ich etwas dagegen unternehmen müssen. Ich hätte ihr zeigen müssen, dass sie schlecht ist.

Ich kann es einfach nicht glauben. Sie hätte mich beinahe dazu gezwungen, etwas Schreckliches zu tun.

Was hätte ich gemacht? Was würde ich tun, wenn der widerliche, süße Geschmack ihres billigen Lippenstifts an meinem Mund kleben würde?

Würde ich dann ihre Kehle packen? Würde ich sie erwürgen – oder ihr das Genick brechen? Würde ich ihren Kopf zurückbiegen, bis … bis ihr Lippenstiftlächeln verschwinden würde – für immer?

Ich weiß nicht, was ich machen würde. Aber ich würde etwas tun müssen. Sie ist so … so verdorben.

Sobald Crystal verschwunden war, trat ich gegen die Zimmertür, die krachend zuflog. Dann rannte ich durch mein Zimmer und zog das Rollo herunter.

„Ach, Crystal, bilde dir bloß nichts ein", dachte ich. „Wir wissen beide, wer wen ausspioniert hat. Du hast mich beobachtet – du tust es die ganze Zeit."

Dann hörte ich, wie unten die Haustür ins Schloss fiel. Gut!

Meine Hände ballten sich zu Fäusten. Ich hielt immer noch die Zeitschrift, die sie gebracht hatte, und meine Handfläche schwitzte auf der Plastikfolie.

Wahrscheinlich hatte Crystal die Zeitschrift aus unserem Briefkasten gestohlen, um in mein Zimmer einzudringen, grübelte ich. Ich traue einem Mädchen wie ihr alles zu.

Alles.

„Bleib ruhig, Scott. Bleib ganz ruhig", befahl ich mir.

„Bleib ruhig. Ganz ruhig ... Du hattest heute schon einen bösen Traum. Du musstest heute schon einmal aufräumen."

Ich holte tief Luft und starrte auf die Zeitschrift. Meine Familie. Eines der wenigen Magazine, die ich halbwegs interessant finde.

Ich versuchte, den Plastikumschlag aufzureißen, doch meine Hände waren zu verschwitzt. Ich brauchte eine Schere.

Also setzte ich mich an meinen Schreibtisch, nahm die Schere aus der obersten Schublade und schnitt die Folie auf. Ich zwang mich, langsam und tief zu atmen, und versuchte, ganz ruhig zu bleiben und mich auf die Wörter zu konzentrieren, während ich die Seiten umblätterte.

Bilder von glücklichen, amerikanischen Familien.

Guten Familien. Guten, ordentlich gekleideten Menschen.

Von Leuten, die wussten, wie man sich zu benehmen hatte.

Ich blätterte noch eine Seite um.

Ein junges Mädchen strahlte mich an. Es war eine Werbeanzeige für Jeans. Die Bluse des Mädchens war halb aufgeknöpft, seine Lippen waren feucht. Und es hatte diesen Gesichtsausdruck.

Diesen bestimmten Gesichtsausdruck.

Den Gesichtsausdruck, den ich hasse.

Den Gesichtsausdruck, der mich verrückt macht.

Ein böses Mädchen.

Jemand musste bestraft werden. In meinem Traum musste jemand bestraft werden.

Ich.

Ich musste bestraft werden.

War ich wieder eingeschlafen? Träumte ich, oder war ich wach?

Ich war mir nicht sicher, als ich die Schere hochhob.

Und sie mir tief in den Handrücken stieß.

8

„Drei Tage", dachte Crystal, als sie von der Schule nach Hause ging. „Drei lange Tage seit dem Nachmittag, an dem wir uns fast geküsst hätten."

Warum hatte Scott sie nicht angerufen? Sie war so sicher gewesen, dass er anrufen würde.

Doch Scotts Rollo blieb unten. Und Crystals Telefon blieb stumm.

Sie musste zugeben, das es wehtat. Mehrmals hatte sie den Hörer in die Hand genommen und angefangen, Scotts Nummer zu wählen, doch sie hatte sie nie zu Ende gewählt.

„Warum soll ich ihn anrufen und mich lächerlich machen?", fragte sie sich. „Ich habe ihm mein Interesse längst gezeigt. Oder hat er es nicht kapiert? Vielleicht sollte ich es noch einmal versuchen."

Okay. Sie würde noch einen Versuch machen. Sie würde direkt zu ihm gehen und ihn zu sich einladen, um ein Video anzusehen oder irgend so was.

„Oh nein", murmelte sie, als sie um die Ecke in die Fear Street abbog.

Lynn saß auf Scotts Veranda; neben ihrem Rucksack lagen eine Sechserpackung Coladosen und eine Riesentüte Kartoffelchips. Als Crystal auf die Veranda kam, tauchten Scott und Jake auf.

„Hier wären wir wieder", dachte Crystal seufzend. „Alle vier. Zwei zu viel."

„Was ist denn mit deiner Hand passiert?", wollte sie von Scott wissen.

Er hob seine Bandage in die Höhe. „Kannst du es glauben? Ich habe sie mir verbrannt, als ich eine Pizza aus dem Ofen holte. Ziemlich dämlich, was?"

Er führte alle ins Wohnzimmer. Dort setzte er sich in den schwarzen Ledersessel und nahm die Fernbedienung in die andere Hand. Dann fing er an, die Programme durchzuschalten.

„Jetzt oder nie", dachte Crystal.

„Also, Scott", begann sie zögernd. Ihre Stimme klang überlaut. Sie war furchtbar aufgeregt. „Darf ich dich etwas Persönliches fragen? Etwas, was jedes Mädchen in der Schule zu gern wüsste?"

„Nein", antwortete Scott, ohne den Blick vom Bildschirm abzuwenden. Dann lachte er.

„Hast du da, wo du herkommst, eine Freundin?" Crystal fragte es so schnell, wie man ein Pflaster von einer Wunde abzieht.

„Warum fragt mich das niemand?", warf Jake ein und stopfte sich noch eine Handvoll Chips in den Mund.

„Du bist schon in der zweiten Klasse hergezogen, Blödmann", erwiderte Crystal.

„Eine Freundin?" Scott hielt sich eine Coladose an die Lippen und nahm einen langen Schluck, dann wurde seine Miene ernst. „Nein. Na ja, nicht mehr."

„Warum bist du dann noch mit keinem Mädchen aus Shadyside ausgegangen?", platzte Lynn heraus.

„Ja, warum nicht, Scott?", mischte Jake sich ein. „Wenn sich ein Mädchen wie Crystal mir an den Hals werfen würde, könnte ich ganz sicher nicht widerstehen."

Lynn runzelte die Stirn.

„Ich werfe mich niemandem an den Hals!", schnappte

Crystal schrill. Wie peinlich! Warum musste Jake immer solche Dinge sagen?

"Tut mir leid", murmelte Jake.

Eine verlegene Stille entstand. Scott zappte weiter die Kanäle durch.

"Wahrscheinlich bin ich noch nicht so weit", antwortete Scott schließlich. "Ich meine, mit jemandem auszugehen." Er zuckte die Schultern.

Wieder entstand eine unangenehme Pause.

"Tut mir leid, Crystal", entschuldigte sich Jake noch einmal. "Ich wollte dich nicht –"

"Vergiss es", zischte Crystal.

Scott wechselte den Kanal.

"Wow", sagte Lynn und starrte auf den Fernseher. "Ich wusste gar nicht, dass Dylan und Candace jetzt zusammen sind."

"Das sind sie erst seit heute", entgegnete Crystal, froh, das Thema wechseln zu können. Auf dem Bildschirm küssten sich zwei Charaktere ihrer Lieblingsserie gerade leidenschaftlich.

Jake nahm Scott die Fernbedienung weg und klickte auf den Sportkanal, in dem die Höhepunkte des Footballspiels vom vorigen Abend gezeigt wurden. "Ich habe das Spiel der Chicago Bears verpasst", erklärte er. "Bloß eine Sekunde."

Zu Crystals Erstaunen stand Scott auf. Er ging durch das Wohnzimmer und setzte sich neben sie auf die Sofalehne. Dann beugte er sich vor und starrte intensiv auf den Fernseher. Crystal sah, wie seine Kiefermuskeln sich bewegten.

"Er ist aufgewühlt", dachte Crystal. Ihr fiel die Unterhaltung mit Melinda wieder ein. Ihre Schwester glaubte, dass Scott traurig wirkte, als müsste er über etwas hinwegkommen.

Sie betrachtete sein ernstes Gesicht. Hatte Melinda etwa doch recht?

„Scott?", fragte sie leise.

„Ja?"

„Warum bist du – du weißt schon – noch nicht so weit? Ist was passiert?"

Abrupt drehte Scott ihr den Kopf zu, und für einen kurzen Moment schimmerten seine Augen voller Emotionen. Dann wandte er den Blick ab.

Melinda hatte doch recht! „Entschuldigung", flüsterte Crystal.

„Was denn?", murmelte Scott.

„Du hast was sehr Schmerzhaftes durchgemacht, stimmt's?", fragte sie.

„Was ist denn geschehen, Scott?", rief Lynn von der anderen Seite des Zimmers. Crystal hatte gar nicht gemerkt, dass ihre Freundin zugehört hatte.

„Was geschehen ist?" Scott hielt den Blick starr auf den Fernseher gerichtet.

„Ja", bohrte Lynn.

„Lass ihn in Ruhe", fuhr Crystal ihre Freundin an. „Wahrscheinlich kann er noch nicht darüber reden. Stimmt's, Scott?"

„Mann, was für ein Run!", rief Jake, der das Spiel verfolgte. „Habt ihr gewusst, dass der Spieler – Nummer dreiunddreißig – jeden Tag tausend Liegestütze und Situps macht?"

Einen Augenblick lang starrten alle Jake an. Dann wandte Scott sich Lynn zu. „Tut mir leid", entschuldigte er sich. „Aber Crystal hat recht. Ich kann noch nicht darüber reden. Es ist blöd, ich weiß, und es ist auch schon über ein Jahr her. Ich sollte längst darüber hinweg sein. Aber …"

„Aber das braucht Zeit", sprang Crystal ein. „Man kann sich nicht zwingen, über etwas hinwegzukommen."

Scott nickte und lächelte sie an. „Danke, dass du es verstehst."

„Kein Problem." Eigentlich war Scott doch ein netter Kerl, dachte sie. Vermutlich hatten Lynn und sie ihn genervt. Er hatte ein gebrochenes Herz – und sie waren fast über ihn hergefallen.

„Touchdown!", schrie Jake.

„Ich habe eine Idee. Es ist so ein schöner Tag, ein richtiger Sommertag. Warum fahren wir nicht alle raus zum See?", schlug Lynn vor. „Es sei denn, du möchtest hierbleiben und mit Jake fernsehen!", fügte sie hinzu und sah Crystal an.

Crystal warf Lynn einen bösen Blick zu.

„Eigentlich", sagte Scott, „habe ich eine Menge Hausaufgaben zu erledigen, und morgen schreiben wir einen Test in Psychologie, und außerdem –"

„Nein, das lasse ich heute nicht gelten", unterbrach Lynn ihn. „Du wirfst uns dauernd raus."

„Hey – tut mir leid." Er hob die Hände hoch, als wollte er sagen: Was kann ich dagegen tun?

„Bist du okay?", fragte Crystal ihn leise.

„Ja. Danke", antwortete er.

„Was hat er eigentlich?", erkundigte sich Jake, nachdem Scott sie aus dem Haus komplimentiert hatte.

„Kommt", sagte Crystal, als sie über den Rasen liefen. „Wir gehen zu mir."

Plötzlich blieb Lynn stehen und schlug sich an die Stirn. „Mann, bin ich blöd!", sagte sie. „Wartet kurz auf mich." Sie drehte sich um und rannte zurück zu Scotts Haus.

„Wo willst du hin?", schrie Crystal ihr hinterher.

„Ich habe meinen Rucksack vergessen", rief sie über die Schulter.

Jake fuhr sich mit der Hand durch sein kurzes, dunkelblondes Haar. „Sie hat ihren Rucksack vergessen", wiederholte er.

„Sie kommt gleich zurück", beruhigte ihn Crystal. „Wehe, sie tut es nicht!", dachte sie. Hatte Lynn denn nicht gemerkt, dass Scott allein sein wollte?

Vier Minuten später warf Crystal einen Blick auf Scotts Haustür. Keine Spur von Lynn.

„Wie lange kann es denn dauern, einen Rucksack zu holen?", murmelte Jake.

„Was macht sie bloß da drin?", wunderte sich Crystal.

„Komm", sagte Jake schließlich. „Wir gehen zu dir und warten dort auf sie."

„Einen Augenblick!", drängte Crystal.

Sie starrte die Tür an. „Komm da raus, Lynn!", dachte sie. „Auf der Stelle!"

Ein paar Sekunden später ging die Haustür tatsächlich auf.

„Oh nein", dachte Crystal. „Dieses glückliche Lächeln in ihrem Gesicht …"

Das sah gar nicht gut aus.

Crystal konnte es nicht erwarten, zu erfahren, warum Lynn so grinste. Doch sie konnte die Freundin nicht fragen, solange Jake da war.

Sie gingen hinüber zu Crystals Haus. Crystal schaffte

es nach einer Stunde, Jake loszuwerden. Ungeduldig zerrte sie Lynn hinauf in ihr Zimmer.

Lynn grinste breit, noch bevor Crystal ihr Anliegen herausbrachte.

„Du hast ihn geküsst, stimmt's?", fragte Crystal vorwurfsvoll.

Lynn hob triumphierend die Fäuste hoch. „Sieger!", rief sie.

„Du hast ihn geküsst!"

„Oh ja!" Lynn nickte. „Ich hab es geschafft!"

„Halt die Klappe!", zischte Crystal. Sie konnte es nicht ertragen. Die Vorstellung, dass Scott Lynn geküsst hatte – wenn es eigentlich ihr Kuss war –, war zu schmerzhaft.

„Hey", sagte Lynn und hörte auf zu grinsen. „Vergiss Regel Nummer eins nicht."

„Ich habe sie nicht vergessen", erwiderte Crystal zornig. Doch sie konnte sich nicht für Lynn freuen. Jetzt nicht mehr.

Lynn streckte sich auf ihrem Bett aus und schaute verträumt an die Zimmerdecke. „Ach, Crystal, er und ich – wir werden unheimlich viel Spaß miteinander haben", sagte sie verträumt.

„Nein, das werdet ihr nicht", entgegnete Crystal sofort, ohne nachzudenken. „Ich glaube immer noch –"

Lynn richtete sich auf und schüttelte den Kopf. „Du warst nicht dabei, Crystal", unterbrach sie ihre Freundin. „Du weißt nicht, wie er mich geküsst hat. Ich sage dir –"

„Na und? Ein einziger Kuss? Das ist doch nicht dasselbe wie ein Date!"

„Ach, wirklich nicht?" Siegesbewusst warf Lynn ihr

blondes Haar zurück. „Warte es ab. Ich verspreche dir: Scott und ich werden von jetzt an das Stadtgespräch sein."

Ich spürte immer noch Lynns Lippen auf meinem Mund, als ich die Badezimmertür abschloss und ans Waschbecken rannte. Dann drehte ich das heiße Wasser ganz auf.

Immer wieder spritzte ich damit mein Gesicht ab. Das Wasser brannte. „Gut", dachte ich. „Es wird die Haut wegbrennen, die sie geküsst hat."

Ich schrubbte verzweifelt meine Lippen. Doch ich konnte ihren Geschmack nicht wegwischen. Er war wie ein Pilz. Wie etwas Schleimiges, das auf meinem Mund wuchs.

Ich riss das Medizinschränkchen auf und suchte darin mit meiner unverbundenen Hand nach der Mundspülung. Immer wieder spülte ich damit meinen Mund aus.

Dann fiel mir meine Rasierklinge in die Hand. Nachdenklich drehte ich sie hin und her und stellte mir vor, wie es wäre, Lynn damit die Kehle durchzuschneiden.

Zuzusehen, wie das Blut herausspritzte. Ihr jämmerliches Wimmern zu hören.

Ich betrachtete mein Gesicht im Spiegel – meine Haut war von dem kochend heißen Wasser knallrot.

„Das ist alles deine Schuld, Lynn. Du hast dich mir an den Hals geworfen. Hast deine Arme um meinen Nacken gelegt und mich einfach geküsst. Obwohl ich versucht habe, dich wegzustoßen.

So etwas tut man nicht!

Hoffentlich wirst du keinen Unfall haben, Lynn."

Aber ich weiß, wie meine Träume sind. Meine Träume sind gar keine echten Träume.

„Lynn ist tot", entschied ich und starrte auf mein rotes Spiegelbild. Langsam wurde ich ruhiger. „Lynn liegt längst im Grab und wird von den Würmern zerfressen."

Ich starrte auf die Rasierklinge in meiner Hand. Ich wusste, die konnte ich nicht nehmen, denn es war eine Sicherheitsklinge.

Aber ich würde träumen, wie ich sie am besten umbringen konnte. Und meine Träume werden immer wahr.

9

Ich fuhr zu Lynns Haus und parkte ein paar Blocks weiter. Dann stahl ich mich ums Haus in ihren Garten.

Ich konnte Lynn durch das Küchenfenster sehen, während sie dastand und Milch trank.

Vorsichtig schlich ich durch den Garten zur Hintertür. Sie war unverschlossen. Perfekt.

Dann schlüpfte ich ins Haus und betrat lautlos die Küche.

Ich sagte kein Wort. Lehnte am Türrahmen. Beobachtete sie und wartete darauf, dass sie mich bemerkte.

„Hier bin ich nun, Lynn", dachte ich. „Heute ist dein Glückstag."

Lynn drehte sich zum Kühlschrank um. Und fuhr zusammen.

„Hi", sagte ich ganz cool und leise.

„Hi", antwortete sie. „Du hast mich erschreckt."

„Ich muss mit dir reden", begann ich. Ich gab mir Mühe, dass die Sätze, die ich mir so sorgfältig zurechtgelegt hatte, nicht auswendig gelernt klangen.

„Okay", erwiderte Lynn. Sie stellte den Milchkarton zurück in den Kühlschrank. „Möchtest du was trinken? Wir haben Cola, Orangensaft –"

„Nein danke", unterbrach ich sie.

Sie wischte sich einen Milchtropfen von der Lippe. Dann grinste sie mich frech an. „Lass uns ins Wohnzimmer gehen. Meine Eltern kommen erst in ein paar Stunden zurück."

Das wusste ich. Sie hatte mir erzählt, dass ihre Eltern

immer spät nach Hause kamen. Das machte die Ausführung meines Plans umso leichter.

„Lass uns lieber wegfahren", schlug ich vor. „Ich habe Shadyside ausgekundschaftet und eine Stelle mit einem sagenhaften Ausblick gefunden. Oben auf dem großen Felsen über dem Fluss. Da können wir ungestört reden."

„Reden, was?" Lynn grinste unverschämt.

Ich spürte, dass ich rot wurde. Ich wusste, was sie meinte. Sie dachte, ich wollte sie berühren, sie wieder küssen.

„Bleib ganz ruhig", ermahnte ich mich im Stillen. „Tu noch nichts. Geh nach Plan vor."

„Komm", drängte ich. „Es ist nicht weit, und dann sind wir ganz allein."

Ich folgte ihr zur Haustür. „Wo steht dein Auto?", wollte sie wissen.

Warum hatte ich nicht daran gedacht, dass sie das fragen würde. Wie dumm, dumm, dumm von mir!

„Ich bin nicht hergefahren", sagte ich. „Ich bin gejoggt. Du weißt schon. Um in Form zu bleiben."

Lynn nickte. „Wir können mit meinem fahren", schlug sie vor. Wir stiegen in ihren kleinen Wagen.

Ich beschrieb ihr die Stelle, die ich gesehen hatte. „Ich weiß, welchen Platz du meinst. Er wird Flussklippe genannt", sagte sie. „Dort war ich schon ein paarmal – aber mit niemandem, der so süß war wie du."

Die Sonne ging langsam unter, während wir die Uferstraße entlang und zu den Felsen hinauffuhren. „Je dunkler, desto besser", dachte ich.

„Da sind wir", sagte ich, als wir die Sackgasse vor der Felskante erreicht hatten.

Lynn stellte den Motor ab, der daraufhin noch ein paar Geräusche von sich gab.

Ich machte die Beifahrertür auf, als Lynn mich plötzlich am Arm packte. „Wohin willst du?"

„Komm, wir wollen die Aussicht genießen, bevor es zu dunkel wird."

„Die kenne ich schon", säuselte Lynn. „Mir gefallen die Aussichten hier drin viel besser." Sie beugte sich über mich und zog meine Tür zu.

Mein Herz hämmerte in meinen Ohren.

„Sie ist schlecht", ging es mir durch den Kopf. „Sie ist total verdorben."

„Weißt du", begann Lynn, „wahrscheinlich sollte ich dir das lieber nicht sagen … aber in den letzten Wochen bin ich fast durchgedreht. Ich habe mich gewundert, warum du nicht mit mir ausgehen wolltest." Sie kicherte. „Es ist so bescheuert. Ich kann gar nicht glauben, dass ich dir das erzähle, Scott. Aber die ganze Zeit über wusste ich nicht, ob du mich nun magst oder nicht."

„Dich mag?" Ich lachte. „Machst du Witze?"

„Wie dumm von mir, was? Aber ich konnte nie sicher sein – bis heute."

Lynn beugte sich vor und fuhr mit der Hand durch mein Haar. Ihre Finger fühlten sich an wie Würmer, die sich in meine Kopfhaut bohrten.

Sie zog meinen Kopf zu sich heran – und fing an, mich zu küssen. Dann brach sie ab und blickte verlegen nach unten. Sie machte auf schüchtern.

Als wüsste ich nicht die Wahrheit über sie!

„Alle halten mich für so selbstbewusst", sagte sie leise. „Sogar Crystal. Aber als du gar kein Interesse an mir gezeigt hast, fühlte ich mich ganz elend. Ist das nicht verrückt? Ich meine, schließlich kenne ich dich kaum. Ist es dir auch schon mal so gegangen?"

„Klar", antwortete ich.

Sie starrte in meine Augen, als würde sie versuchen, meine Gedanken zu lesen. Als wollte sie alles sehen, was ich vor ihr geheim hielt.

Dann rückte sie näher. „Du bist so komisch, Scott."

Plötzlich fühlte sich mein Nacken eiskalt an. „Komisch?" Was meinte sie damit? Wusste sie etwas?

„Du machst dicht", warf sie mir vor. „Du kommst in unser Haus und fragst mich, ob ich mit dir an diese romantische Stelle fahren will. Und jetzt ... jetzt ist es, als wärst du meilenweit weg."

Ich erwiderte nichts. Ich wusste nicht, was ich dazu sagen sollte.

„Wenn du bloß ein Spiel mit mir spielst, funktioniert es total", jammerte sie und machte einen Schmollmund. „Ist es ein Spiel für dich?"

„Es ist kein Spiel", antwortete ich.

Sie kam ganz nahe an mich heran, und ich spürte ihren heißen Atem auf meinem Gesicht.

„Sie wird mich wieder küssen", durchzuckte es mich. „Ich muss sie aus dem Auto kriegen!"

Ich stellte mir ihren überraschten Gesichtsausdruck und ihre Panik vor, wenn ich sie von der Klippe stoßen würde. Ich stellte mir vor, wie sie fallen würde. Immer tiefer und tiefer. Und – klatsch! – auf den Felsen aufprallen würde.

Lynn küsste mich auf den Hals, ihr Mund hinterließ eine Schleimspur auf meiner Haut.

„Entspann dich, Scott", flüsterte sie mir ins Ohr und kicherte. „Ich beiße nicht."

„Jetzt!", beschloss ich. „Ich kann es nicht mehr länger ertragen."

Mit einem Ruck packte ich eine dicke Strähne ihres blonden Haars und zerrte ihren Kopf mit aller Gewalt nach hinten.

Ich hatte vor, ihn, so hart ich konnte, gegen die Windschutzscheibe zu schlagen.

10

Ein Mann starrte mich durch die Frontscheibe an.

"Oh Gott! Man hat mich ertappt!", dachte ich erschrocken. "Wer ist dieser Kerl? Und wo kommt er jetzt plötzlich her?"

So viele Fragen schossen mir durch den Kopf.

Ich ließ Lynns Haare los. Sie wich, so schnell sie konnte, von mir zurück.

Ich kurbelte das Fenster herunter. Zwang meinen Mund, nicht mehr zu zittern. Zwang mich zu lächeln.

"Ich hoffe, ich habe euch nicht erschreckt", sagte der Mann. "Aber ich habe mich total verfahren. Ich dachte, ich wäre auf der Straße Richtung Innenstadt, bis ich hier in dieser Sackgasse gelandet bin."

Ich konnte mich nicht auf seine Worte konzentrieren. Verfahren? Innenstadt? Was meinte er bloß?

Hatte er nicht gesehen, wie ich sie an den Haaren gepackt hielt? Wusste er nicht, dass ich sie gerade hatte ohnmächtig schlagen wollen?

Vielleicht nicht …

Lynn beugte sich zu ihm vor. "Sie brauchen nur umzudrehen und zurückzufahren, bis Sie auf den Park Drive kommen", erklärte sie. "Biegen Sie dort rechts ab. Dann fahren Sie den Park Drive entlang bis zur Mission Street und dort wieder rechts. Von dort kommen Sie direkt auf die Innenstadt zu."

"Vielen Dank", sagte der Mann. "Tut mir leid, euch so erschreckt zu haben." Er drehte sich rasch um und lief weg; der Kies knirschte unter seinen Sohlen.

Ich wandte mich Lynn zu. Ihre Augen glitzerten, und sie strich ihr Haar zurück.

Was dachte sie jetzt? Ich musste irgendwas sagen. Denn ich konnte sie noch nicht töten. Jetzt nicht. Hier nicht.

Der Mann könnte sich daran erinnern, uns hier oben an den Felsen zusammen gesehen zu haben.

„Tut mir leid …", fing ich an.

Lynn schüttelte den Kopf.

Ich zitterte. Dieser wissende Blick. Sie wusste Bescheid. Sie wusste, dass ich sie umbringen wollte.

„Ihr stillen Wasser habt immer eine wilde Seite, stimmt's?", fragte Lynn und grinste mich verdorben an.

„Klingel doch endlich!", schrie Lynn das Telefon an. „Klingel auf der Stelle, du blödes –"

Crystal sah zu, wie sie den Hörer abnahm und wieder auf die Basis knallte. Dann hob sie ihn wieder hoch und lauschte dem Rufton.

„Lynn, reg dich ab", sagte Crystal, so sanft sie konnte. Sie hatte Lynn noch nie so verzweifelt wegen eines Jungen gesehen. „Scott wird anrufen. Glaub mir. Er wird anrufen."

In Wirklichkeit war Crystal nicht so sicher. Es war schon eine Woche her, seit Scott mit Lynn an die Flussklippe gefahren war. Seitdem hatte Lynn sie ganz verrückt gemacht und sich wie ein trotziges Kleinkind benommen.

Lynn hatte dunkle Ringe unter den Augen. Und sie lachte kaum mehr. Probierte keine neue Frisuren mehr aus und brachte kaum mehr freche Sprüche. Lynn war nicht mehr sie selbst.

„Ich weiß, er wird anrufen", beruhigte Crystal ihre Freundin.

Lynn schüttelte den Kopf. „Ich habe alles versucht. Ich habe jeden Abend bei ihm angerufen, ich habe Nachrichten und kleine Geschenke an sein Schließfach geklebt. Nach der Schule habe ich beim Footballtraining zugesehen. Und er geht mir total aus dem Weg!"

Sie warf sich auf ihr Bett und vergrub das Gesicht im Kissen. „Es macht keinen Sinn", stöhnte sie. „An dem Tag kam er her. Ganz von sich aus, weißt du? Er hat gesagt, er müsste mit mir reden. Er hat gesagt, dass er mich mag. Und er wurde so leidenschaftlich ... so wild."

Sie wälzte sich auf den Rücken. „Warum musste der doofe Typ uns stören und nach dem Weg fragen? Der hat alles kaputt gemacht."

Crystal fiel nichts mehr ein, was sie noch sagen könnte. Sie kannte die Geschichte schon in- und auswendig.

„Hey, betrachte es mal aus einer anderen Sicht", schlug sie schließlich vor. „Du bist mir immer noch weit voraus." Sie drehte sich auf Lynns Schreibtischstuhl herum. „Mich hat er nie angerufen, und er hat mich auch nicht geküsst und wird es bestimmt nie tun. Du hast gewonnen."

„Na toll, ich habe gewonnen", sagte Lynn unglücklich. „Aber weißt du, was? Wenn gewinnen sich so anfühlt, hätte ich lieber verloren."

Sie versetzte dem Telefon mit ihrem Turnschuh einen Tritt. Der Hörer fiel aus der Basis. Hastig legte sie ihn wieder hinein.

„Du hast doch gehört, was er erzählt hat", erinnerte Crystal sie. „Er versucht, über seine Exfreundin hinwegzukommen. Vielleicht hat er geglaubt, er könnte sich wieder binden – aber er schafft es einfach noch nicht."

„Na super", stöhnte Lynn.

„Hör zu, Lynn, das Ganze ist lächerlich. Lass uns was unternehmen. Reden wir über was anderes, egal was. Komm, wir gehen ins Einkaufszentrum oder ins Kino."

Lynn seufzte. „Ich hab keine Lust."

„Dann gehen wir halt zu mir", schlug Crystal vor. „Damit du wenigstens für eine Weile vom Telefon wegkommst."

„Nie im Leben", protestierte Lynn. „Wenn ich zu dir gehe, bin ich ganz in seiner Nähe. Dann drehe ich durch!"

„Jetzt weißt du wenigstens, wie es mir geht", scherzte Crystal.

Doch es folgte eine lange Schweigepause.

„Was kann ich bloß tun, um sie aufzumuntern?", überlegte Crystal. Dann hatte sie eine Idee. Sie nahm das Telefon.

„Was machst du da?", fragte Lynn misstrauisch.

Crystal tippte eine Nummer ein und holte tief Luft. „Ob ich es wirklich tun soll?", fragte sie sich. „Normalerweise kann ich so was nicht. Aber wenn ich vorgebe, ich sei eine Fremde, schaffe ich es vielleicht."

„Allo?", fragte Crystal mit französischem Akzent. „Spresche isch mit Missis Collins? Oh, allo. Isch bin's, Francine. Aus Pari. Is Ihr Sohn Scott sufällisch su Ause?"

Lynn starrte Crystal mit weit aufgerissenen Augen an. Dann brach sie in lautes Gelächter aus.

Crystal presste die Lippen aufeinander, um nicht auch

loszuplatzen. Doch sie konnte sich nicht beherrschen, sie musste so lachen, dass sie kein Wort mehr herausbrachte. Also legte sie hastig auf und ließ sich auf den Teppich fallen, wo sie die Beine strampelnd in die Luft streckte.

Lynn lachte so herzhaft, dass sie keine Luft mehr bekam.

„Beim nächsten Mal bringst du mich aber nicht mehr zum Lachen, okay?", sagte Crystal, als die Mädchen sich endlich wieder beruhigt hatten.

„Das ist doch nicht dein Ernst?", kreischte Lynn. „Du rufst doch nicht etwa noch mal an, oder?"

Crystal musste grinsen. „Ich sollte immer mit französischem Akzent reden", dachte sie. „Dann wäre ich vielleicht nicht so schüchtern."

Sie drückte auf Wahlwiederholung. „Los, dreh dich zur Wand!", befahl sie Lynn. „Wenn ich dein Gesicht sehe, muss ich wieder lachen."

Gehorsam drehte Lynn ihr den Rücken zu.

„Oui. Ier is noch mal Francine aus Pari", säuselte Crystal in den Hörer. „Spresche isch wieder mit Missis Collins?"

Lynns Schultern zuckten so heftig, dass Crystal wieder auflegen musste.

Dieses Mal lachten beide, bis sie einen Schluckauf bekamen.

Dann nahm Lynn das Telefon an sich. „Jetzt bin ich dran", sagte sie und drückte auf Wahlwiederholung. „Allo?", fragte sie und machte Crystals gespielten französischen Akzent nach.

„Was? Ach, äh –" Sie vergaß den Akzent für einen Augenblick und wurde knallrot.

„Nein, ier is nischt Lynn", log sie. „Wer is Lynn?"

Crystal hielt sich erschrocken die Hand vor den Mund. Lynn sah sie an und nickte.

„Oh nein", dachte Crystal. „Diesmal muss Scott abgehoben haben. Arme Lynn!"

„Isch verspresche Ihnen, mein Name is nischt Lynn", beharrte Lynn, wobei ihr Akzent immer dünner wurde.

Crystal gestikulierte wild und signalisierte Lynn aufzulegen.

Lynn schüttelte den Kopf. „Hallo, Scott", sagte sie mit normaler Stimme. „Du hast recht. Ich bin's."

Crystal hielt sich beide Hände vors Gesicht.

„Äh, hoffentlich ist deine Mutter jetzt nicht böse auf mich", stotterte Lynn. „Es war nur ein Streich, du weißt schon. Ach, wirklich? Sie fand es witzig? Gott sei Dank!"

Crystal freute sich, Lynn endlich wieder lächeln zu sehen. „Na ja", fuhr Lynn fort, „ich versuche seit ein paar Tagen, dich zu erreichen. Ja, ich weiß. Das Footballtraining hält dich ganz schön auf Trab." Ihr Lächeln verschwand. „Hör zu", sprach sie weiter, und Crystal hörte, dass ihre Stimme ein wenig zitterte. „Meine Eltern sind weg. Sie mussten nach San Diego fliegen. Deswegen ... Na ja ... was machst du heute Abend?"

Crystals Magen zog sich zusammen, während sie ihre Freundin beobachtete. „Ich glaube es nicht!", dachte sie. „Jetzt drücke ich ihr sogar die Daumen!"

„Hast du Lust, vorbeizukommen oder so?", fragte Lynn Scott.

Crystal hielt den Atem an. Sie starrte in Lynns Gesicht. Was würde Scott sagen?

11

Würde Scott sich mit Lynn verabreden?
Atemlos beobachtete Crystal ihre Freundin.
Lynns Miene wurde düster. „Okay, wie du meinst", sagte sie hilflos. „Aber ruf mich mal an, okay?"
„Er muss sein Zimmer aufräumen", stöhnte Lynn, als sie aufgelegt hatte. „Ist das nicht die blödeste Ausrede, die du jemals gehört hast?"

Am liebsten hätte ich den Hörer auf die Gabel geknallt.
Aber irgendwie konnte ich mich beherrschen.
Ich legte sanft auf und blieb in der Küche stehen. Meine Hand zitterte, weil ich den Hörer so fest umklammert hatte.
„Keiner zu Hause", hatte sie gesagt. „Komm doch her", hatte sie gesagt. Mit dieser Stimme. Dieser sanften, verführerischen Stimme, dieser verdorbenen Stimme.
„Scott?", rief meine Mutter aus dem Esszimmer.
Ich wandte mich um und wischte mir den Schweiß von der Stirn. Wegen des Anrufs hatte ich Mum ganz allein gelassen. Das war nicht okay. Sie sollte nicht allein essen müssen, nur weil ein Mädchen sich nicht beherrschen konnte.
„Ja, Mum?", rief ich.
„Dein Essen wird kalt, Liebling."
Ich lächelte sie an, als ich ins Esszimmer zurückkam. „Tut mir leid."
Ich hob meine weiße Leinenserviette vom Stuhl auf

und setzte mich. Eigentlich ist der Stuhl gegenüber von Mum der Stammplatz meines Vaters, aber wenn er abends länger arbeiten muss, besteht Mum darauf, dass ich mich dorthin setze.

Sie sah mich mit hochgezogenen Augenbrauen an. Sie lächelte nicht, und ich schauderte. Mum war verärgert. Sehr verärgert.

„Diese Lynn ist ganz schön hartnäckig, nicht wahr?", fragte Mum. Sie gluckste, doch ich merkte, dass sie es gar nicht lustig fand. „Ich weiß nicht, wie viele Nachrichten sie diese Woche schon für dich hinterlassen hat", fügte Mum hinzu.

„Ich weiß. Es – es tut mir leid, Mum."

Ich wollte mit ihr nicht über Lynn reden. Deshalb nahm ich eine Gabel voll Spaghetti und hoffte, das Thema wäre damit abgehakt.

„Und jetzt das!", fuhr Mutter kopfschüttelnd fort. „Telefonstreiche! Vielleicht sollten wir ihre Eltern anrufen, Scott."

„Nein, Mutter! Bitte mach dir ihretwegen keine Sorgen. Ich – ich kümmere mich darum. Ich werde ihr sagen, dass sie hier nicht mehr anrufen soll –"

Mum sah mich mit zusammengekniffenen Augen an. „Du hast doch nicht etwa Gefühle für dieses Mädchen, oder?"

„Aber ... natürlich nicht. Ich –"

„Bist du sicher, dass du ihr keine falschen Hoffnungen gemacht hast?"

Diese Augen. Wie sie mich angestarrt hatten. Ich spürte, wie mir ein Schweißtropfen die Stirn hinunterrann. „Nein, Mum. Ich versichere dir, das Mädchen bedeutet mir nichts. Sie ist eine Nervensäge."

Rote Flecken tauchten auf Mutters runden Wangen auf, als wäre sie geohrfeigt worden. „Denn das wäre ganz und gar nicht gut, Scott", sagte sie und schüttelte betrübt den Kopf. „Es wäre ganz und gar nicht gut, wenn du dich mit so einer Schlampe einlassen würdest. Das weißt du doch, oder? Das Mädchen hat keine Manieren!"

Ich nickte.

„So darf man sich nicht benehmen", murmelte sie.

Aus Versehen ließ ich die Gabel fallen. Klappernd fiel sie auf den Tellerrand, und Mum sah mich scharf an.

Es bedurfte keiner Worte – ich wusste auch so genau, was sie dachte. Fast hätte ich einen Kratzer in ihr bestes Porzellan gemacht!

Dann nahm sie eine Gabel Salat.

„Es reicht, Lynn", dachte ich. „Jetzt reicht's. Es ist deine Schuld, dass Mum böse auf mich ist. Es ist alles nur deine Schuld! Also, Lynn, das ist ganz und gar nicht gut. So darf man sich nicht benehmen."

Die Spaghetti sahen plötzlich aus wie Gedärme. Ein Haufen von Gedärmen auf meinem Teller ...

Und plötzlich formte sich ein abstoßendes Bild vor meinem inneren Auge: Ich stellte mir Lynn vor, mit aufgeschnittenem Bauch, aus dem die Spaghetti herausquollen.

„Komm schon, Lynn, geh ans Telefon."

Crystal saß im Schneidersitz auf dem Fußboden ihres Zimmers und lauschte auf das Klingelzeichen.

Wo steckte Lynn? Crystal hatte erwartet, dass ihre Freundin den Hörer beim ersten Ton abheben würde.

Schließlich legte sie auf und stand auf. Ihr linkes Bein

war eingeschlafen, und sie humpelte ein bisschen im Zimmer auf und ab, um die Blutzirkulation wieder anzuregen.

„Ich kann nicht glauben, dass Lynn doch noch ausgegangen ist", dachte Crystal. „Ich hatte sie doch richtiggehend angefleht, mit mir was zu unternehmen, aber sie wollte nicht. Und außerdem ist es auch schon ziemlich spät …"

Crystal ging hinaus auf den Flur. Das Zimmer ihrer Mutter war dunkel, und auch bei Melinda brannte kein Licht mehr.

Dann sah sie, dass die Tür zum Dachboden einen Spalt offen stand. Crystal stieß die Tür auf. Oben an der Treppe schimmerte ein schwacher Lichtschein.

Crystal stieg hinauf. „Melinda?"

„Hier drüben", rief ihre Schwester.

Crystal betrat den Dachboden. Ihre Augen mussten sich erst an die Dunkelheit gewöhnen. Sie mochte die Dachkammer nicht. Auch wenn das Zimmer groß genug war, wirkten die schrägen Wände immer irgendwie bedrohlich auf Crystal.

Sie fand Melinda in einen alten Sessel gekuschelt, aus dessen Polstern der Schaumstoff quoll. Eine alte Stehlampe beleuchtete die Leseecke. Melinda liebte es, sich hier oben zu verkriechen und zu lesen.

„Du bist aber noch spät auf", sagte Crystal.

„Du auch." Melinda hielt lächelnd ihr Buch hoch. „Ich bin fast fertig – Sturmhöhe."

Einer ihrer Lieblingsromane, den sie schon unzählige Male verschlungen hatte.

Crystal sah sich um. „Wir müssten hier mal dringend ausmisten", dachte sie. Die Dachkammer war mit allen möglichen Sachen vollgestopft: einer alten Nähmaschine, einem verrosteten Schaukelpferd, Dads Klamotten, einem Federballnetz, das sie schon vor Jahren im Garten hatten aufhängen wollen.

Crystal hob einen Skistock auf. „Der hat Dad gehört, nicht wahr?"

„Ja", antwortete Melinda.

Crystal hielt den Stock wie einen Degen vor sich und stach damit in die Luft, bis Melinda lachen musste. Dann stellte sie ihn wieder weg und warf Melinda einen scheuen Blick zu. „Denkst du manchmal an ihn?"

„An Dad?", fragte Melinda. „Klar. Du nicht?"

Crystal zuckte mit den Schultern. „Ich weiß nicht. Ich kann mich kaum an ihn erinnern. Ich war doch noch so klein. Und ... er war nicht oft zu Hause. Er war immer unterwegs – ohne uns."

Melinda nickte. „Er war gern allein."

Die beiden Schwestern sahen sich an. Es war Crystal noch nie so deutlich aufgefallen, wie ähnlich Melinda ihrem Vater war.

„Mel", sagte Crystal. „Ich will dich nicht nerven. Aber macht es dich nicht manchmal verrückt, so viel allein zu sein?"

„Manchmal schon", gab Melinda zu. „Aber ich ..." Sie führte den Gedanken nicht zu Ende.

„Was?", wollte Crystal wissen und setzte sich neben den Sessel auf den Boden.

„Ich bin nicht wie du", erklärte Melinda. „Ich bin mehr der ruhige Typ. Ich will nicht ausgehen, nur um unter Leute zu kommen. Wenn ich mit jemandem gern zusammen bin, dann ist es gut. Aber ich brauche niemanden um mich herum, nur um nicht allein zu sein."

Crystal nickte, doch sie konnte es nur schwer nachvollziehen. Für sie war es das Größte, Teil einer Clique zu sein.

Sie merkte, dass Melinda weiterlesen wollte. Also wünschte sie der Schwester eine gute Nacht und ging in ihr Zimmer zurück, fest entschlossen, schlafen zu gehen und sich keine Sorgen um Lynn zu machen.

Doch zwanzig Minuten später war Crystal immer noch nicht eingeschlafen. Sie versuchte ein letztes Mal, Lynn anzurufen, und ließ das Telefon eine halbe Ewigkeit klingeln. Durch ihr Schlafzimmerfenster sah sie trotz des heruntergezogenen Rollos, wie das Licht in Scotts Zimmer ausging.

Crystal legte auf. Sie konnte sich jetzt keine Gedanken um Scott machen. Ihre beste Freundin hatte ihren ersten richtigen schlimmen Liebeskummer. Und plötzlich wusste Crystal, was sie zu tun hatte.

Sie zog Jeans und einen Pullover an, nahm ihre Schlüssel und schlich die Treppe hinunter, dann rannte sie zur Auffahrt und stieg ins Auto, obwohl sie nicht gern nachts fuhr. Sie hatte ihren Führerschein erst seit ein paar Monaten und fühlte sich manchmal noch unsicher.

Doch schon kurz darauf hielt sie vor der Auffahrt von Lynns Haus – 39 Cedar Lane. Das Haus war dunkel. Nirgendwo brannte ein Licht.

Crystal überlegte, ob sie überhaupt klingeln sollte. Vielleicht fühlte Lynn sich so schlecht, dass sie das Telefon abgestellt hatte und ins Bett gegangen war.

„Was tue ich eigentlich hier?", dachte Crystal. „Wie verrückt von mir!"

Sie nahm den Fuß vom Bremspedal und wollte schon

wieder nach Hause fahren, doch dann überlegte sie es sich anders.

Ihr war plötzlich ein böser Streit eingefallen, den Lynn und sie in der sechsten Klasse gehabt hatten. Crystal war wutentbrannt davongerannt. Als sie ewig nicht nach Hause gekommen war, hatte Lynn sich gedacht, dass sie sich vielleicht im Fear-Street-Wald verlaufen hatte, und hatte den ganzen Wald nach ihr durchsucht. Crystal war so erleichtert gewesen, als Lynn aufgetaucht war.

„Heute Nacht werde ich Lynn finden", beschloss Crystal. „Ich muss mich vergewissern, dass es ihr gut geht."

Sie stieg aus dem Wagen und ging die Auffahrt hinauf. Der Bewegungsmelder, den Lynns Vater auf dem Garagendach montiert hatte, schaltete sich ein.

„Was ist das für ein komischer Geruch?", fragte Crystal sich, als sie die Stufen zur Haustür hinaufstieg und auf die Klingel drückte.

Niemand machte auf.

„Geh nach Hause, Crystal!", ermahnte sie sich. „Lynn ist nichts passiert. Sie wird dich auslachen, wenn sie hört, dass du hier draußen in der Kälte gestanden hast."

Doch irgendwas an der Sache war ihr nicht geheuer. Sie bückte sich und hob den alten Blumentopf auf der Veranda hoch. Tastend suchte sie nach dem Ersatzschlüssel. Gut. Er war noch da.

Crystal schloss die Haustür auf und schaltete das Licht an.

„Lynn?", rief sie.

Stille.

„Lynn? Bist du oben in deinem Zimmer? Lynn?"

Crystal rannte die Treppe hinauf und lief durch den Flur zu Lynns Zimmer. Die Tür war zu.

Sie tastete die Wand nach dem Lichtschalter ab, konnte ihn nicht finden und musste in der Dunkelheit nach dem Türgriff suchen.

Dann machte sie die Tür auf.

Und sah jemanden im Zimmer stehen. Sah jemanden, der sie anstarrte.

Sie fing an zu schreien.

12

Wer war das?

Crystal verstummte abrupt. Sie zitterte am ganzen Körper.

„Das bin ja ich!", stellte sie überrascht fest. Es war nur ihr eigenes Spiegelbild in dem langen Spiegel in Lynns Zimmer.

Sie musste sich zusammenreißen, sagte Crystal sich, schaltete das Licht an und ließ sich aufs Bett fallen. Dann fing sie an zu kichern. Wie konnte sie so blöd sein und sich dermaßen vor ihrem eigenen Spiegelbild erschrecken!

Crystal setzte sich auf und starrte erstaunt auf die Bettdecke. Jede Ecke war säuberlich gefaltet.

„Komisch – Lynns Zimmer ist doch immer genauso unordentlich wie meins", ging ihr durch den Kopf.

Sie sah sich im Raum um. Weder Make-up noch Zeitschriften oder CDs auf der Kommode. Kein Krempel auf dem Nachttisch. Keine Klamotten auf dem Stuhl. Nichts auf dem Boden.

„Das passt nicht zu Lynn", dachte Crystal beunruhigt. Sie kletterte vom Bett herunter. Irgendetwas stimmte hier nicht. Und wo war Lynn überhaupt?

Sie ging an den Schreibtisch und beschloss, Lynn eine Nachricht zu hinterlassen. Sie sollte Crystal sofort anrufen, wenn sie zurückkam. Egal, wie spät es war.

In der obersten Schublade fand sie einen rosa Notizblock und einen Stift. „Lynn, wo bist du?", schrieb sie. „Ich bin vorbeigekommen –"

Doch da entdeckte sie etwas auf dem Schreibtisch. Eine handgeschriebene Nachricht von Lynn.

Sie hob sie auf. „Liebe Mum, lieber Dad", stand auf dem Zettel. „Es tut mir leid. Es tut mir so leid! Ich weiß, dass das, was ich vorhabe, euch sehr verletzen wird."

Crystal zuckte zusammen. „Nein", flüsterte sie entsetzt. „Nein, bitte nicht, Lynn."

Sie las weiter. „Ich kann nur sagen, dass ihr mich nie wirklich gekannt habt. Jeder hat mich für frech und selbstbewusst gehalten. Aber in meinem Inneren habe ich mich immer sehr unglücklich gefühlt. Ich habe es lange geschafft, meine wahren Gefühle zu verbergen, doch nun kann ich nicht mehr."

Crystals Hände fingen an zu zittern. Sie zwang sich, den Rest des Briefs zu lesen. „Mum, Dad ... ich habe so viele Dinge getan, die ich zutiefst bereue. Mir ist jetzt klar, dass man sich so nicht benehmen darf –"

Crystal ließ das Blatt auf den Schreibtisch sinken. Mit laut klopfendem Herzen und Tränen in den Augen sah sie sich um.

Lynn hatte jede Ecke ihres Zimmers aufgeräumt. Als wollte sie keine Unordnung hinterlassen, wenn sie ... wenn sie ...

„Das würde Lynn nie tun", dachte Crystal verzweifelt. „Das würde sie niemals machen."

Dann erinnerte sie sich an den seltsamen Geruch vor dem Haus.

„Neeiiin!", heulte sie entsetzt.

Sie rannte los. „Bitte lass mich nicht zu spät kommen!", betete sie, während sie die Treppe hinunter in das dunkle Wohnzimmer raste. Sie stieß so heftig gegen den Couchtisch, dass sie beinahe gestürzt wäre.

Ein Schmerz durchfuhr ihr Bein, doch sie fand ihr Gleichgewicht wieder und rannte weiter.

Sie riss die Haustür auf, hastete die Stufen hinunter und lief über den Rasen.

Plötzlich war der Garten hell erleuchtet. Sie hatte den Bewegungsmelder wieder in Gang gesetzt.

Crystal packte den Griff des Garagentors und zog mit aller Kraft daran. „Bitte nicht", flehte sie im Stillen. „Nein, nein, bitte nicht."

Die Garage war verschlossen.

Crystal lehnte sich an das Tor – und stellte fest, dass sie in der Garage einen laufenden Motor hörte.

Der Geruch! Das war es, was den komischen Geruch verursachte.

Sie sprang immer wieder hoch in dem Bemühen, durch die kleinen Fenster über dem Garagentor zu schauen.

Sie konnte das Auto sehen.

Wieder sprang sie hoch.

Jemand saß darin. Jemand mit langem, blondem Haar.

„Lynn!", schrie Crystal.

13

Ich starrte in Lynns offenes Grab.

Tränen brannten in meinen Augen.

„Das habe ich nicht verdient", dachte ich. „Das habe ich wirklich nicht verdient. Warum musste sich noch so ein widerliches Mädchen an mich heranmachen? Wieso hat noch ein Mädchen mich zum Töten gezwungen?"

Ich wusste, dass die Polizei es bestimmt nicht verstehen würde. Für die wäre ich der Schuldige.

Aber wie konnte es meine Schuld sein?

Ich bin nicht schlecht, nicht verdorben. Ich bin das Opfer!

Lynn war die Böse.

Ich hörte Crystals Schluchzen. Sie stand direkt vor mir, und ihr Körper bebte.

„Wenigstens hat sie sich einmal manierlich angezogen", dachte ich. Das schwarze Kleid bedeckte ihre Knie. Ich streckte die Hand aus und legte sie ihr auf die Schulter.

Crystal drehte sich um und klammerte sich an mich. Ich sah, dass ihre Tränen einen nassen Fleck auf meinem guten grauen Anzug hinterließen.

Über ihre Schulter konnte ich ihre Schwester Melinda sehen, die uns beobachtete. Ihre Miene war angespannt. Ich nickte ihr zu, doch sie wandte den Blick ab.

Dann hob Crystal den Kopf und sah mich an; ihre grünen Augen schimmerten feucht.

„Ach, Scott", murmelte sie, „ich – ich weiß nicht, ob ich es verkraften kann. Es ist so traurig. Es ist so unfassbar. Ich kann einfach nicht glauben, dass ich Lynn nie wiedersehen werde."

Wie konnte sie so dumm sein? Warum glaubte sie, die Beerdigung sei traurig? Etwa weil Lynn tot war?

Was traurig war, war die Tatsache, dass Lynn sich nicht zu benehmen wusste. Was wirklich traurig war, war die Tatsache, dass sie mich dazu gezwungen hatte, wieder zu töten.

Schließlich ließ Crystal mich los. Ich schaute zu, wie die Arbeiter Lynns Sarg langsam in der Grube versenkten.

„Ja, Lynn, du hast mich einer großen Gefahr ausgesetzt", dachte ich. „Aber ich bin immer noch okay. Immer noch okay."

Das sagte ich mir immer wieder, während ich in das Grab starrte. „Ich bin in Sicherheit. Ich habe alles sorgfältig geplant – genauso wie damals bei Dana."

Ich hatte Lynn ein Messer an die Kehle gehalten, während sie den Abschiedsbrief schrieb. „Warum tust du mir das an?", hatte sie immer wieder gefragt.

Ich wusste, sie würde es nie verstehen. So eine nicht.

Als sie mit dem Brief fertig war, drückte ich ihr ein Kissen aufs Gesicht, bis sie das Bewusstsein verlor.

Dann warf ich sie mir über die Schulter und trug sie hinunter in die Garage, wo ich sie in das Auto setzte und den Motor anließ.

Ich schloss die Garage von innen ab. Danach ging ich ins Haus zurück und verließ es durch die Haustür, die ich hinter mir zusperrte. Wieder ein perfekter Mord!

Vor allem, da Crystal Lynns Eltern erzählte, wie deprimiert Lynn an jenem Abend gewesen war. Es passte einfach alles.

Crystal fing wieder an zu weinen. Melinda legte den Arm um ihre Schultern und flüsterte ihr etwas ins Ohr.
Melinda.
Ich frage mich, warum ich sie so selten sehe, außerhalb der Englischklasse.
Sie ist ganz anders als ihre Schwester. Ein nettes Mädchen. Ein gutes Mädchen.
Ich beobachtete, wie Melinda ihrer Schwester ein Taschentuch gab und sich die eigenen Tränen abwischte.
Dann betrachtete ich der Reihe nach die Jungs des Footballteams, Lynns Eltern, Crystals Mutter, ein paar Lehrer. So viele Leute. Und keiner von ihnen verdächtigte mich. Keiner hatte auch nur die leiseste Ahnung.
Und das bedeutete …
… dass meine Probleme endlich vorbei waren.
Ich konnte wieder ein normales Leben führen.
Juhu! Endlich würde alles wieder gut werden.
Es sei denn …
Es sei denn, Crystal hatte immer noch nicht gelernt, wie man sich zu benehmen hatte.

14

„Hast du Lust auf eine Radtour?"
„Nein."
„Wie wäre es mit Dalby's? Ich habe gehört, dass sie Schlussverkauf haben."
„Keine Lust."
Crystal wollte nirgendwo hingehen – sie wollte noch nicht mal aufstehen.
„Danke, Melinda", sagte sie und zwang sich, die Augen aufzumachen. „Wirklich. Ich weiß, dass du versuchst, mich aufzumuntern. Aber es ist sinnlos, verstehst du?"
„Es ist schon drei Wochen her", erinnerte Melinda sie sanft.
„Drei Wochen", murmelte Crystal. „Vor drei Wochen habe ich Lynns Leiche gefunden. Und jeden Tag fühle ich mich schlechter. – Was tust du da, Mel?"
„Ich räume bloß ein bisschen auf", sagte Melinda. Sie machte sich an dem Krempel auf Crystals Schreibtisch zu schaffen.
Eine Welle der Wut überkam Crystal. Sie sprang auf. „Hey", schrie sie, „das mach ich selber!"
Sie fuhr mit dem Arm über die Schreibtischplatte und fegte alles krachend auf den Boden. „Na, ordentlich genug?"
„Ach, Crystal", stieß Melinda mit brüchiger Stimme hervor.
Crystal sah, dass ein einziger Gegenstand auf dem Schreibtisch liegen geblieben war. Ein knallroter Lip-

penstift. Todeskuss. Der Lippenstift, den Lynn und sie zusammen gekauft hatten.

Sie nahm ihn in die Hand und starrte ihn an. Dann fing sie an zu weinen. Es war zu viel für sie. „Ach, Lynn!", dachte sie verzweifelt.

Melinda legte die Arme um Crystal und hielt sie fest. „Ich bin okay", beharrte Crystal und wich zurück.

Die beiden Schwestern umarmten sich nur selten. Jetzt war es Crystal unangenehm.

Sie sah Melindas besorgten Gesichtsausdruck und lächelte. „Ich bin echt okay, Mel", versicherte sie und wischte sich die Tränen aus den Augen.

Melinda setzte sich auf die Bettkante. „Es tut mir so leid, Crissie", sagte sie und starrte auf ihre Hände.

„Crissie. So hat sie mich nicht mehr genannt, seit ich klein war", dachte Crystal.

Sie warf einen Blick auf die leere Schreibtischplatte, die sie irgendwie an einen Sargdeckel erinnerte.

„Soll ich dir was verraten?", fragte Crystal. „Ich bin wütend auf Lynn. Ist das nicht doof? Ich bin richtig wütend auf sie, weil sie das getan hat. Weil sie mich verlassen hat."

„Ich finde das nicht doof", erwiderte Melinda.

Crystal setzte sich neben sie aufs Bett. Für eine kurze Weile schwiegen sie.

„Soll ich dir auch was verraten?", fragte Melinda.
„Klar doch."
„Ich habe sie nie –"

Melinda unterbrach sich. Doch Crystal wusste, was sie sagen wollte. „Du hast Lynn nicht gemocht."

Melinda hob den Kopf. Eine Träne rollte über ihre Wange. „Hasst du mich deswegen?"

„Natürlich nicht", versicherte Crystal ihr.

„Ich weiß nicht, warum ich sie nicht gemocht habe", sagte Melinda. „Ich glaube, ich war – ich war eifersüchtig auf sie, weil ihr beide so enge Freundinnen wart. Ich ... ich wollte immer, dass wir beide so gute Freundinnen wären."

Crystal sagte kein Wort. Doch sie war überrascht. Sie hatte nie geahnt, dass Melinda so empfand.

„Außerdem waren Lynn und du immer so beliebt ... bei den Jungs", fuhr Melinda fort und kaute an ihrem Daumennagel. „Das war – nicht leicht für mich."

„Das weiß ich", sagte Crystal sanft.

„Und wahrscheinlich hat mich auch gestört, wie – du weißt schon – wie Lynn sich Jungs gegenüber benommen hat."

„Melinda", sagte Crystal in scharfem Ton. „Du hast Lynn nicht gemocht. Okay. Aber bitte kritisiere sie nicht auch noch – nicht jetzt!"

„Natürlich", erwiderte Melinda hastig. „Du hast recht. Es tut mir leid."

Wieder verfielen sie in Schweigen.

Dann lachte Melinda plötzlich auf.

„Was hast du?", fragte Crystal.

„Mum meint immer, ich soll dich aufmuntern. Aber wenn sie in diesem Augenblick hereinkäme, würde sie wohl nicht finden, dass ich meine Sache besonders gut mache!"

„Doch, das tust du", beruhigte Crystal ihre Schwester. „Ganz ehrlich."

Ausgerechnet in diesem Moment streckte Mrs Thomas den Kopf durch den Türspalt. „Seid ihr beide okay?", erkundigte sie sich.

Crystal nickte. „Wofür hast du dich so fein gemacht?"
Mrs Thomas lächelte schüchtern. „Na ja …"
Melinda hielt sich eine Hand vor den Mund, als wollte sie Crystal ein Geheimnis zuflüstern. „Mum hat heute Abend ein Date."
„Ein was?", rief Crystal verwundert.
„Ach, es ist kein richtiges Date, Melinda", widersprach Mrs Thomas und errötete. „Ich gehe bloß mit Paul Sloane essen. Ihr wisst schon, mein Arbeitskollege. Im Büro haben wir nie genug Zeit, uns zu unterhalten, und deshalb haben wir gedacht …"
„… dass wir mal ein Date vereinbaren sollten", ergänzten Crystal und Melinda einstimmig.
Alle lachten.
„Wie schön!", dachte Crystal. „Das haben wir schon lange nicht mehr getan. Geredet und gelacht – nur wir drei."
„In der Tiefkühltruhe sind Reste", sagte ihre Mutter. „Wärmt euch in der Mikrowelle auf, was ihr mögt."
Crystal und Melinda versprachen ihr, dass sie allein zurechtkommen würden. Als Mrs Thomas ging, klingelte das Telefon. Crystal nahm den Hörer ab.
„Hi", meldete sich die Stimme eines jungen Mannes.
„Hi, Jake."
„Wie geht's dir, Crystal?"
„Ganz okay."
Jake war in den vergangenen Wochen sehr einfühlsam gewesen. Er hatte alles getan, was ihm nur einfiel, um Crystal über diese schwere Zeit hinwegzuhelfen. Er hatte sie sogar auf den Friedhof von Shadyside gefahren und ihre Hand gehalten, während sie vor Lynns Grab stand und weinte.

„Hör zu", sagte Jake. „Ich habe ein paar Freunde hier, während meine Eltern verreist sind. Warum kommst du nicht auch?"

„Das ist lieb von dir. Aber ich habe keine Lust wegzugehen", antwortete Crystal. „Du musst dir wegen mir keine Sorgen machen. Es geht mir gut."

„Ich mache mir keine Sorgen um dich", erwiderte Jake. „Ich meine, klar mache ich mir auch Sorgen, aber ich habe dich eingeladen, weil ich dich sehen will. Alle wollen dich sehen."

Melinda gab ihr ein Zeichen. „Geh hin", flüsterte sie.

Crystal schüttelte den Kopf.

„Warum nicht?", flüsterte Melinda.

Crystal winkte ab.

„Trotzdem danke", sagte sie zu Jake. „Ehrlich."

„Scott kommt auch", fügte Jake hinzu.

Scott. Crystal merkte, dass er ihr immer noch gefiel. Und an dem Tag der Beerdigung hatte sie sich mit ihm verbunden gefühlt. Sie hatte gespürt, dass Lynns Tod auch ihm sehr naheging.

Sie würde gern mal mit ihm darüber reden – aber nicht jetzt. Sie wollte allein sein.

„Du lässt wohl nichts unversucht?", sagte sie zu Jake. „Vielleicht komme ich später vorbei. Aber wahrscheinlich eher nicht, okay? Tut mir leid."

Als sie aufgelegt hatte, bemerkte sie, dass Melinda sie prüfend ansah. „Nenne mir einen Grund, warum du nicht hingehst", forderte Melinda.

„Weil ich keine Lust habe." Crystal streckte sich auf ihrem Bett aus.

„Also, wenn du nicht hingehst, musst du mit mir vorliebnehmen", beharrte Melinda.

Crystal hob den Kopf. „Einverstanden."

Das Telefon läutete neben Crystals Ohr. Sie stöhnte und nahm ab. „Jake", begann sie, „ich hab dir doch gesagt –"

Die Stille am anderen Ende der Leitung ließ sie mitten im Satz innehalten.

Eine vertraute Stimme meldete sich. „Hier ist nicht Jake."

„Oh", sagte Crystal überrascht. „Äh, ich meine ... hallo!"

Melinda starrte sie an. Crystal flüsterte ihr zu: „Es ist Scott."

Melinda wandte sich ab.

„Ich habe oft an dich gedacht, Crystal", sagte Scott mit leiser Stimme.

„Tatsächlich?" Crystal konnte ihr Staunen nicht verbergen.

„Ja. Ich muss immer daran denken, wie eng du mit Lynn befreundet warst", fuhr er fort. „Ich will auf keinen Fall, dass dir dasselbe Schicksal widerfährt."

15

„Wie seltsam, so etwas zu sagen", dachte Crystal. „Was konnte Scott damit gemeint haben?"

Doch dann wurde ihr klar, dass er sich einfach Sorgen um sie machte.

„Danke, Scott", erwiderte Crystal. „Es ist sehr schwer, aber ich werde schon darüber hinwegkommen. Ich – mir wird nichts passieren."

Sie spürte ihr Herzklopfen bei dem Gedanken, dass sie Scott wirklich wichtig war.

Er hüstelte. „Es ist also okay, wenn ich dich anrufe?"

„Ja", antwortete Crystal. „Klar."

„Bist du sicher?"

„Scott", sagte sie. „Damit eins klar ist: Du kannst mich nie zur falschen Zeit anrufen, okay?"

Er lachte nervös. „Wenn ich dich also um drei Uhr nachts anrufen würde, wäre das auch in Ordnung?"

„Drei Uhr nachts ist die beste Zeit, mich anzurufen", flirtete sie.

„Was hast du in den letzten Wochen so getrieben?", wollte er wissen.

„Nicht viel", antwortete Crystal. „Die letzten Wochen waren nicht gerade angenehm."

„Nein", stimmte er zu.

Scott musste es auch ziemlich mies gehen, dachte sie. Wahrscheinlich hatte er ein schlechtes Gewissen, weil er Lynn so ignoriert hatte.

„Ich – ich glaube, wir sollten miteinander reden", schlug Crystal vor.

„Ja, klar", erwiderte er rasch.

Melinda stand auf. Crystal winkte ihr hinterher, als sie das Zimmer verließ, doch Melinda winkte nicht zurück.

Dann fiel es Crystal wieder ein: Sie hatte ihrer Schwester versprochen, den heutigen Abend mit ihr zu verbringen. „Ach, das mache ich wieder gut", beruhigte sie sich.

„Bist du noch dran?", fragte Scott.

„Ja, ich bin hier", sagte Crystal. „Irgendwie ist es ein komisches Gefühl, mit dir am Telefon zu reden."

„Warum?"

Sie setzte sich auf und sah auf das heruntergelassene Rollo an Scotts Fenster. „Na ja, unsere Zimmer liegen so nahe beieinander. Wir könnten uns praktisch am Fenster unterhalten."

Scott räusperte sich wieder. „Mhm", brummte er.

Crystal wartete ab.

„Hör zu", sagte er schließlich. „Weswegen ich eigentlich anrufe, ist ... Ich will mit Melinda reden."

„Wie bitte?", platzte Crystal heraus.

„Melinda? Er will mit Melinda reden!", dachte sie geschockt.

„Oh", sagte sie und spürte, wie sie vor Scham rot wurde. „Warte einen Augenblick."

Sie hielt den Hörer zu. „Mel!", rief sie.

Keine Antwort.

„Melinda!", schrie sie lauter. „Telefon!"

„Okay", rief Melinda vom Dachboden herunter.

„Eine Sekunde", informierte Crystal Scott. Sie hörte Melindas Schritte auf der Treppe, dann tauchte ihre Schwester im Türrahmen auf.

„Scott will mit dir reden", flüsterte sie.

Melinda starrte sie mit offenem Mund an.

Crystal nickte.

Zögernd nahm Melinda den Hörer entgegen. Während des Telefongesprächs sah sie Crystal kein einziges Mal an. Sie sagte auch nicht viel, außer „mhm" und „klar".

„Ich kann es nicht glauben!", verkündete sie, als sie aufgelegt hatte. „Wow!" Sie klang verwirrt.

„Was ist los?", fragte Crystal.

„Scott kommt zu Jakes Party", begann Melinda.

„Und –?"

„Und er wollte wissen, ob ich auch vorbeikomme."

„Und –?"

„Und … na ja, du weißt schon … ob ich mit ihm zusammen hingehen will."

„Melinda!", sagte Crystal atemlos. „Er hat sich mit dir verabredet!"

Melinda sah sie fassungslos an. Dann stieß sie einen Freudenschrei aus und tanzte mit dem Telefon im Zimmer herum. Crystal zog die Rollos herunter. Sie wollte nicht, dass Scott es sah.

Plötzlich blieb Melinda stehen. „Crystal", flüsterte sie, „was soll ich anziehen?"

„Ich bin froh, dass du mich das fragst", freute sich Crystal. Doch bevor sie noch etwas hinzufügen konnte, stürzte Melinda aus dem Zimmer. Und machte die Tür hinter sich zu.

Crystal eilte ihr hinterher, aber Melindas Zimmertür war verschlossen. „Mel", rief sie. „Ich helfe dir beim Aussuchen!"

„Nein!", antwortete Melinda schrill.

Durch die Tür hörte Crystal das Rascheln von Stoffen und das Klappern von Kleiderbügeln.

Melinda kam erst zwanzig Minuten später wieder heraus. Als sie in das Zimmer ihrer Schwester stolzierte, verzog Crystal ungewollt das Gesicht.

Mel hatte einen ihrer hässlichen braunen Röcke und einen unförmigen Pullover augesucht.

„Sag nicht, dass du das anziehst", flehte Crystal.

Melinda runzelte die Stirn. „Findest du es nicht gut?"

Hastig lief Crystal zu ihrem Kleiderschrank. Sie riss die Gleittüren auf und fing an, Klamotten herauszuzerren. „Wie wäre es damit?", fragte sie und hielt einen Minirock aus schwarzem Leder in die Höhe.

„Ach, komm", stöhnte Melinda. „Du weißt doch, dass ich so was nie –"

Crystal zog einen zweiten Rock heraus, der nur wenige Zentimeter länger war.

„Crystal, das passt nicht zu mir!"

„Probier ihn an", forderte Crystal sie auf.

„Das kann ich nicht."

„Natürlich kannst du das. Du brauchst ihn bloß anzuziehen. Wo liegt das Problem?"

„Ich würde mich schämen, so herumzulaufen. Das ist das Problem."

„Melinda, hör mal. Du siehst mir ähnlich. Tatsache ist, du könntest hübscher sein als ich, wenn du es darauf anlegen würdest. Wenn du mit Scott zusammen bist, willst du dich doch nicht in deinen unvorteilhaften Klamotten verstecken, oder?"

Zögernd schüttelte ihre Schwester den Kopf. „Ich weiß nicht."

Crystal hielt den kurzen Rock an Melindas Taille. Beide schauten in den Spiegel. „Probier ihn an", drängte Crystal. „Tu es für mich."

Schweigend zog Melinda ihren Rock aus und den Minirock an. „Ich glaube einfach nicht, dass ich so was tue", murmelte sie.

Crystal starrte auf das Spiegelbild ihrer Schwester.

Melinda errötete. „Sehe ich sehr albern aus?"

„Du siehst toll aus!"

Melinda betrachtete ihr Spiegelbild. „Echt?"

„Ich sage dir, Mel: Du siehst heiß aus. Er steht dir super. Wahnsinn!"

Melinda kicherte.

„Was für eine gute Schwester ich doch bin", dachte Crystal, während Melinda sich vor dem Spiegel hin und her drehte. „Ich habe Melindas Chancen bei Scott um tausend Prozent erhöht."

Ich ging ins Wohnzimmer. Hardy Walker und ein paar der anderen Jungs des Footballteams schauten MTV. Lauter Mädchen in Bikinis tanzten am Strand zu Rockmusik.

Wie ekelhaft!

Ich griff nach der Fernbedienung und wechselte zu dem Kanal, auf dem das Spiel in Alabama gezeigt wurde. Alle schrien mich an.

„Sollen sie schreien", dachte ich. „Ist mir egal."

Als Jake mich angerufen hatte, sagte er, dass nur ein paar Kumpels kommen würden. Aber es war eine richtige Party daraus geworden.

„Warum bin ich überhaupt hergekommen?", fragte ich mich. „Ich hasse Partys! Tanzen, trinken – alle sind am Ausflippen und –"

Einer der Jungen stellte wieder MTV an. Hastig ging ich ins Wohnzimmer. Aus dem CD-Spieler dröhnte

Rap-Musik. Jake hatte seine Arme um Meg Hollander gelegt.

„Warum tanzt du nicht?", brüllte Jake. Ich winkte ab und ging weiter. Am liebsten hätte ich geschrien.

Dann flüchtete ich in die Küche. Ich dachte daran, Melinda anzurufen und das Date abzusagen. Ich wollte kein gutes, nettes Mädchen auf so eine Party locken.

Travis und Kenny alberten in der Küche herum und spritzten sich johlend mit Schlagsahne voll. Sie spritzten auch etwas Sahne auf mich.

Schweigend starrte ich sie an.

Das ließ sie verstummen.

„Hey, Scott", rief jemand. „Melinda ist da."

Die Jungs vor der Küche pfiffen und johlten. „Wow", staunte einer von ihnen, „was für ein heißes Outfit!"

Nein. Das durfte nicht wahr sein!

Die anderen verdeckten mir die Sicht. Ich konnte Melinda nicht sehen.

Ich spürte, wie meine Ohren brannten. Ich verließ die Küche und ging zur Hintertür.

Nicht Melinda! Nicht auch noch sie! Wie konnte sie mir das antun?

Ich stürzte zur Tür hinaus auf die Veranda – ich wollte nur noch weg. Doch da sah ich durch das Fliegengitter Melinda.

In diesem Augenblick muss etwas in mir zerbrochen sein. Obwohl ich hellwach war, fing ich an zu träumen.

Melinda machte das Holztor auf, das in den Garten führte, und kam den Weg herauf.

Ich keuchte laut auf, konnte mein Entsetzen kaum verbergen.

Was hatte sie da an?

War sie verrückt geworden?

Meine Hand schoss in die Höhe. Meine linke Hand. Der Verband war erst am Tag davor abgenommen worden.

Entsetzt starrte ich auf Melindas Kleider. Schlechte Kleider – so verdorben.

„Hi, Scott", rief sie mir zu.

Ich konnte es nicht glauben. Sie wagte es, mich in dieser Aufmachung zu treffen. In einem Rock, der noch nicht mal ihre Knie bedeckte, und in einem engen Pullover.

„Hi, Scott." Sie winkte mir zu und lächelte.

So abgrundtief verdorben.

Dann stieg sie die Verandastufen hoch.

Ich zog die Hand zurück – und schlug ihr mit der Faust, so hart ich konnte, ins Gesicht.

16

Ich sah, wie Melindas Kopf zurückfiel.

Der Schmerz schoss durch meine Hand.

Ich hörte ihr Keuchen.

Nein. Ich stellte mir vor, wie ihr Kopf zurückfiel.

Das war nur Teil meines Traums. Einer meiner komischen Wachträume.

Erleichtert merkte ich, dass ich sie nicht ins Gesicht geschlagen, sondern meine Faust durch das Fliegengitter gerammt hatte.

Ich starrte auf meine Hand. Der Verband war gestern erst abgemacht worden. Die Hand war noch empfindlich.

„Ist alles in Ordnung?", fragte Melinda.

„Was? Ach so, ja. Mir fehlt nichts." Schließlich konnte ich Melinda nicht von meinen seltsamen Träumen erzählen. Damit würde ich ihr nur Angst einjagen. Ich konnte ihr nicht sagen, dass ich für einen Augenblick geglaubt hatte, sie würde kurze, enge Kleider tragen. „Aber das Fliegengitter ist hinüber. Wahrscheinlich habe ich nicht aufgepasst und aus Versehen meine Hand durch das Fliegengitter gesteckt, ha ha."

„Verrate ihr bloß nicht, wie wütend du auf sie warst", ermahnte ich mich im Stillen. „Sag ihr nicht, dass die anderen Jungen sich über ihre Kleidung lustig gemacht haben. Über ihre nette, anständige Kleidung."

Sie sah genauso gut und süß aus wie immer.

„Vielleicht können wir es mit Klebeband reparieren", schlug Melinda vor. Zuerst verstand ich nicht, was sie meinte. Dann sah ich, dass sie den Riss im Fliegengitter betrachtete.

Ich schaute sie an. Sanfte grüne Augen hinter einer dicken Nickelbrille. „Soll ich dir etwas verraten, Melinda?", sagte ich. „Ich bin froh, dass du da bist. Ich habe mich schon gefragt, ob du überhaupt noch kommen würdest ..."

Sie errötete und senkte den Blick. „Ja, ich weiß, ich habe mich verspätet. Es tut mir leid. Ich musste mich erst noch umziehen. Meine Schwester hat versucht, mich –"

„Kein Problem", sagte ich.

Sie blieb schüchtern stehen. Einen Augenblick lang verstand ich nicht, warum. Dann fiel es mir wie Schuppen von den Augen. Sie wartete darauf, dass ich sie hereinbat!

Es war schon so lange her, seit ich mit einem höflichen, anständigen Mädchen ausgegangen war, dass ich meine guten Manieren schon fast vergessen hatte. Ich öffnete für sie die Tür, und sie trat ein.

„Dies ist ein wirklich nettes Mädchen", dachte ich, als ich sie an der Party vorbei in ein ruhiges Zimmer führte. „Dies ist ein Mädchen, das weiß, wie man sich zu benehmen hat."

Konnte es wahr sein?

War es möglich, dass ich endlich die Richtige gefunden hatte?

Als Melinda nach Hause kam, wartete Crystal schon neugierig auf sie. „Und – hat er dich geküsst?", fragte sie als erstes.

„Nein. Natürlich nicht", erwiderte Melinda. „Es war ganz anders."

Crystal runzelte die Stirn. „Das klingt gar nicht gut", dachte sie.

„Wieso?", wollte Melinda wissen und drehte sich um. „Hältst du es für ein schlechtes Zeichen, dass er das nicht getan hat, oder was?"

„Nein, nein", entgegnete Crystal schnell. „Aber –"

„Aber was?", fragte Melinda beunruhigt.

„Na ja ... wahrscheinlich hätte er dir einen Gutenachtkuss gegeben, wenn du auf mich gehört und den Rock angezogen hättest", beharrte Crystal.

Melinda stöhnte. „Hör bitte auf, mich damit zu nerven, Crystal. Ich ändere nicht meinen Stil, bloß um einem Jungen zu gefallen. Hast du gar keinen Stolz? Das ist ja krank!"

Sie schälte sich aus ihrem großen grauen Pullover und faltete ihn ordentlich zusammen.

„Hey, ich weiß, wie Jungs ticken", erklärte Crystal eingeschnappt, doch sie hatte ein schlechtes Gewissen. Melinda war überglücklich nach Hause gekommen, und sie hatte ihre Schwester heruntergemacht. „Mel, du hast recht. Es – es tut mir leid."

„Macht nichts", sagte Melinda ruhig und räumte ihren Pullover weg.

„Hast du dich gut amüsiert?", fragte Crystal.

„Wir haben uns super unterhalten. Du wirst es nicht glauben, aber –"

„Was?"

„Bevor ich gefahren bin –" Melinda stockte.

„Ja?"

„Als wir am Auto standen –"

„Ja? Was denn? Melinda, raus mit der Sprache!", bettelte Crystal.

„Da hat er es mir gesagt."

Crystal hätte ihre Schwester am liebsten angeschrien. „Was hat er dir gesagt?"

„Was mit seiner alten Freundin passiert ist. Crystal, er hat geweint."

Crystal spürte einen Stich der Eifersucht. Sie hatte gehofft, diejenige zu sein, die Scott über sein gebrochenes Herz hinweghelfen würde. „Im Ernst? Er hat geweint?", fragte sie.

„Na ja, ein bisschen. Einen Augenblick lang. Ach, Crystal. Du wirst nicht glauben, was Scott durchgemacht hat. Seine letzte Freundin ... ist gestorben."

Crystal starrte Melinda schockiert an. „Wirklich? Sie ist gestorben? Woran denn?"

„Sie wollten schwimmen gehen im Pool eines Nachbarn. Es war nachts. Sie wussten nicht, dass der Pool schon geleert worden war, und seine Freundin ist hineingesprungen –"

Entsetzt hielt Crystal sich die Ohren zu.

„Schrecklich, nicht wahr?", sagte Melinda.

Sie sahen einander mit großen Augen an.

„Deswegen ist er mit keiner in Shadyside ausgegangen", fuhr Melinda fort. „Er hat sich geschworen, nie mehr mit einem Mädchen auszugehen. Sozusagen ihr zuliebe. Und weil er sich schuldig fühlt, auch wenn es nicht seine Schuld war."

„Oje", murmelte Crystal.

„Und dann ...", fuhr Melinda fort. „Als Scott mir alles erzählt hatte, fragte er mich, ob ich am Samstag mit ihm ins Kino will. Kannst du es glauben?"

„Hey, toll!", sagte Crystal und bemühte sich, ehrlich erfreut zu klingen.

„Endlich passiert Melinda etwas Schönes", dachte sie. „Warum kann ich mich dann nicht richtig für sie freuen? Ist es bloß meine Eifersucht, oder steckt noch etwas anderes dahinter?"

„Stillhalten!", befahl Crystal.

Sie folgte Melinda durchs Zimmer, Rouge in der einen Hand und einen Make-up-Pinsel in der anderen.

„Geh weg!", protestierte Melinda. Sie riss ihren Schrank auf, starrte hinein und machte ihn wieder zu. „Ich kann gar nicht glauben, dass schon Samstagabend ist", murmelte sie.

Sie warf einen Blick auf ihre Uhr. „Crystal, ich habe keine Zeit für so was. Scott kann jeden Augenblick hier sein."

„Bloß ein bisschen", flehte Crystal. „Nur, um dir etwas Farbe zu geben. Damit du nicht so blass wirkst."

„Auf keinen Fall!" Melinda lief ins Bad und fing an, sich die Zähne zu putzen.

„Melinda, was machst du da? Du hast dir doch schon die Zähne geputzt!"

Melinda wandte sich mit schäumendem Mund vom Waschbecken ab. „Du machst mein Aussehen so herunter", jammerte sie mit brüchiger Stimme. „Warum tust du das, Crystal? Ich kann das nicht ab."

„Mel, es tut mir leid. Das wollte ich nicht", entschuldigte sich Crystal. „Ehrlich nicht. Ich freue mich so für dich, und ich will dir doch bloß helfen."

„So kleide ich mich nun mal – das ist mein Stil", sagte Melinda.

„Das weiß ich", gab ihre Schwester zurück. „Und du siehst gut aus. Nur ein bisschen Rouge", beharrte Crystal und hielt den Pinsel hoch. „Ich verspreche dir, er wird es gar nicht merken."

„Nein! Auf keinen Fall!"

Es klingelte an der Haustür.

„Er ist da", sagte Melinda aufgeregt. „Und ich will nichts von deinem Rouge. Wenn Scott mich so hässlich findet, warum hat er mich dann um ein Date gebeten?" Sie verließ das Zimmer.

„Mel – warte!" Crystal rannte ihrer Schwester hinterher. Sie packte Melindas Handgelenk, bevor die die Treppe hinunterlaufen konnte.

„Hier", sagte Crystal und betupfte Melindas Wange mit dem rosafarbenen Puder. Melinda stöhnte. „Halt still!", befahl Crystal und strich Rouge auf die andere Wange.

Ihre Schwester wich zurück.

„Mel! Warte! Es ist ganz verschmiert."

„Das reicht!", rief Melinda.

Sie rannte die Treppe hinunter und verließ eilig das Haus.

„Nein!", dachte ich entsetzt. „Ich kann es einfach nicht glauben. Das darf doch nicht wahr sein! Make-up! Melinda trägt Make-up? Wie billig!"

Melinda sah mich unsicher an.

Was erwartete sie von mir? Dass ich behaupten würde, mir gefällt ihr widerliches, dreckiges Wangenrot?

„Hi", sagte sie und senkte den Blick.

„Hi", erwiderte ich und zwang mich zu lächeln.

„Wie werde ich bloß den Abend überstehen?", fragte ich mich. „Das kann ich nicht. Das packe ich nie."

Ich öffnete die Autotür für sie und machte sie hinter ihr

zu. Am liebsten hätte ich ihre Hand in der Tür eingeklemmt!

„Ganz ruhig", ermahnte ich mich. „Bleib ruhig, Scott."

Hastig lief ich ums Auto herum und stieg ein. Unglaublich! Schon beim allerersten Date benahm sie sich schlecht. Genauso verdorben, wie Dana es wurde und wie Lynn es war.

Schweigend ließ ich den Motor an, trat aufs Gaspedal und raste die Straße entlang.

Melinda warf mir immer wieder Blicke zu und lächelte mich hoffnungsvoll an. Sie war sehr nervös.

Sogar in der Dunkelheit konnte ich die grellroten runden Flecken auf ihren Wangen sehen. Sie waren dick draufgeschmiert. Wie ... wie eingetrocknetes Blut.

Blut ... Was für eine gute Idee!

„Also", sagte sie leise, „was gibt's Neues?"

„Nicht viel", murmelte ich.

Ich hörte etwas rattern. Was war das?

Melindas Tür. Ich hatte sie nicht richtig zugemacht.

Das war es. Jetzt wusste ich, was ich zu tun hatte.

„Ich freue mich total auf den Film", sagte Melinda mit ihrer sanften Stimme. „Ich kann gar nicht glauben, dass ich jemanden gefunden habe, der auch alte Filme mag."

„Die alten Filme sind viel besser als die neuen", entgegnete ich, ohne den Blick von der Straße zu nehmen.

„Ja, ich weiß", erwiderte sie. „Ich meine, na ja – das finde ich auch."

Ich riss das Lenkrad herum und bog auf die Auffahrt zum Highway. Melinda klammerte sich an das Armaturenbrett. „Gefällt es dir etwa nicht, wie schnell ich fahre, Melinda?", dachte ich hämisch. „Wie schade!"

„Scott, warum nimmst du denn den Highway?", fragte sie.

„Das ist der schnellste Weg", antwortete ich und grinste sie leicht an. Das ließ sie verstummen.

Der Highway war fast leer.

Gut.

Ich gab Gas. Und machte die automatische Verriegelung auf.

Dann warf ich einen Blick auf Melinda. Sie starrte aus dem Fenster. Ihr ganzer Körper war verkrampft.

„Perfekt", dachte ich. „Bleib ruhig, Scott. Du schaffst es. Du kannst es."

Ich trat das Gaspedal durch und sah, wie der Zeiger des Tachos nach oben schnellte. Hundert. Hundertzwanzig …

Blitzschnell senkte ich die Hand und öffnete Melindas Sicherheitsgurt. Dann lehnte ich mich weit hinüber und stieß die Beifahrertür auf.

Kalte Luft strömte ins Auto.

Melinda schrie.

Mit einem Ruck warf ich mich gegen sie.

Und stieß sie aus dem Wagen.

17

Beim Hinausfallen riss sie die Hände hoch.

Ich packte sie am Arm. Hielt sie fest. Mein Kombi kam ins Schleudern und raste über drei Fahrspuren.

„Heeee! Pass auf!", brüllte ich.

Ich riss sie an mich und zerrte sie zurück auf ihren Sitz. Dann beugte ich mich über sie, packte den Türgriff und knallte die Beifahrertür zu.

Als ich den Wagen wieder unter Kontrolle gebracht hatte, warf ich einen Blick in den Rückspiegel. Hinter mir war niemand.

Meine Hände hielten das Lenkrad krampfhaft umklammert. Ich warf Melinda einen Blick zu. Sie zitterte am ganzen Körper, schluckte schwer und holte keuchend Luft. Ihr Haar hing ihr wirr ins Gesicht.

„Tut mir leid", sagte ich, den Blick wieder auf die Straße gerichtet. „Deine Tür hat gescheppert. Ich musste sie richtig zumachen. Es tut mir leid, wenn ich … dich erschreckt habe."

Sie drückte sich die Hand ans Herz. „Ich … ich habe nicht gewusst, was los war. Ich … ich wollte nicht schreien. Ich weiß auch nicht …"

„Das macht doch nichts."

Warum hatte ich mein Vorhaben nicht zu Ende geführt? Es wäre so einfach gewesen. Niemand in der Nähe, der es hätte sehen können. Ein heftiger Stoß und …

Wahrscheinlich bin ich zu gutmütig. Oder vielleicht mag ich sie zu sehr. Ich finde, sie verdient eine zweite Chance.

Ja, noch eine Chance.
Weil ich so ein netter Kerl bin.
Eine Chance kriegst du noch, Melinda.

„Was ist hier los?", dachte Crystal. „Ich sitze allein zu Hause, während Mum und Melinda Verabredungen haben! Irgendetwas stimmt hier nicht!"

Kopfschüttelnd ging sie ins Wohnzimmer, stellte den Fernseher an, zappte mit der Fernbedienung sämtliche Programme durch und schaltete ihn wieder aus.

Dann wanderte sie seufzend in die Küche und öffnete die Kühlschranktür. Sie hatte auf nichts Appetit.

Sie beschloss, in ihr Zimmer zu gehen, doch im Flur überlegte sie es sich anders und stieg die Treppe zum Dachboden hinauf.

Ein kalter Wind pfiff durch die Ritzen zwischen den Dachziegeln.

Ziellos sah Crystal sich in der staubigen Dachkammer um und entdeckte ein uraltes Schaukelpferd, an dem sie früher sehr gehangen hatte. Sie ging darauf zu.

„Ohhh!" Crystal stieß einen leisen Schrei aus und blieb wie versteinert stehen. Sie starrte auf die Bretter vor ihren Füßen. Beinahe hätte sie die Lücke im Holzboden vergessen.

Durch das Loch im Bretterboden konnte sie den abgewetzten Teppich im Flur darunter sehen. Vor Schreck wurde ihr schwindlig.

Vorsichtig wich sie zurück und ging zu Melindas Sessel. Sie kuschelte sich hinein und blätterte in ein paar alten Zeitschriften, die sie in einer Ecke gefunden hatte.

Ungefähr eine Stunde später hörte sie jemanden die Dachtreppe heraufkommen.

„Hi", rief Melinda. „Ich habe gesehen, dass hier oben das Licht brennt."

Crystal war zum Heulen zumute. „Wir haben die Rollen getauscht", dachte sie. „Jetzt geht Melinda mit Scott aus – und ich sitze den ganzen Abend allein auf dem Dachboden und lese."

Doch sie ermahnte sich, Melinda den Abend nicht zu verderben. „Na, war es schön?", fragte sie, bemüht, fröhlich zu klingen.

Melinda antwortete nicht. Crystal hob den Blick und sah sie an. „Mel? Was ist los?"

„Er ... er hasst mich!", heulte Melinda.

„Was? Wovon redest du? Das ist doch lächerlich! Scott hasst dich nicht. Er mag dich. Sehr sogar. Das ist doch eindeutig."

Vorsichtig durchquerte Crystal die Dachkammer und beäugte misstrauisch die Holzbretter, auf die sie trat. Dann zog sie Melinda in den Sessel.

„Erzähl es mir", sagte Crystal.

„Er hat bloß dagesessen", jammerte Melinda. „Die ganze Zeit. Er hat so wütend gewirkt – als könnte er es kaum erwarten, mich wieder loszuwerden."

Crystal seufzte. Sie zog einen Karton an Melindas Sessel heran und setzte sich darauf. „Melinda, ich sage dir: Er ist kein großer Denker. Alle Jungs sind gleich. Scott mag dich, aber –"

Melinda zog schniefend die Nase hoch. „Aber was?"

„Du sendest die falschen Signale aus."

Melinda schwieg.

„Du musst ein paar kleine Dinge verändern", sagte Crystal sanft.

Ihre Schwester sah sie groß an. „Was zum Beispiel?"

Crystal griff nach Melindas Nickelbrille, doch als Melinda zurückzuckte, zog Crystal die Hand zurück. Melinda ließ die Schultern hängen. „Also gut", flüsterte sie.

Crystal nahm ihr die Brille ab und sah ihre Schwester prüfend an. „Das macht einen Riesenunterschied", stellte sie fest. „Du wirst es nicht glauben."

Melinda schüttelte den Kopf.

„Doch, das tut es", versicherte ihr Crystal noch mal. „Ich sag dir: Befolge meinen Rat, und Scott wird ganz verrückt nach dir sein!"

Verdrossen sah Melinda sie an. „Glaubst du wirklich?"

„Ich bin mir ganz sicher", antwortete Crystal. „Und jetzt ändern wir noch ein paar andere kleine Dinge ..."

„Hey, Crystal, hast du die Lösung der Chemieaufgabe?"

Crystal schlich sich von hinten an Suzie Burke heran und klopfte ihr auf die Schulter. Suzie starrte sie mit offenem Mund an. Dann sah sie Melinda an, und dann wieder Crystal.

Melinda stand vor ihrem Schließfach und holte gerade die Bücher für ihre nächste Unterrichtsstunde heraus. Sie wirkte verlegen – verlegen und glücklich zugleich.

„Melinda!", rief Suzie völlig verblüfft. „Ich habe dich für –"

„Du hast sie für mich gehalten", freute sich Crystal und ging über den Flur, um sich neben ihre Schwester zu stellen. „Mach dir nichts daraus. Das geht heute allen so."

„Wow!", stieß Suzie hervor. „Melinda, du siehst ja toll aus! Aber sorry, ich hab's eilig ..."

„Hey, was ist mit der Chemieaufgabe?", rief Crystal

hinter ihr her. Doch Suzie bog um die Ecke, ohne sich noch einmal umzudrehen.

„Das macht richtig Spaß!", rief Crystal aus. „Suzie hat es überhaupt nicht gecheckt. Bist du nicht froh, dass ich dich umgestylt habe?"

„Ich glaube schon", antwortete Melinda und warf einen Blick auf ihre Armbanduhr. „Jetzt ist es fast zwei."

„Na und?"

„Na ja … du hast gesagt, bis heute Nachmittag wäre das komische Gefühl vorbei. Aber es ist nicht vorbei. Ich – ich bin immer noch nicht sicher, ob es richtig war."

Die Schulglocke läutete. Crystal machte Melindas Schließfach zu, ließ das Schloss einrasten und drehte das Zahlenschloss. Sie lächelte ihre Schwester an. „Ich bin sicher, dass es richtig war. Also mach dir keine Sorgen und –"

Sie entdeckte Scott am Ende des Flurs und unterbrach sich mitten im Satz. Er hatte ihnen den Rücken zugewandt. „Warte hier einen Augenblick", sagte sie zu Melinda. „Geh nicht weg."

„Aber ich hab jetzt Geschichte", protestierte Melinda.

„Bleib da!", rief Crystal ihr zu.

Sie konnte es nicht erwarten, Scotts Reaktion zu sehen. Sie lief den Flur hinunter und überlegte sich einen Vorwand, um ihn zu Melinda zu locken. Er sollte unbedingt erfahren, wie viel Aufmerksamkeit Melinda heute von allen Seiten bekommen hatte.

Eilig lief sie zu ihm – und blieb stehen.

„Was macht er da?", dachte sie erschrocken. „Was ist nur los mit ihm?"

18

Geschockt beobachtete Crystal Scott, der wütend mit der Faust gegen sein Schließfach hämmerte.

Als wollte er die Stahltür einschlagen.

Sie wich einen Schritt zurück, als sie sein Gesicht sah.

Es war ganz verzerrt und wutentbrannt.

Sie trat noch einen Schritt zurück, doch sie konnte trotzdem den Satz hören, den er immer wieder vor sich hin murmelte.

„So darf man sich nicht benehmen! So darf man sich nicht benehmen!"

Bevor Crystal verschwinden konnte, drehte Scott sich um. Sofort erblickte er sie.

Ein paar Sekunden lang starrten sie einander an.

„Scott – was ist eigentlich dein Problem?", fragten Crystals Augen ihn stumm.

„Ach, hallo", sagte er schließlich und wischte sich mit dem Ärmel den Schweiß vom Gesicht. „Kannst du es glauben?" Er machte eine Kopfbewegung zu seinem Schließfach. „Ich habe schon zum zehnten Mal meine Zahlenkombination vergessen!"

Er versetzte der Stahltür noch einen Faustschlag.

Crystal war erleichtert. „Einen Augenblick lang dachte ich schon …"

Prüfend sah er sie an. „Was hast du gedacht?"

„Na ja, ich dachte, jetzt bist du übergeschnappt."

Er lachte. „Das bin ich auch."

Sie lachten beide.

„Komm", sagte Crystal und zog ihn am Arm.

Er starrte ihre Hand an, die auf seinem nackten Arm lag. Crystal spürte die Chemie, die von Anfang an da gewesen war – die Funken zwischen ihnen. Aber sie versuchte, das Gefühl zu ignorieren. „Vergiss nicht, er geht jetzt mit Melinda aus", ermahnte sie sich.

„Komm", wiederholte sie laut. „Da ist jemand, den ich dir vorstellen will."

Sie führte Scott den Flur entlang zu Melinda und musste breit grinsen, als sein Gesicht knallrot wurde und er vor Staunen den Mund nicht mehr zubekam.

„Wie wäre es mit dem orangefarbenen Lederrock?"

„Den hab ich gestern in der Schule angehabt", erinnerte Melinda sie. Sie stand in Crystals begehbarem Schrank und schob einen Kleiderbügel nach dem anderen beiseite.

Crystal lächelte. Melinda hatte sich mit ihrem neuen Stil angefreundet. Es war zwar erst ein paar Tage her, doch schon konnte Crystal sich die alte Melinda kaum mehr vorstellen.

Sie stellte das Radio an und übersprang die vielen Sender, die Sturmwarnungen brachten, bis sie ein Lied gefunden hatte, das ihr gefiel. Leise summte sie die Melodie mit.

„Crystal?", ertönte Melindas Stimme aus dem Schrank.

„Was ist?"

„Kann ich mir heute deine schwarze Lacktasche borgen?" Melinda hielt die kleine Tasche aus dem Schrank heraus. „Sie passt irgendwie perfekt zu meinem Outfit."

„Klar", rief Crystal.

Die Tasche über die Schulter gehängt, trat Melinda in einer schwarzen Lederjacke aus dem kleinen Raum.

„Dreh dich um", befahl Crystal.

Gehorsam drehte Melinda sich langsam im Kreis.

Unglaublich. Crystal war es, als würde sie in einen Spiegel sehen. Nun, da Melinda Kontaktlinsen trug – und Crystals Kleider und Make-up –, konnten die Leute die beiden Schwestern kaum mehr auseinanderhalten.

„Glaubst du wirklich, dass es funktionieren wird?", fragte Melinda.

„Hundert Pro. Scott wird ausflippen", versprach Crystal.

„Ach, ich weiß nicht", sagte Melinda und schaute unsicher in den Spiegel.

„Melinda", ermahnte Crystal ihre Schwester, „er hat ein neues Date mit dir ausgemacht! Das zeigt doch, dass es funktioniert. Zwei Samstagabende hintereinander. Das sieht ziemlich ernst aus."

Es klingelte an der Haustür, und Melinda eilte aus dem Zimmer.

„Jetzt muss ich entscheiden, was ich anziehe", dachte Crystal. Sie wollte nicht noch einen Samstagabend allein zu Hause verbringen. Deswegen hatte sie sich mit Meg Hollander verabredet. Sie wollten zusammen im Red Heat tanzen gehen.

Crystal entschied sich für den orangefarbenen Lederrock und eine Seidenbluse. Sie legte Make-up auf und frisierte ihr Haar. „Hey – ich bin ja fast so hübsch wie Melinda", dachte sie amüsiert.

Als sie sich mit Meg in der Disco traf, versuchte sie, den Abend zu genießen. Doch stattdessen dachte sie viel an Lynn. Lynn und sie waren oft ins Red Heat gegangen.

Den ganzen Abend über stiegen Bilder von Lynn in ihr hoch. Lynns Beerdigung. Wie sie mit Lynn in Scotts Zimmer saß.

Wie Scott gegen sein Schließfach hämmerte.

„Warum ist mir das gerade eingefallen?", fragte sie sich verwundert.

Crystal konnte sich einfach nicht von ihren traurigen Gedanken ablenken und beschloss, früher zu gehen. Sie suchte Meg, die gerade mit einem Jungen aus der Schule tanzte, und sagte ihr, dass sie sich nicht wohl fühle.

Dann lief sie eilig hinaus ans Auto. Noch bevor sie vom Parkplatz gefahren war, fing es an zu regnen, und als sie bei ihrem Haus angekommen war, goss es in Strömen.

Crystal parkte in der Auffahrt. Dann wandte sie sich um und betrachtete durch den dichten Regenvorhang Scotts weißes Holzhaus.

Sie konnte nicht aufhören, an ihn zu denken. Er hatte so wütend gewirkt, als er heute Vormittag an die Tür seines Schließfachs geschlagen hatte. Als Crystal ihn beobachtet hatte, hatte sie richtig Angst vor ihm bekommen.

Und was hatte er gemurmelt?

So darf man sich nicht benehmen …

Was hatte das damit zu tun, dass er angeblich seine Zahlenkombination vergessen hatte?

Crystal stieg aus dem Auto. Sie zog den Kopf ein und rannte den Weg zum Haus hinauf, wühlte in ihrer Handtasche nach dem Schlüssel und schloss die Haustür auf.

Ihre Kleider und ihr Haar waren völlig durchnässt, ihr Make-up verschmiert. Sie erkannte sich im Flurspiegel kaum wieder. „Hallo?", rief sie. „Ist jemand zu Hause?"

Doch wieder war sie allein. Ihre Mutter hatte sich zum dritten Mal mit Paul Sloane verabredet, und Melinda –
So darf man sich nicht benehmen.
Der Satz ging ihr nicht mehr aus dem Kopf. So darf man sich nicht benehmen.
Wo hatte sie diesen Satz schon mal gehört?
Irgendwo, irgendwann ...
Sie wanderte ins Wohnzimmer, schaltete die Lampen ein und machte den Fernseher an. In den Nachrichten wurde über das Unwetter berichtet.
„Bleiben Sie möglichst zu Hause", sagte der Nachrichtensprecher. „Wir haben noch eine raue Nacht vor uns."
Crystal setzte sich aufs Sofa und drückte auf die Fernbedienung. Der Bildschirm wurde schwarz.
So darf man sich nicht benehmen ...
Lynns Abschiedsbrief!
Lynn hatte die gleichen Worte in ihrem Abschiedsbrief geschrieben – deswegen klang der Satz so vertraut!
Crystal lief ein Schauer über den Rücken, als sie sich an den grauenhaften Abend erinnerte. So darf man sich nicht benehmen. Das klang so gar nicht nach Lynn.
Aber Crystal hätte auch nie gedacht, dass ihre Freundin sich umbringen würde.
Draußen dröhnte der Donner.
Wieder schauderte sie, und ein Frösteln zog sich über ihren ganzen Körper. Entschlossen stand sie auf. Vielleicht sollte sie eine lange heiße Dusche nehmen.
Doch als sie die Treppe hinaufstieg, hatte sie ständig Scott vor Augen, wie er auf sein Schließfach einschlug.
„So darf man sich nicht benehmen", hatte er gemurmelt.

„So darf man sich nicht benehmen", hatte Lynn in ihrem Abschiedsbrief geschrieben.

Crystal schüttelte den Kopf.

Seltsam …

Ich hielt den Blick starr auf die Straße gerichtet und fuhr sehr schnell. Der Regen trommelte heftig gegen die Windschutzscheibe, und obwohl ich den Scheibenwischer auf die höchste Stufe gestellt hatte, wischte er das Wasser nicht schnell genug weg. Ich konnte kaum die Straße erkennen.

„Ich ertrinke", dachte ich. „Die ganze Welt wird überflutet, und ich ertrinke. Gut. Lieber wäre ich tot, als noch eine Sekunde mit diesem verdorbenen Mädchen zu verbringen."

„Scott?", fragte Melinda leise und unterbrach meine wütenden Gedanken.

„Ja?" Ich sah nicht zu ihr hinüber. Ich konnte ihren Anblick nicht ertragen.

„Ist – ist irgendwas nicht in Ordnung?", erkundigte sie sich.

„Ist irgendwas nicht in Ordnung?", äffte ich sie im Stillen nach. „Du kannst Gift darauf nehmen, Melinda, dass etwas nicht in Ordnung ist. Sieh dir doch nur mal an, wie du herumläufst, wie du dich in den letzten Tagen für die Schule angezogen hast. Du solltest hören, was die Jungs über dich sagen. Über meine Freundin."

Wusste sie denn nicht, was sie mir damit antat? Wie es mich innerlich zerriss?

Melinda trug zwar einen Mantel, doch ich wusste, was sie darunter anhatte.

Als wir am Restaurant angekommen waren, half ich

ihr aus dem Mantel. Ich bemühte mich, höflich zu sein, auch wenn ich ihren Anblick nicht ertragen konnte.

Was war bloß mit ihr geschehen? Ich hatte sie so gern gemocht. Warum hatte sie sich verändert?

Nach dem Essen wollte ich sie nur noch loswerden. Ich trat aufs Gaspedal und versuchte, meine Wut in Schach zu halten.

„Scott, kann ich dich was fragen? Hat es dir heute Abend nicht gefallen?", wollte Melinda wissen.

„Doch", antwortete ich. Ich hatte keine Lust, mit ihr zu reden.

„Den Eindruck machst du aber nicht auf mich." Ihre Stimme klang brüchig.

„Als wäre sie diejenige, die verletzt ist", dachte ich.

„Ich sage dir doch, es hat mir gefallen", murmelte ich.

Melinda nickte; sie wandte den Kopf ab und starrte hinaus in den Regen und die Dunkelheit.

Vielleicht konnte ich ihr entkommen, wenn ich schnell genug fahren würde. Vielleicht konnte ich dann jedem dieser verdorbenen Mädchen entkommen.

Ich warf einen Blick zu ihr hinüber. „Was ist los?", zwang ich mich zu fragen.

Sie zögerte. „Ich … ich habe es so versucht. Crystal auch. Sie hat versucht, mir zu helfen, und hat mir lauter Tipps fürs Make-up und so gegeben. Aber –"

„Was?", dachte ich. „Was hat sie gesagt?"

„Wahrscheinlich hast du gar nicht gemerkt, dass ich mich jetzt anders anziehe", fuhr Melinda fort.

„Klar habe ich das", erwiderte ich. In meinen Ohren summte es wie in einem Bienenstock.

„Klar habe ich es gemerkt", wiederholte ich und biss mir auf die Unterlippe, bis sie anfing zu bluten.

Ich riss das Lenkrad herum, und eine riesige Regenwelle spritzte auf die Windschutzscheibe. Dann hielt ich an.

Melinda starrte aus dem Fenster. Doch ich wusste, dass sie nichts sehen konnte; der Regen war zu stark.

Ein breiter Blitz erhellte die menschenleere Straße.

„Warum hältst du hier an?", fragte Melinda und wandte mir den Kopf zu.

„Wegen dem Regen", antwortete ich. „In dem Unwetter kann ich nicht fahren. Ich sehe nichts mehr. Wir warten lieber, bis der Regen nachlässt."

„Okay. Es gießt wirklich in Strömen."

Ich steckte die Hand in meine Tasche. Und holte mein Schweizer Taschenmesser heraus.

Mit klopfendem Herzen klappte ich es langsam auf.

Und tastete nach der größten und schärfsten Klinge.

Dann – eine blitzschnelle Bewegung über Melindas Kehle.

19

„Ja, so werde ich es machen. Kurz und schmerzlos", beschloss ich und befühlte die scharfe Klinge in meiner Tasche.

Wenn ich ihr zuerst die Kehle durchschneiden würde, könnte sie nicht mehr schreien.

Nicht, dass jemand hier draußen sie gehört hätte.

Sie lächelte und beugte sich näher zu mir.

Oh Gott. Sie erwartete wohl, dass ich sie küsse.

Was für ein Witz! Sie glaubte, ich hätte auf der verlassenen Straße geparkt, um mit ihr herumzuknutschen.

Merkte sie denn nicht, dass sie mich anwiderte?

Sie musste meinen Gesichtsausdruck gesehen haben, denn plötzlich rückte sie ab und lehnte sich gegen das Seitenfenster. Dann starrte sie den Boden an. „Bring mich bitte nach Hause", flüsterte sie. „Ich merke, dass du nicht gern mit mir zusammen bist. Ich habe alles getan, was Crystal gesagt hat, aber ..." Sie verstummte.

„Was hat Crystal damit zu tun?", fragte ich mich verwundert.

„Alles, was ich anhabe, gehört ihr", stieß Melinda hervor; sie klang irgendwie atemlos. „Sie hat mir versichert, dass ich dir so besser gefallen würde."

Endlich begriff ich, was sie mir sagen wollte.

Crystal! Crystal war die treibende Kraft hinter Melindas großer Veränderung!

Natürlich! Ich hätte es wissen sollen.

Es war alles Crystals Schuld. Es war die Schuld von Melindas verdorbener Schwester.

Melinda war also doch die Richtige für mich. Ich hatte doch gewusst, dass wir auf einer Wellenlänge lagen. Ich liebte Melinda.

Und ich brauchte ihr nicht wehzutun, brauchte sie nicht zu töten.

„Ich wusste nicht, dass Crystal dir die Sachen ausgeliehen hat", sagte ich. „Ich war so wütend auf dich."

„Wütend? Warum?" Melinda klang verwirrt.

„Weil ich dich genau so mag, wie du bist", erklärte ich.

Sie sah mich mit offenem Mund an. „Wirklich?"

„Ja." Ich starrte hinaus in den Regen. „Ich wollte nicht, dass du irgendwas an dir änderst. Aber jetzt kapiere ich es." Ich packte das Lenkrad mit beiden Händen. „Es ist alles Crystals Schuld."

„Sie wollte mir doch nur helfen", sagte Melinda sanft.

„Das ist so süß von dir, Melinda", dachte ich. „Echt lieb, wie du deine Schwester verteidigst."

Aber jetzt kannte ich die Wahrheit.

Ja. Alles war Crystals Schuld.

Und nun –

Nun musste ich nicht mehr Melinda töten, sondern ...

Der Regen trommelte auf das Dach, und der Wind rüttelte an den Fenstern. Die nackten Äste der wogenden Bäume schlugen gegen das Haus.

„Es klingt, als wollte der Sturm hier eindringen", dachte Crystal.

Während sie in ihr Zimmer zurückging, rubbelte sie sich mit einem Handtuch das frisch gewaschene Haar trocken und machte den kleinen Fernseher auf ihrer Kommode an.

„Ich brauche einen Spielfilm", dachte sie. „Irgendwas Lustiges. Eine Komödie, um den Sturm und alles zu vergessen."

Doch alles, was sie finden konnte, waren Meldungen über das Unwetter: Blitzüberflutungen hatten die meisten Highways unpassierbar gemacht, und überall waren Autos gestrandet.

Für einen Augenblick wurde Crystal von Panik ergriffen. Was war, wenn ihre Mutter oder Melinda da draußen festsaßen?

„Mach dir keine Sorgen", beruhigte sie sich. „Es ist nicht spät. Wahrscheinlich sind sie noch gar nicht auf dem Rückweg. Sicher sitzen sie in irgendeinem gemütlichen, warmen Restaurant oder Kino."

Sie stellte den Fernseher ab und fing an, ihr Haar durchzubürsten.

Dann hörte Crystal, wie unten die Haustür ging. Eilig lief sie zum Treppenabsatz. Als Melinda sich umdrehte, erschrak Crystal über den Anblick der Schwester.

Melindas Haar klebte an ihrem Kopf, und das Make-up rann ihr übers Gesicht.

Crystal rannte die Treppe hinunter. „Ach, Mel, bin ich froh, dass du wieder da bist! Ist alles okay?"

Melinda antwortete nicht. Sie zog sich Crystals Cowboystiefel aus. „Die sind ruiniert", sagte sie verdrossen.

„Mach dir deswegen keine Sorgen", beruhigte Crystal sie. „Ich bin froh, dass du gut nach Hause gekommen bist. Aber warum bist du schon so früh zurück?"

Schweigend wandte Melinda ihr den Rücken zu und ging in die Küche.

Crystal folgte ihr. „Was ist mit ihr los?", wunderte sie sich.

Melinda fing an zu husten. Crystal füllte Wasser in den Kessel. Sicher konnte ihre Schwester jetzt etwas heiße Schokolade brauchen. Sie selbst auch.

„Was immer du da kochst, ich will es nicht", verkündete Melinda.

Wie sie sich so kerzengerade an den Küchentisch setzte, wirkte sie total verkrampft. Kleine Wassertropfen rannen ihr Gesicht hinunter.

Anscheinend hatte sie keinen angenehmen Abend gehabt.

„Also, ich nehme an, dein Date war kein großer Erfolg", sagte Crystal mitfühlend.

„Das kann man wohl sagen." Melinda wandte sich langsam Crystal zu und sah sie wütend an. „Und das habe ich dir zu verdanken."

„Wie bitte?", fragte Crystal aufgebracht.

„Tu bloß nicht so, als wüsstest du nicht Bescheid", sagte Melinda schrill.

„Melinda, ich habe keine Ahnung, was du damit –"

„Scott hat mir die Wahrheit gesagt", unterbrach Melinda sie. „Er hat mir alles erzählt, Crystal. Alles."

„Alles über was?"

„Dass du schon immer scharf auf ihn warst. Dass du mit ihm geflirtet und ihn angebaggert hast. Wie eifersüchtig du geworden bist, als er beschlossen hatte, mit mir auszugehen. Du hast meine Beziehung zu Scott mit Absicht sabotiert!"

„Was?", keuchte Crystal ungläubig. „Wie kannst du so was behaupten? Ich habe dich dazu gebracht, dich hübscher zu kleiden und –"

Abrupt stand Melinda auf und packte ihr durchnässtes Kleid mit beiden Händen. „Genau! Ich wollte mich nie so anziehen! Nie im Leben! Aber du hast mich überredet, weil du wusstest, dass Scott so was nicht ausstehen kann! Genauso wie er dich und Lynn nicht ausstehen konnte, weil ihr euch so zurechtgemacht habt. Und weil ihr euch so an ihn rangeschmissen habt."

Crystal sah sie mit großen Augen an. „Das hat er gesagt? Scott hat gesagt, er könnte uns nicht ausstehen, weil wir –?"

„Ich habe schon immer gewusst, dass man sich so nicht benehmen darf", sagte Melinda verärgert.

Crystal erstarrte.

So darf man sich nicht benehmen.

Etwas machte „klick" in ihrem Hirn. Es war das letzte Puzzlestück, das ihr noch gefehlt hatte.

Der Wasserkessel pfiff. Crystal nahm ihn vom Herd.

„Ich verstehe ja, dass du wütend auf mich bist", fing sie an. „Aber hör mir mal zu. Ich glaube, mit Scott stimmt was ganz gewaltig nicht."

„Das kannst du dir sparen", zischte Melinda. „Versuch bloß nicht, die Sache zwischen Scott und mir zu zerstören. Denn das kannst du nicht. Hast du verstanden? Das wirst du nicht schaffen!"

„Mel, bitte hör mir zu!", flehte Crystal.

Melinda drehte sich um und rannte aus der Küche. Crystal rannte ihr hinterher, packte ihre Schwester am Arm und platzte atemlos heraus: „Ich glaube, mit Scott stimmt was nicht. Ich glaube, er kann sehr gewalttätig werden. Ich weiß, es klingt verrückt, Mel. Aber ich vermute, er hat sogar was mit Lynns Tod zu tun!"

So. Sie hatte es laut ausgesprochen. Diesen total verrückten Gedanken. Sie hatte gehofft, es würde irre klingen, wenn sie es aussprach.

Doch das tat es nicht.

Melinda riss sich los. Mit einem lauten Schrei rannte sie die Treppe hinauf.

„Hör mir doch zu!", brüllte Crystal, während sie Melinda hinterherlief. „Weißt du noch, wie er neulich durchgedreht ist, weil er sich nicht mehr an die Zahlenkombination seines Schließfachs erinnern konnte?"

Melinda riss die Tür ihres Zimmers auf und drehte sich zu Crystal um. „Ich will es nicht hören!"

„Seine letzte Freundin, Mel. Sie ist doch auf seltsame Weise ums Leben gekommen, nicht wahr?", fuhr Crystal hastig fort. „Das hat er dir selber erzählt."

„Es war ein Unfall. Ein schrecklicher Unfall", schrie Melinda. „Und ich werde mir deine Lügen nicht länger anhören." Sie stürzte in ihr Zimmer und knallte die Tür hinter sich zu.

„Melinda, du weißt, dass ich recht habe", rief Crystal durch die Tür. „Er ist mit zwei Mädchen ausgegangen, die jetzt beide tot sind. Zwei, Melinda! Findest du nicht, dass das ein komischer Zufall ist? Ich meine, was ist er? Der größte Pechvogel aller Zeiten?"

„Du bist unmöglich! Ist dir das eigentlich klar?", rief Melinda zurück. „Endlich habe ich einen Jungen, mit dem ich ausgehen kann, und du beschließt, dass er ein Psychopath ist. Was ist das für ein komischer Zufall? Hm?"

Crystal packte den Türgriff und versuchte, ihn zu drehen. „Schließ die Tür auf", bat sie. „Bitte. Ich muss wirklich mit dir darüber reden."

„Ich ziehe mich gerade um", rief Melinda. „Verschwinde! Ich will nicht mit dir über Scott reden und auch nicht über sonst jemanden."

Unglücklich ging Crystal in ihr eigenes Zimmer zurück. Ihr war klar, dass Melinda jetzt Zeit brauchte.

Aber die brauchte sie selbst auch, stellte Crystal fest, als sie merkte, dass sie am ganzen Körper zitterte. Wie konnte ihre eigene Schwester ihr solche Gemeinheiten zutrauen?

Ein Blitz draußen vor dem Fenster ließ Crystal zusammenfahren.

Scott!

Sie sah ihn in seinem Schlafzimmer stehen.

Er hielt ein großes Messer in der Hand, mit dem er immer wieder die Luft durchschnitt.

„Ich täusche mich nicht in ihm", dachte Crystal, und ihre Kehle wurde trocken. Erstarrt vor Schreck sah sie aus dem Fenster.

Immer wieder fuhr er mit dem Messer durch die Luft. Er zerschnitt sie. Rasend vor Wut.

Crystal schaltete das Licht aus. Hatte er sie gesehen?

Noch ein zuckender Blitz.

Jetzt war Scott verschwunden.

Crystal drückte ihr Gesicht an die Fensterscheibe. Etwas bewegte sich in Scotts Garten.

Angestrengt schaute sie durch die regennasse Glasscheibe.

Ja – dort unten schlich sich eine Gestalt über den dunklen Rasen. Näherte sich der Veranda.

Crystal stürzte über den Flur zu Melindas Zimmer und hämmerte gegen ihre Tür.

Keine Antwort.

Unten klingelte es an der Haustür.

Das war Scott.

Was machte er hier? Was wollte er?

20

Crystal raste zur Treppe. Melinda stürzte aus ihrem Zimmer und drängte sich an ihrer Schwester vorbei.

„Melinda! Warte!", schrie Crystal, während beide die Treppe hinunterrannten. Sie packte den Ärmel von Melindas Morgenmantel, doch Melinda riss sich los und war als Erste an der Haustür.

Sie spähte aus dem schmalen, langen Fenster neben der Tür. „Es ist Scott", sagte sie überrascht.

„Ich weiß", flüsterte Crystal. Sie konnte kaum ein Wort herausbringen. „Deswegen habe ich –"

„Geh weg!", befahl Melinda ihr und streckte die Hand nach dem Türgriff aus.

„Nein! Mach sie nicht auf!", schrie Crystal.

Melinda schüttelte den Kopf. „Hör mit deinen doofen Spielchen auf." Sie öffnete die Tür.

Völlig durchnässt kam Scott herein. Als er beide Schwestern sah, blieb er stehen.

„Ach, Scott, bin ich froh, dass du –", begann Melinda. Doch dann fuhr sie zusammen und stockte.

Crystals Blick fiel auf Scotts Hand – und sie spürte, wie ihre ganze Kraft entwich.

In seiner Hand glitzerte das Messer.

„Keine Angst, Melinda", sagte ich und war erstaunt über meine Gelassenheit. „Ich tue dir nichts, ich bin nicht hergekommen, um dir wehzutun."

Natürlich würde ich Melinda nie wehtun. Sie war so gut, so anständig.

Doch Crystal musste bestraft werden, musste für ihre Schuld büßen.

Ich sah, wie Crystals Blick auf mein Messer fiel, und hob die Klinge hoch.

Melinda stieß einen Schrei aus.

Blitzschnell drehte Crystal sich zur Treppe um und rannte los.

„Nein, Scott!", schrie Melinda hinter mir.

Sie war so anständig. Sie wollte ihre Schwester retten, obwohl ihre Schwester so schlecht war.

Ich sprang hinter Crystal die Treppe hinauf.

Crystal schrie auf, als sie stolperte. Dann fiel sie hin. In wilder Panik kroch sie auf allen vieren die Stufen weiter hinauf. Doch ich war zu schnell für sie. Ich umklammerte ihren Knöchel mit meiner freien Hand.

Sie schrie auf und trat nach mir, aber ich hielt sie fest.

Ich zog an ihrem Knöchel. Ihr Kinn schlug auf der Stufe auf, sodass sie vor Schmerz leise stöhnte.

Ich zerrte sie die Treppe herunter.

Crystal bohrte ihre Finger in die Stufen. Verzweifelt versuchte sie, sich von mir loszureißen. Sie kreischte laut, als einer ihrer Fingernägel abbrach.

Ich musste lachen.

Schlechte Menschen haben Schmerzen verdient.

Ich zog noch einmal mit aller Kraft an ihrem Knöchel, und diesmal stürzte sie polternd die Treppe herunter.

„Hey!", schrie ich verblüfft, als Crystal sich auf den Rücken drehte. Sie hatte mehr Kraft, als ich vermutet hatte. Sie zog die Beine an und stieß mir beide Füße in den Brustkorb.

Einen Moment lang blieb mir die Luft weg, und alles flimmerte vor meinen Augen. Meine Knie knickten ein.

„So darf man sich nicht benehmen!", brachte ich heraus. „So darf man sich nicht benehmen, Crystal."

Ich holte tief Luft. Das Flimmern hörte auf, und ich hob das Messer hoch über meinen Kopf.

„So darf man sich einfach nicht benehmen", sagte ich zu ihr. „Das ist verdorben."

Ich glaube, sie hatte mich verstanden.

Sie machte die Augen zu, als ich die Klinge auf sie hinabstieß.

21

Als ich einen schrillen Schrei unten an der Treppe hörte, erstarrte ich mit erhobenem Messer.

Ich packte Crystal mit der freien Hand, drehte mich um und schaute nach unten.

„Hör auf! Das ist Melinda! Ich – ich bin Crystal!"

„Was?" Ich hielt die Klinge wenige Zentimeter über Crystals Brustkorb gezückt.

„Das ist Melinda! Das ist Melinda!", heulte das Mädchen am unteren Treppenabsatz.

„Oh Gott!" Mein Herz fing an, wild zu pochen.

Ich starrte auf das Mädchen unter dem Messer. War es Crystal oder Melinda?

Hatte ich mich geirrt?

War das Crystal unten an der Treppe? Crystal, die mich davor bewahren wollte, einen schrecklichen Fehler zu machen? Die mich davor bewahren wollte, die Falsche zu bestrafen?

Ich sah von einer Schwester zur anderen, und plötzlich fing die Treppe an zu schwanken. Das Geländer wand sich wie ein langer Wurm. Alles drehte sich.

Ich versuchte aufzustehen, doch mir war zu schwindlig.

„Das ist Melinda! Das ist Melinda!", wiederholte das Mädchen unten.

Crystal? Oder Melinda?

Hatte ich einen Fehler gemacht?

Ja.

Das Mädchen unten an der Treppe war wirklich Crystal.

Mühsam richtete ich mich auf.

Dann holte ich tief Luft. Hob das Messer hoch. Und stürzte mich auf Crystal.

Melinda schrie, als Scott die Treppe herunter auf sie zuraste. Sie wich zur Seite, als er mit dem Messer zustieß.

Die Klinge bohrte sich tief in die Wand. Scott fuhr damit senkrecht die Wand hinunter und riss einen langen, gezackten Streifen aus der Blumentapete.

„Mein Trick hat funktioniert", dachte Melinda. „Ich habe Crystal das Leben gerettet. Ich habe ihn glauben lassen, ich wäre Crystal."

Aber was sollte sie jetzt tun?

Scott näherte sich ihr langsam, sie wich zurück, bis er sie neben der Garderobe in die Enge getrieben hatte.

Wieder hob er das Messer.

„So darf man sich nicht benehmen ... So darf man sich einfach nicht benehmen ..."

„Ich bin nicht Crystal!", schrie Melinda schrill. „Scott, hörst du – ich bin nicht Crystal! Ich bin's, Melinda! Wirklich! Ich bin Melinda!"

Trotzdem kam das Messer näher.

22

Mit zitternden Beinen und dröhnenden Kopfschmerzen kroch Crystal die Treppe hinunter. Sie nahm die schwere Blumenvase vom Couchtisch.

Wie durch einen Nebel nahm sie wahr, wie Scott die Klinge über Melindas Kopf hob.

„Ich komme zu spät", dachte sie. „Oh Gott, ich komme zu spät."

Oder etwa doch nicht?

Mit aller Wucht schlug sie Scott die Vase auf den Kopf. Er wankte.

Das Messer fiel ihm aus der Hand, und mit einem Stöhnen brach er auf dem Boden zusammen.

„Ist er tot?", fragte Crystal sich, als sie über ihm stand. Sie zitterte am ganzen Körper.

„Habe ich ihn umgebracht?"

Scott stöhnte wieder.

Melinda packte Crystal am Arm und zerrte sie weg. „Wir müssen von hier verschwinden. Die Polizei rufen. Schnell! Er wird wieder zu sich kommen. Er wird uns verfolgen. Die Polizei …"

Crystal fühlte sich so benommen, so schwindlig und unsicher auf den Beinen, als wäre sie in einem verrückten Traum.

„Das Telefon. Wo ist das Telefon? Wo steht es immer?"

In ihrem Hirn summte es. Nichts sah aus wie sonst.

Sie kniff die Augen zusammen und versuchte, etwas zu erkennen.

Melinda hielt sich schon den Hörer ans Ohr. Sie stieß einen erschrockenen Schrei aus. „Tot."

„Tot?", dachte Crystal verwundert. „Wer ist tot? Wir leben doch beide noch."

„Die Leitung ist tot", erklärte Melinda mit schwacher Stimme. „Wahrscheinlich durch den Sturm." Sie packte Crystal am Arm. „Was sollen wir jetzt bloß tun?"

„Wegrennen", brachte Crystal mühsam heraus.

„Nein. Der Regen und der Sturm –", erwiderte Melinda. „Wir kommen nicht weit. Er wird uns fangen. Er wird –"

Sie hörten ein lautes Stöhnen, das aus dem Flur kam. Scott. Scott, der wieder zu sich kam.

Und plötzlich rannten sie los. Rannten an ihm vorbei. Rannten die Treppe hinauf.

Keine von ihnen sagte ein Wort.

„Keine Polizei", dachte Crystal. „Niemand da, der uns hilft. Wir haben keine andere Wahl. Wir müssen uns irgendwo verstecken, wo Scott uns nicht finden wird."

„Die Dachkammer", flüsterte Melinda.

Sie stolperten die Dachtreppe hinauf, und Melinda stieß die Tür zur Dachkammer auf.

Beide blieben stehen und lauschten.

Von Scott war kein Laut zu hören. Melinda schloss leise die Tür hinter ihnen.

Drinnen war es total finster. Der Regen trommelte aufs Dach. Es klang wie ein ständiges Donnern über ihren Köpfen.

Melinda führte Crystal über die knarrenden Dielen. „Hilf mir, den Deckel aufzumachen", flüsterte sie, als sie zu der riesigen alten Holztruhe kamen, die an der Wand stand.

Mit vereinten Kräften zerrten sie an den verrosteten Riegeln. Dann zwängten sie sich hinein und ließen die Doppelklappe nur einen Spaltbreit offen.

Sie waren eng aneinandergepresst, und Crystal konnte Melindas Herzschlag spüren. Auch der Atem ihrer Schwester ging keuchend.

Und dann hörte sie noch ein anderes Geräusch, das den Regen auf dem Dach übertönte und ihren Atem stocken ließ.

Schritte. Langsame, stetige Schritte, die die knarrende Dachtreppe heraufkamen.

23

Ich betrat den Dachboden. Er war dunkel, so dunkel, dass ich das Messer in meiner Hand nicht mehr sah.

Doch ich wusste, dass die Mädchen hier oben waren.

Mir war schwindlig, und mein Herz klopfte heftig. „Was hast du mir angetan, Crystal?", dachte ich verbittert. „Du hast mir wehgetan. Aber jetzt werde ich dir auch wehtun."

„Crystal", rief ich leise.

Vorsichtig ging ich über den Dachboden. Ich tastete mich vorwärts.

„Crystal ... warum bist du nicht einmal ein gutes Mädchen? Komm heraus, Crystal. Komm jetzt heraus."

Ich stieß gegen einen harten Gegenstand. Etwas fiel zu Boden und zerbrach.

Wo war sie? Wo steckte sie bloß?

Beim Weitergehen schnitt ich mit der Klinge durch die Luft.

Etwas Kaltes strich gegen mein Gesicht. Ich befühlte es mit der Hand – es war eine Eisenkette.

Ich zog heftig daran, und eine Glühbirne an der Decke ging an. Ein schwaches Licht erhellte die Dachkammer.

Langsam gewöhnten sich meine Augen daran.

Von einem Metallständer hingen alte Kleider. Ich stieß den Ständer aus dem Weg. Krachend fiel er gegen die Wand.

„Crystal", flüsterte ich. „Crystal, ich bin hier. Du kannst mir nicht entkommen. Ich krieg dich."

Stille.

Da entdeckte ich eine schwarze Holztruhe, die schräg stand. So als hätte jemand sie von der Wand weggezogen. Ich lächelte.

„Crystal, du bist zwar böse", dachte ich, „aber du bist nicht so schlau, wie du glaubst."

Ich rüttelte an der Truhe und stieß sie gegen die Wand.

Von innen ertönte ein Schrei.

Dann kletterten zwei Mädchen heraus. Zwei Mädchen in Morgenmänteln. Zwei Mädchen mit ängstlichen, blassen Gesichtern und strahlend grünen Augen.

Ich konnte sie unmöglich auseinanderhalten.

Mein Kopf dröhnte so, als würde er gleich platzen.

„Welche von euch?", knurrte ich und bedrohte sie mit dem Messer.

Beide drückten sich an die Wand.

„Crystal!", rief ich. „Welche von euch ist –?"

Sie antworteten nicht.

Ich schrie vor Wut auf.

Die Mädchen schrien auch. Und rannten an mir vorbei.

Sie versuchten, mich zum Narren zu halten, mich auszutricksen. Vor mir zu flüchten.

Aber ich würde sie nicht entkommen lassen – dieses Mal nicht.

Welche von ihnen war Crystal? Welche war Melinda?

Es gab nur einen Weg, sicherzugehen, dass ich die Richtige erwischt hatte.

Ich musste beide töten.

Geistesgegenwärtig schnitt ich ihnen den Weg zur Tür ab, woraufhin sie sich ängstlich an die Wand auf der entgegengesetzten Seite drückten. Sogar im schwachen Lichtschein konnte ich die Angst in ihren Gesichtern sehen.

„Das war's dann wohl", sagte ich leise. Ruhig. Ganz ruhig, weil ich wusste, dass jetzt alles vorbei war.

„Das war's."

Ich hob das Messer hoch und stürzte mich auf sie.

Crystal sah, wie Scott die Arme hochriss.

Sie registrierte seinen verwunderten Gesichtsausdruck. Hörte seinen kurzen Schrei.

Und plötzlich ein lautes, dumpfes Krachen.

Dann waren sie allein in der Dachkammer.

Ganz allein saßen sie an die Wand gekauert.

Scott war durch das Loch im Dielenboden gestürzt.

Die beiden Mädchen brauchten einen Augenblick, bis ihnen klar wurde, was sich da gerade vor ihren Augen abgespielt hatte. Sie blinzelten und warteten, bis die Kammer aufgehört hatte zu schwanken.

Dann näherten sie sich vorsichtig dem Loch im Boden und blickten in die Tiefe, auf den Flur, der sich unter ihnen auftat.

Scott lag mit dem Gesicht nach unten auf dem Boden. Ein Arm wirkte seltsam verdreht. Seine andere Hand umklammerte immer noch das Messer.

Er lag still da. Ganz still.

„Gut", murmelte Crystal. „Gut." Sie ging als Erste die Treppe hinunter bis ins Erdgeschoss.

Einen Augenblick blieben die beiden Mädchen vor Scotts regungslosem Körper stehen.

„Jetzt sind wir vor ihm sicher", flüsterte Crystal.

„Ich – ich kann es immer noch nicht glauben", sagte Melinda leise.

Mit einer heftigen Bewegung wandte sie sich ab. „Ich versuche mal, ob das Telefon wieder funktioniert."

Crystal sah zu, wie Melinda ins Wohnzimmer rannte. Dann senkte sie den Blick und betrachtete wieder Scott.

„Wie krank!", dachte sie. „Er war ein absoluter Psychopath."

Und jetzt war er tot.

Crystal schüttelte traurig den Kopf und wollte sich gerade umdrehen, als plötzlich eine Hand ihren Knöchel packte.

24

„Jetzt hab ich dich", zischte Scott mit zusammengebissenen Zähnen. „Das Gute siegt immer. Das Böse gewinnt nie."

„Du – du hast Lynn umgebracht", stieß Crystal aus. „Du hast meine Freundin getötet!"

„Böse", flüsterte Scott. „Lynn war böse und verdorben. Genauso verdorben wie du."

Er packte Crystals Knöchel noch fester. Doch dann lockerte sich zu ihrer Überraschung sein Griff.

„Alles nur ein Traum …", hörte sie ihn undeutlich murmeln. „Nur ein Traum …"

Seine Hand glitt von ihrem Knöchel ab, und aus seiner Kehle stieg ein Röcheln. Hellrotes Blut rann Scott aus den Mundwinkeln. Seine Augen fielen zu.

„Crystal?"

„Ja?"

Crystals Tür ging auf, und Melinda kam heraus. Sie trug Jeans, ein eng anliegendes Top und sogar etwas Make-up.

Seit dem schrecklichen Alptraum mit Scott waren drei Monate vergangen. Doch manchmal staunte Crystal trotzdem darüber, wie sehr Melinda sich in dieser kurzen Zeit verändert hatte. Und auch sie selbst hatte sich verändert.

„Es ist fünf vor drei", verkündete Melinda und zeigte auf ihre Armbanduhr. „In fünf Minuten fängt *Stolz und Vorurteil* an."

Manches änderte sich nie. Melinda liebte immer noch die uralten Schwarz-Weiß-Filme im Fernsehen.

Crystal setzte sich auf ihr Bett. Sie schleuderte die Ausgabe von *Stolz und Vorurteil* auf den Boden, die Melinda ihr als Vorbereitung auf den Film zu lesen gegeben hatte. Sie war nur bis zur sechsten Seite gekommen.

„Mir wird der Film nicht gefallen", sagte Crystal. „Das ist dir doch klar, oder? Nimm es bitte nicht persönlich, aber dieses Buch – das kann ich nicht lesen."

Melinda grinste. „Dann schau dir den Film an. Das ist alles, worum ich dich bitte."

Crystal zuckte mit den Schultern. Melinda und sie hatten viel Spaß an den Nachmittagen, die sie gemeinsam verbrachten. Irgendwie hatte der Schrecken der letzten Monate sie enger zusammengeschweißt.

Melinda wandte sich um und sah aus dem Fenster. Sie starrte auf das Haus gegenüber. Auf Scotts Haus.

Crystal sagte nichts.

Sie redeten nicht oft darüber. Aber die Todesangst und das Entsetzen waren immer noch zu spüren.

Scotts Eltern waren weggezogen, und Scott war in eine psychiatrische Klinik eingeliefert worden, wo er die Pflege bekam, die er dringend brauchte. Wahrscheinlich würde er den Rest seines Lebens dort verbringen.

„Filmzeit", sagte Melinda fröhlich und griff nach der Fernbedienung.

Doch Crystal hörte ein Geräusch vor dem Fenster. Sie stand auf und ging durch das Zimmer. „Mel – sieh mal!", rief sie.

Melinda stellte sich neben sie ans Fenster. Beide schauten hinunter auf die Auffahrt des Nachbarhauses, wo gerade ein Auto hinter dem großen Umzugswagen anhielt.

„Die neuen Nachbarn", stellte Melinda fest. „Da zieht jemand ein."

Crystal blinzelte in das trübe Licht und sah, wie eine fremde Familie aus dem Wagen stieg. „Oh, wow", murmelte sie. „Sieh dir den Typen an! Ist das unser neuer Nachbar? Mann, ist der süß!"

„Vergiss es!", rief Melinda und stieß Crystal mit dem Ellbogen in die Seite. „Der gehört mir!"

Über den Autor

„Woher nehmen Sie Ihre Ideen?"
Diese Frage bekommt R. L. Stine besonders oft
zu hören. „Ich weiß nicht, wo meine Ideen herkommen",
sagt der Erfinder der Reihen *Fear Street*
und *Fear Street Geisterstunde*. „Aber ich weiß,
dass ich noch viel mehr unheimliche Geschichten
im Kopf habe, und ich kann es kaum erwarten,
sie niederzuschreiben."
Bisher hat er mehrere Hundert Kriminalromane
und Thriller für Jugendliche geschrieben, die
in den USA alle Bestseller sind.
R. L. Stine wuchs in Columbo, Ohio, auf.
Heute lebt er mit seiner Frau Jane und seinem Sohn Matt
unweit des Central Parks in New York.

FEAR STREET

Noch mehr Spannung mit den Hardcovertiteln

- Ahnungslos
- Der Aufreißer
- Der Augenzeuge
- Ausgelöscht
- Besessen
- Blutiges Casting
- Eifersucht
- Eingeschlossen
- Eiskalte Erpressung
- Eiskalter Hass
- Die Falle
- Falsch verbunden

- Das Geständnis
- Jagdfieber
- Mörderische Gier
- Mörderische Krallen
- Mörderische Verabredung
- Mordnacht
- Die Mutprobe
- Ohne jede Spur
- Racheengel
- Rachsüchtig
- Schuldig
- Das Skalpell

- Der Sturm
- Teufelskreis
- Teuflische Freundin
- Die Todesklippe
- Tödliche Botschaft
- Tödliche Liebschaften
- Tödliche Lüge
- Tödlicher Beweis
- Tödlicher Tratsch
- Im Visier